现场发泡夹心墙节能
建筑抗震性能

张延年 刘 明 著

科学出版社

北 京

内 容 简 介

这是一部关于现场发泡夹心墙节能建筑抗震性能的专著。本书系统地总结和阐述了作者与合作者在现场发泡夹心墙抗震性能模型试验和数值试验的主要研究成果。主要论述了现场发泡夹心墙节能建筑的抗震性能、结构抗震计算和主要构造参数的优化设计。第1章论述了建筑节能与墙体保温。第2章论述了塑料钢筋拉接件受力性能。第3章和第4章分别论述了平面内和平面外抗震性能模型试验。第5章和第6章分别论述了平面内和平面外抗震性能数值试验。

本书可供从事土木工程、力学等相关专业的广大科技人员以及各设计院与施工企业参考,也可作为上述专业的研究生和高年级本科生的学习参考书。

图书在版编目(CIP)数据

现场发泡夹心墙节能建筑抗震性能/张延年,刘明著.—北京:科学出版社,2010

ISBN 978-7-03-028143-2

Ⅰ.①现… Ⅱ.①张… ②刘… Ⅲ.①发泡材料-夹心结构 抗震墙-抗震性能 Ⅳ.①TU352.1

中国版本图书馆 CIP 数据核字(2010)第 120992 号

责任编辑:王志欣 闫井夫 / 责任校对:桂伟利
责任印制:赵 博 / 封面设计:耕 者

科 学 出 版 社 出版
北京东黄城根北街 16 号
邮政编码:100717
http://www.sciencep.com

新 蕾 印 刷 厂 印刷
科学出版社发行 各地新华书店经销
*
2010 年 7 月第 一 版 开本:B5(720×1000)
2010 年 7 月第一次印刷 印张:16 3/4
印数:1—2 000 字数:337 000
定价:60.00 元
(如有印装质量问题,我社负责调换〈新蕾〉)

前　言

据统计,我国建筑单位面积能耗是气候相近发达国家的 3～5 倍,一些严寒地区,建筑能耗已占到当地社会总能耗的 50% 以上。而建筑节能是各种节能途径中潜力很大且较为直接、有效的方式,也是缓解能源紧张、解决社会经济发展与能源供应不足这对矛盾比较有效的措施。我国政府已经充分认识到建筑节能的重要性和紧迫性。国务院正式颁布的《国家中长期科学和技术发展规划纲要(2006～2020 年)》将建筑节能列为优先发展领域。在建筑能耗中,通过外墙造成的能耗约占建筑总能耗的 50% 以上,因此,墙体保温是实现建筑节能的关键。

节能墙体有单一节能墙体和复合节能墙体两种形式。单一节能墙体以加气混凝土墙为代表,其热稳定性差、现场湿作业、施工周期长、运输量大、工艺复杂、易出现网状裂纹与直线裂缝。这些缺点直接影响到建筑物的安全性、耐久性、美观和使用功能,阻碍了单一节能墙体在实际工程中的使用和发展。复合节能墙体主要包括外墙内保温、外墙外保温和夹心墙技术。外墙内保温由于裂缝问题严重,难以避免热桥等缺点,所占比例正逐年降低,已成为一种过渡的、落后的构造形式。目前,国内外应用最广的节能墙体是外墙外保温,我国外墙外保温工程的耐久性问题十分严重,越来越多的专家认识到外墙外保温工程的耐久性问题,担心在未来几年或十几年后外墙外保温工程将出现全国性的大面积或整体破坏的灾难性后果。夹心墙是一种集承重、保温(隔声)和装饰于一体、适用于不同地区的耐久性节能墙体。目前,夹心墙采用填充苯板等方式,施工复杂、工期长,并且在实际施工中容易出现质量问题,从而影响夹心墙的耐久性。夹心墙的夹层中间存在着较大的空隙,使冷热空气对流顺畅,导致热损失比设计的要大得多,保温性能大为降低,这已经影响到该技术的进一步推广应用。

为此,作者与合作者提出了一种新型节能墙体——现场发泡节能夹心墙,该墙体施工经济、简单、快捷,并且可以有效解决接缝处缝隙大、黏合不严密、存在保温薄弱部位等问题。此外,作者与合作者还制作了现场发泡夹心墙和实心墙试件,并进行了平面内和平面外抗震性能的模型试验研究与数值试验研究。本书主要内容包括:第 1 章论述了建筑节能与墙体保温发展现状。第 2 章论述了夹心墙用耐腐蚀拉接件的黏结强度试验和灰缝试件试验,对比分析耐腐蚀拉接件的黏结、锚固性能。第 3 章论述了现场发泡夹心墙节能建筑的平面内模型试验,研究参数变化对现场发泡夹心墙节能建筑的承载力及变形性能的影响。第 4 章论述了平面外抗震性能模型试验,分析了现场发泡夹心墙体节能建筑平面外受力破坏机理与改善墙体变形能力的有效手段。第 5 章和第 6 章分别论述了现场发泡夹心墙平面内和平面外抗震性能数值试验模型的建立,并对不同竖向压应力、保温层厚度、拉接件形状与布局的现场发泡夹心墙进行数值试验研究。

　　作者与合作者在多年的研究中也得到了中华人民共和国住房和城乡建设部、辽宁省建筑结构工程重点实验室、沈阳市城乡建设委员会和辽宁省教育厅科学研究计划的大力资助,在此一并表示衷心的感谢!

　　作者与合作者在多年的研究中也得到了沈阳市城乡建设委员会隋明月总工程师、辽宁省建筑设计研究院张前国总工程师、沈阳盛添源建材有限公司张曲文厂长、沈阳天迈新型建材厂周宏君厂长、沈阳浦发新型装饰建材厂李伟厂长、沈阳建筑大学结构工程实验室、沈阳建筑大学土木工程学院领导与老师的大力支持,在此一并表示衷心的感谢!

　　在攻读硕士学位期间参加本书相关内容课题研究的有张洵、李立东、李恒、刘玉萍等,作者对他们为本书相关内容研究所作出的贡献表示感谢!

　　由于作者水平有限,书中难免有不足之处,敬请广大读者批评指正。

作　者
2010 年 4 月于沈阳

目　　录

第1章 绪 论

1.1 引 言

目前,石油、煤炭、天然气这三种传统能源占能源消费约 90% 以上,其中石油占一半以上。然而 2004 年 BP 世界能源统计年鉴的最新数据显示,世界石油总储量为 1.15 万亿桶,仅供开采 41 年;全球天然气储量为 176 万亿 m^3,仅供开采 63 年。日本权威能源研究机构也申明,全球煤炭埋藏量为 10316 亿 t,可供开采 231 年;核反应原料铀已探明储量为 436 万 t,可供开采 72 年。可见,全世界最为依赖的能源——石油与天然气将日趋枯竭[1]。因此,在世界能源供给结构转轨的大趋势下,不考虑建筑节能而建造的房屋,终有一日会因为没有能源可用,而被社会淘汰。随着能源价格逐步上涨,居高不下,很多高耗能建筑开始出现因承担不起昂贵的能源维持费用而被迫停用,或者售价、租金一降再降的现象。美国政府也企图通过掌控全球石油供给,强力遏制我国、欧洲的发展,因此,我国正面临着前所未有的能源挑战[2],这主要表现在:①人均储量少,先天不足,且能耗效率低;②我国成为能源消耗大国,进口依赖度提高;③能源成为我国经济命脉所在,威胁国家安全稳定。能源的供给直接影响到人民生活与国民生产。有数据表明,按目前的开采水平,我国石油资源和东部的煤炭资源将在 2030 年耗尽,水力资源的开发也将达到极限[3]。我国人均能源占有量仅为世界平均水平的 40%。多年来,夏季由于高峰电力不足和峰谷差增大,致使许多城市不得不拉闸限电,而全国范围内的天然气提价,空调和供暖能耗上升导致的电力、天然气供应不足也早已成了不争的事实。

据统计,西方发达国家的建筑能耗占社会总能耗的 30%～40%,我国建筑单位面积能耗却是气候相近发达国家的 3～5 倍[4,5],在一些严寒地区,建筑能耗已占到当地社会总能耗的 50%,正逐渐成为能耗的主体之一。随着我国城乡建筑总量不断迅速增加,能源问题日益严重。如延续目前的建筑能耗状况,2020 年我国建筑能耗将接近目前全国能耗的 3 倍。因此,国务院正式颁布的《国家中长期科学和技术发展规划纲要(2006～2020 年)》中,把建筑节能与绿色建筑列为优先发展领域。建筑节能是各种节能途径中潜力最大,最为直接、有效的方式,也是缓解能源紧张、解决社会经济发展与能源供应不足这对矛盾的最有效措施之一[6]。因此,降低建筑能耗,对降低社会总能源消耗、保护生态环境具有重大意义。建筑能耗中,通过外墙造成的能耗约占建筑总能耗的 50％左右[7],因而,重视墙体保温工作,努力降低能耗,提高外墙的隔热性、气密性已成为实现建筑节能的关键[8~10]。许多发达国家从 1973 年世界性石油危机开始,就意识到建筑节能、墙体保温的极端重要性,不断修订标准提高节能要求,目前已出现了"零能耗"住宅标准,并且已有少数达标建筑投入使用。虽然我国强制性建筑节能标准相继发布,但建筑能耗问题仍然相当严重,建筑节能已成为建设节约型社会中非常薄弱的一个环节。随着我国经济快速发展和能源紧缺的矛盾不断加剧,解决能源问题十分紧迫,推进建筑节能工作势在必行。

国外建筑节能的发展始于 20 世纪 70 年代初,第四次中东战争爆发导致第一次世界石油危机,促使发达国家采取各种措施节约能源,从而提出了建筑节能的概念。国外建筑节能发展大体上经历了三个阶段,从"节约能源"到"提高能效",再到"绿色、生态、可持续"。像美国、日本和欧洲的一些发达国家,高度重视建筑节能,大量的新型保温材料、新型采暖空调设备和诸如太阳能利用技术、遮阳技术、自然通风等新技术被运用到新建筑以及已有建筑的改造中,取得了显著的节能效果。美国开展绿色建筑工作已有十多年,力求做到建筑舒适与节能的高度统一;在欧洲有"零能耗、零排放"的住宅,利用太阳能自给自足,能够蓄热和蓄电,除满足建筑本身用能外,还能源源不断地向电网输电,需要用时再取回来,夏天储备的能源可以到冬天使用。对于建筑能源系统,除了普通意义上的建筑节能,还强调可再生能源在建筑内的利用和减少对地球的环境污染,更注重的是建筑与自然环境的协调和生态平衡,以求达到可持续发展[11]。

我国建筑节能的发展始于 1986 年,从当年我国试行第一部建筑节能设计标准到现在,已颁布了多项建筑节能设计标准,并制定了相应的节能计划。建筑节能已受到国家高度重视。2008 年在新颁布的《节约能源法》的基础上,国务院又颁布了《民用建筑节能条例》和《公共机构节能条例》,并于当年 10 月 1 日开始实施。建筑节能相关制度正在建立起来,包括已经发布和正在试点的建筑能效测评标识制度、建筑节能信息公示制度、建筑能源审计制度、集中供热计量收费制度和建筑能耗统计制度等。此外,中央财政加大了资金拨付力度,分别在开展可再生能源建筑上、推动国家机关办公建筑和大型公共建筑运行管理及节能改造上、推进北方采暖区既有居住建筑供热计量及节能改造上进行大力支持,有力推动了我国建筑节能产业的健康发展。近年来,随着国家宣传力度的加大,节能建筑已经为大多数人所了解,国内省份围绕节能设计标准竞相提出该地区的具体节能规范,节能建筑发展迅速。

在建筑能耗中,比利时的资料分析表明外墙约占 39％,窗户占 22％;俄罗斯的资料分析表明外墙约占 49％,窗户占 35％;我国的资料分析表明外墙约占 50％,

窗户占 20％～30％[12]。以上数据表明,外墙是建筑能耗的最主要因素,因而墙体保温是实现建筑节能的关键。

1.2 保温墙体种类

目前,墙体保温常用的有单一材料保温墙体和复合保温墙体两种形式。单一材料保温墙体以加气混凝土砌块为代表,由于设计、材质、施工等方面的缺陷,造成加气混凝土砌块容易出现空鼓、裂缝、剥落等严重问题,直接影响到建筑物的安全性、耐久性、美观和使用功能,阻碍了单一材料保温墙体在实际工程中的使用和发展[13,14]。复合保温墙体施工技术主要包括外墙外保温技术、外墙内保温技术和外墙夹心保温技术。

1.2.1 单一材料保温墙体

目前,单一保温材料可选产品很少,较为现实的是加气混凝土制品。这是因为它是一种集保温与承重功能于一体的材料,而且优点突出:①在国内已有 40 多年的生产经验,生产技术比较成熟;②生产企业几乎遍布全国各地,总生产能力超过 2000 万 m^3,而且还在不断发展,货源充足,资源丰富;③产品生产高度工业化,材料质量有保证,各种法规、标准较为齐全,如原材料标准、产品标准、应用技术规程和建筑构造国家标准图等;④施工工序少,受手工艺操作影响建筑质量的因素小;⑤保温性能好;⑥造价低[15]。

根据热工计算和各地区外墙节能导热系数指标,采用这一具有墙体和保温双重功能的材料作为建筑物的围护结构,除严寒地区和部分寒冷地区还有待进一步探讨外,当前采用这一保温形式的可行性几乎可覆盖大半个中国,各地区可以根据本地区对不同围护结构的节能指标,生产不同密度和导热系数的产品,如南方可生产密度高一些的,以提高热惰性指标;北方则可生产低密度制品以降低导热系数;华北地区则要两者兼顾。以北京为例,居住建筑按 65％节能要求,其外墙平均导热系数 6 层为不大于 0.60W/(m^2·K),4 层以下则为 0.45W/(m^2·K)。根据热工计算,如采用 B05 级厚度为 300mm 的加气混凝土砌块,其导热系数为 0.58W/(m^2·K),也就是说,能满足北京地区多层住宅节能 65％的要求,加上内外层抹灰,总厚度在 330mm 左右。因为它不需要加保温层,所以工序少,施工十分简单。将这一做法与当前较为普遍应用的"薄抹灰"外保温体系做比较,在多层居住建筑中如采用 KP1 多孔砖外墙,外贴普通泡沫聚苯乙烯板,其厚度为 60mm,则导热系数为 0.57W/(m^2·K),能满足北京地区节能 65％的要求。加上黏结层和抹灰层,其墙体总厚度约为 340mm。两者墙厚和热工性能基本一致,但仍有四点差别:一是采用加气混凝土制品工序少,施工简单,只要在工厂严格控制产品质量,就能保证墙体的保温节能质量,不像复合保温系统较多地受辅助材料的影响;二是单一材料外保温工序简单,比复合保温系统更省工节时,施工速度快;三是造价低,受当前能源涨幅波动的影响小;四是大部分产品大量采用工业废料,如使用电厂粉煤灰和其他工业废渣。因此,单一材料是复合外保温形式的重要补充部分,应大力提倡。但是,单一材料外保温技术还应该进一步提高,使其更能充分发挥材性的优点。

综上所述,保温墙体一体化体系有其独特的优势,应该提倡和大力推广,但它不是万能的,使用中有一定局限性,有待进一步完善,主要表现为以下四点:

(1) 在墙体中,它主要是用作非承重的填充墙,最合理的是用作框架结构的外墙。在横墙承重的多层建筑中也用作外墙,但在地震区的应用,应十分慎重。在短肢剪力墙体系中,虽然也能使用,但用量不会很大,剪力墙部分还应采用其他保温形式。随着低密度产品的开发,其应用的范围相对来说得到了扩大,还可以与其他墙体复合作为外保温材料,也可用作屋面、楼地面的保温材料等。

(2) 一些应用中的"老大难"问题,有待进一步完善。在人们的印象里,一谈到加气墙体抹灰,就说容易开裂。其实在不少地区此问题已经解决。如内表面抹灰采用粉刷石膏,外表面采用与加气混凝土材性相适应的干粉砂浆或界面剂;有些企业在生产制品的同时还供应配套砂浆。其实,墙体的开裂不仅仅是砂浆本身,还有其他因素。

(3) 保温节能要求的提高所带来的不仅是降低干密度的问题,同时应提高制品的精确度以减小灰缝的影响系数,避免灰缝可能产生的热桥。若当前普通砌块的导热系数修正值为 1.25,且灰缝能缩小到 3mm 左右,则可不计。此外,还要注意两点:一是不仅产品精确,工地对制品的加工也得精确,应该采用专用工具;二是要提高配件的保温性能,如过梁,应有专用加气混凝土过梁,此问题较为突出。同时,还应不断开发各种类型的抹灰砂浆和砌筑材料。

(4) 在开发单一保温墙体节能体系时,也应根据加气混凝土制品的材性特点,因地制宜地提出合理的热工性能指标。如在严寒地区以及冬冷夏不热的寒冷地区,将加气制品纯粹作为与墙体、屋面的复合保温材料,则可以尽可能地降低密度和导热系数。但不能忽视加气制品的另一特点:虽然保温性能好,热阻大,但热惰性指标和蓄热系数差,延迟时间短。因此,在某些冬冷夏热地区,则既要考虑保温又要兼顾隔热,应提出符合该地区气候特点制品的热工性能指标。在炎热地区虽然没有冬天采暖的墙体保温问题,但对常年消耗空调制冷能耗的这一地区,对墙体的"保冷"和隔热问题也应制定合理的材性指标。也就是说,各地区在开发单一保温墙体节能体系时,应根据地区气候条件、国家对本地区的节能标准结合材性特点,综合考虑制订这一产品的材性和热工性能指标以及墙厚等技术经济指标。

1.2.2　复合保温墙体

1. 外墙内保温

外墙内保温是将保温隔热体系置于外墙内侧,使建筑达到保温的施工方法。通常是在外墙内表面使用预制保温材料粘贴、拼接、抹面或直接做保温砂浆层,以达到保温目的。我国外墙内保温体系主要有膨胀珍珠岩保温砂浆、聚合物砂浆和胶粉聚苯颗粒保温浆料,而在国外运用较成熟的外墙内保温体系主要有石膏增强聚苯乙烯板内保温系统、聚苯复合保温石膏板内保温系统、玻璃棉干挂内保温系统等。聚苯复合保温石膏板内保温系统是将高效保温聚苯乙烯板与纸面石膏板在工厂用机器粘贴复合成大规格尺寸的复合保温板,在施工现场用黏结石膏将复合保温板固定于外墙内表面,同时形成饰面层。玻璃棉干挂内保温系统采用高效玻璃棉作为保温隔热材料,配合专用断桥配件、龙骨框架结构和面层纸面石膏板等材料,施工于建筑围护结构的内侧面。

节能技术发展初期,内保温技术为推动我国建筑节能技术迅速发展起到了一定的积极作用。这是因为我国节能技术在当时还处于起步阶段,外保温技术还不太成熟。我国节能标准对围护结构的保温要求较低,且内保温有一定的优点,如造价低、安装方便、对建筑外墙垂直度要求不高、施工进度快等。外墙内保温特点是保温材料不受室外气候因素的影响,无须特殊的防护,在间歇使用的建筑空间(如影剧院、体育馆等),室内供热时温度上升快,且对饰面和保温材料的防水、耐火性等技术指标的要求不高,取材方便。目前,在全国已建造的节能住宅中,有90%左右采用外墙内保温,大多以岩棉或矿棉与石膏板复合、玻璃棉与石膏板复合、聚苯乙烯泡沫塑料与石膏板复合、充气石膏板和墙体上涂抹绝热砂浆为主要方式。外墙内保温是在墙体结构内侧覆盖一层保温材料,通过胶黏剂定在墙体结构内侧,之后在保温材料外侧作保护层及饰面。目前内保温多采用粉刷石膏作为粘接和抹面材料,通过使用聚苯乙烯板或聚苯颗粒等保温材料达到保温效果。外墙内保温主要存在如下缺点[16,17]:①保温隔热效果差,外墙平均导热系数高;②热桥保温处理困难,易出现结露现象;③占用室内使用面积;④不利于室内装修,如重物钉挂困难,在安装空调、电话其他装饰物等设施时尤其不便;⑤不利于既有建筑的节能改造;⑥对间歇采暖的居室等连续使用的建筑空间热稳定性不足;⑦保温层易出现变形和裂缝。

由于外墙受到的温差大,直接影响到墙体内表面应力变化,这种变化一般比外保温墙体大得多。昼夜和四季的更替,易引起内表面保温的开裂,特别是保温板之间的裂缝尤为明显。实践证明,外墙内保温容易在下列部位引起开裂或产生热桥,如保温板的板缝部位、顶层建筑女儿墙沿屋面板的底部部位、两种不同材料在外墙同一表面的接缝部位、内外墙之间丁字墙外侧的悬挑构件部位等。

从发展的角度考虑，随着我国节能标准的不断提高，内保温的做法已不适应新的形势，且给建筑物带来某些不利的影响。因此，它只能是某些地区的过渡性做法，在寒冷地区特别是严寒地区将逐步予以淘汰。

2. 外墙外保温

随着建筑节能技术的不断完善和发展，外墙外保温技术逐渐成为建筑保温节能形式的主流。外墙外保温是在主体墙结构外侧在粘接材料的作用下，固定一层保温材料，并在保温材料的外侧用玻璃纤维网加强并涂刷黏结胶浆。随着外墙外保温形式的不断完善与发展，目前主要流行的有聚苯乙烯板薄抹灰外墙保温、聚苯乙烯板现浇混凝土外墙保温、聚苯颗粒浆料外墙保温和聚氨酯硬泡喷涂外墙外保温等几种外保温操作方法。

由于是从外侧保温，其构造必须能满足水密性、抗风压以及温湿度变化的要求，不致产生裂缝，并能抵抗外界可能产生的碰撞作用，还能与相邻部位（如门窗洞口、穿墙管道等）之间以及在边角处、面层装饰等方面得到适当的处理。然而，必须注意，外保温层的功能，仅限于增加外墙保温效能以及由此带来的相关要求，保温构造并不能对主体墙的稳定性起到作用。其主体墙，即外保温层的基底，必须满足建筑物的力学稳定性的要求，即能承受垂直荷载、风荷载，并能经受撞击而保证安全使用，同时还应能使保温层和装修层牢牢固定。

保温层应采用热阻值高，即导热系数小的高效保温材料，其导热系数一般小于 $0.05W/(m \cdot K)$。根据设计计算，应具有一定厚度，以满足节能标准对该地区墙体的保温要求。此外，保温材料的吸湿率要低，而黏结性能要好。为了使所用的黏结剂及其表面的应力尽可能减少，对于保温材料，一方面要用收缩率小的材料；另一方面，尺寸变动时产生的应力要小。为此，可采用的保温材料有膨胀型聚苯乙烯（EPS）板、挤塑型聚苯乙烯（XPS）板、岩棉板、玻璃棉毡以及超轻保温浆料等，其中以阻燃膨胀型聚苯乙烯板应用更为普遍。

不同的外保温体系，采用的固定保温板的方法各有不同，有的是将保温板黏结或锚固在基底上，有的为两者结合，以黏结为主，或以锚固为主。将保温板黏结在基底上的黏结材料多种多样。在不同的体系中，此种黏结材料运到工地时的状态会有所不同：①成品胶浆，使用时不需添加其他任何材料，既不需要再行配料，也不需要再进行搅拌；②使用前需要添加其他物料（如水泥）；③单组分粉状材料，用前需加水搅拌均匀；④双组分材料，施工时按配比搅拌均匀。

薄型抹灰面层为在保温层的所有外表面上涂抹聚合物黏结胶浆。直接涂覆于保温层上的为底涂层，厚度较薄。内部包覆有加强材料。加强材料一般为耐碱玻璃纤维网格布，包含在抹灰面层内部，与抹灰面层结合为一体，其作用为改善抹灰层的机械强度,保证其连续性,分散面层的收缩应力和温度应力,避免应力集中,防止面层出现裂纹。网格布必须完全埋入底涂层内,从外部不能看见,以避免与外界水分接触(因网格布受潮后,其极限强度会明显降低)。不同的外保温体系,面层厚度有一定差别,但总体要求是,面层厚度必须适当,薄型的厚度一般在2~3mm范围内。如果面层厚度过薄,结实程度不够,就难以抵抗可能产生外力的撞击;但如果过厚,加强材料离外表面较远,又难以起到抗裂的作用。

在外墙外保温体系中,在接缝处、边角部,还要使用一些零配件与辅助材料,如墙角、端头、角部使用的边角配件和螺栓、销钉等,以及密封膏(如丁基橡胶、硅膏等),这样可以避免产生热桥,提高室内热环境质量,同时墙体结构材料受到保护,使用寿命延长,建筑物实际使用面积可增加1.8%~2.0%。

由于外墙外保温技术的突出优越性,已经得到了广泛应用,正日益成为主导性的墙体保温技术。它的优点为[18,19]:①保温效果更佳、更节能;②对建筑结构外墙能起到保温作用,可防止外墙结构的温度变形,使之受温度影响较少,尤其对超长设置伸缩缝的工程更有利;③有利于外墙结构的保护,可以防止大气、风雨对外墙结构表面的破坏;④能消除冷热桥,其保温效果更完美;⑤不占用室内空间、面积,因此比其他保温形式对用户更有利;⑥造价虽高于外墙内保温但将节省下来的使用面积进行计算,其经济效益和社会效益都优于外墙内保温;⑦对既有建筑进行改造增加外墙保温时,其优越性更加明显,不影响用户居住,对用户干扰少,不影响用户的原使用面积;⑧便于维修,不影响用户正常居住,也便于家庭装修;⑨可以根据建筑物的整体风格做出不同的外墙造型。

我国建筑市场应用的外墙外保温系统,主要有六种:聚苯乙烯板薄抹灰保温系统、胶粉聚苯颗粒保温系统、现浇有网和无网保温系统、钢丝网架保温系统、聚氨酯保温系统、挤塑型聚苯乙烯板保温系统。据《外墙外保温大型采访调查报道》披露,这六种外墙外保温系统,虽然各有优点,但都存在着不同程度的弊端和缺憾(见表1.1)。

表1.1 外墙外保温系统存在的缺点

系统种类	存在的缺点
聚苯乙烯板薄抹灰	①受膨胀型聚苯乙烯板强度限制,在未抹灰时就破损开裂;②有空腔,易脱落;③与建筑物寿命不匹配;④重质饰面受限
胶粉聚苯颗粒	①保温层厚薄不均,影响保温效果;②胶粉耐水性和耐候性差,胶粉水泥砂浆与聚苯乙烯板粘接时,初期粘接力较大,随着时间的推移,胶粉黏结强度逐渐消失,耐久性差;③双组分现场配料施工,操作性不好,保温系数难以保证
现浇有网无网	①现浇有网热桥有问题;②现浇无网混凝土墙面检查有问题
钢丝网架	①不具备好的操作性;②材料成分配比不确定;③耐久性值得怀疑

系统种类	存在的缺点
聚氨酯	①保温板类配方、配比杂乱,不稳定,导致板材物理稳定性差,保温效果不好;②喷涂类施工性尚未解决,难以保证工程质量
挤塑型聚苯乙烯板	①挤塑型聚苯乙烯板与抹灰砂浆黏结不牢,容易脱落;②外贴瓷砖脱落更快、更严重;③通透性差,出现结露不可避免

　　综合分析不难发现,我国建筑市场广泛应用的几类外墙外保温系统存在的最突出、最关键的缺点是易开裂、易脱落、耐久性差、保温性能不够、通透性差和施工操作控制方法不确定、控制措施不到位等。特别是普遍应用的聚苯乙烯板薄抹灰保温系统和挤塑型聚苯乙烯板保温系统,脱落的隐患已不期而至。如北京西四环某工程剪力墙结构应用的是挤塑型聚苯乙烯保温系统外贴小块瓷砖,2005年6月工程交付使用,在当年的9月就开始脱落;哈尔滨市某居民楼应用膨胀型聚苯乙烯保温系统,5~8层已于2007年6月全部脱落,水泥块和泡沫板散落一地,还砸漏楼区相邻平房,幸无人员伤亡;齐齐哈尔市某安居小区的2栋楼入住不到一年,膨胀型聚苯乙烯保温系统就大面积脱落。中国建材工业协会科教委副主任陈福广先生明确指出:"国内外实践证明,这种外保温方式如质量不能保证,极易产生砂浆开裂和网格布脱落的弊病,不能与建筑物同等寿命,尤其是高层框架和框剪结构的建筑,一旦发生这种现象,难以补救和修复,将会后患无穷。"

　　外墙外保温技术与内保温相比具有一定的科学性及合理性,可基本消除热桥问题、增大使用面积、有效保护主体结构,目前国内外已经开发了几十种不同材料、不同做法的外墙外保温技术,保温效果越来越好。国内外学者普遍认为外墙外保温技术优于外墙内保温和外墙夹心保温技术并将成为建筑节能墙体保温的发展方向,但外保温层长期处于室外环境,要能经受湿度、风雨等气候变化,工程要求严格,施工工艺复杂,工期长,造价高。温度、干缩湿胀、冻融破坏以及结构不均匀沉降会引起墙体变形。同时整个建筑物也是一个热不稳定体,不同季节、白天黑夜,墙体内外温度差会引起墙体变形,材料系统内部不相容或破坏性的化学变化也会引起变形。因此,在工程中经常出现施工后不久就由于墙体变形引起的空鼓和开裂现象,而经过冬夏气温循环变化开裂的现象更加普遍,保温面层出现裂缝已经是一个质量通病。目前多数外墙外保温工程裂缝问题十分严重,无法得到有效解决。而保温层一旦发生开裂,墙体保温性能就发生很大改变,满足不了节能设计要求,并危及墙体的安全。由于保温材料的厚度较大且易受周期性热湿和热冷气候条件影响,外墙外保温工程的耐久性问题十分严重,无法保证正确使用和正常维护条件下25年的使用年限,部分工程仅可使用3~5年。越来越多的专家认识到外墙外保温工程耐久性问题,担心在未来几年或十几年后外墙外保温工程将出现全国性的大面积或整体破坏的灾难性后果。我国建筑使用年限多为50～100年,保温层的寿命过短,无法解决保温层与建筑物同寿命问题,造成了极大的浪费[20~22]。建筑节能要全方位详细分析节能方案,如果忽略某些重要因素,就会造成资源浪费,而且建筑节能不但要充分考虑建筑建设的初投资,还要计算建筑全寿命周期内的维护和运行费用。因此,建筑节能必须从全方位、全寿命周期考虑,这样才能寻求一个最佳的平衡点,达到真正节能的目的。另外,对外墙外保温防火技术的研究还相当匮乏,外墙外保温引起的火灾十分严重,而且外墙外保温工程很难进行外部装饰,影响建筑的美观。

3. 外墙夹心保温

外墙夹心保温是将保温材料置于同一外墙的内、外侧墙片之间,内、外侧墙片均可采用传统的黏土砖、混凝土空心砌块等。外墙夹心保温是一种能达到集承重、保温(隔声)和装饰于一体、适于不同地区的耐久性节能墙体,也是一种能解决保温层与建筑物同寿命问题的保温技术。与外保温相比,对保温材料耐候性要求低,造价较便宜,施工相对方便,不存在外保温面层处理问题以及保温层损坏问题,因此具有更大的经济效益[23,24]。

目前填充式外墙夹心保温施工按"外叶墙－保温板－内叶墙－拉接件"的四道工序,施工较复杂、工期长。在实际施工中容易出现的质量问题有:①由于现场没有专用切割工具,聚苯乙烯板几何尺寸偏差较大且不规整,造成聚苯乙烯板接缝处缝隙很大;②墙面砌筑不平整,聚苯乙烯板与内外叶墙结合不严密,自由空间大;③在圈梁、窗口、阳台等保温薄弱部位,随意采用切割下来的边角料、碎块填充;④砌体水平、竖向灰缝不饱满,不密实;⑤框架填充墙体中,梁下皮砖砌不严。以上质量问题,使夹心保温墙体的夹层中间存在着较大的空隙,从而使冷热空气对流顺畅,热损失比设计的要大得多,保温性能大为降低,这已经影响到该技术的进一步推广应用。

1.3 现场发泡夹心墙

节能墙体保温层耐久性问题已成为中外建筑节能专家面临的主要问题,寻求一种经济、施工简单快捷、节能效果好、保温层与建筑同寿命的耐久性节能墙体技术刻不容缓。

为此,作者与合作者开发了一种新型节能墙体——现场发泡夹心墙。采用现场发泡浇筑技术,在内外叶墙砌筑过程中不需考虑保温材料的填充,因而施工经济、简单、快捷,并且可以有效解决接缝处缝隙大、黏合不严密、存在保温薄弱部位等问题。另外,用于现场发泡浆料的泵送设备已经很好地解决了泵送的破泡问题,最大垂直输送高度达 200m,最大输送距离达 500m,输送流量达 25m³/h,完全可以满足现代化施工要求,如图 1.1 所示。

图 1.1　现场发泡浆料的泵送设备

对于节能建筑来说,保温材料的研究和开发是首要问题,保温材料导热系数的高低很大程度影响保温效果。目前可采用的发泡保温材料有许多,如采用硬质发泡聚氨酯,其导热系数较低[≤0.045W/(m·K)],但造价偏高且污染环境;采用无氟发泡聚氨酯,虽可解决环境污染问题但价格仍然偏高,市场推广还有难度。因此通常采用以膨胀型聚苯乙烯颗粒、水泥和发泡剂为原料,按比例溶于水,通过压缩空气的冲击作用产生泡沫,注入填充空腔的现场发泡保温浆料,如图 1.2 所示。这种发泡保温材料造价低,导热系数小于等于 0.065W/(m·K),24h 内可固化并与墙体紧密结合,形成致密稳定的保温层。虽然与一些保温材料相比,导热系数偏高,但保温层厚度可以根据节能设计要求进行调整,以保证墙体保温达到"三步节能"的要求,经计算保温层厚 120mm 可达到节能 65%标准。发泡保温浆料保温效果良好,性能稳定耐久,造价比同类产品低,且环保卫生,综合效益好,因此是较理想的夹心墙保温材料,有广泛的市场应用潜力。

图 1.2　发泡保温材料

　　保温材料的配置、发泡与泵送灌注由成套设备一体化完成,整个保温层施工作业可连续完成,方便快捷,完全满足现代化施工要求。保温材料的配置与发泡过程如图1.3所示,保温材料灌注夹心墙过程如图1.4所示。

图1.3　保温材料现场发泡过程

图1.4　发泡保温材料灌注夹心墙过程

　　现场发泡保温浆料具有一定的腐蚀性,普通钢筋拉接件无法满足耐久性要求。一些经济发达国家采用不锈钢或镀锌拉接件,不锈钢拉接件过于昂贵,根本不符合我国国情。镀锌会造成污染,也比较昂贵。另外,镀锌件虽然在大气环境中耐腐蚀性较好,但已有研究表明,镀锌件在pH为13左右时表面处于活性状态,初期由于砂浆 pH 正好在这个范围内(12.5～13.5),这时如果钢铁表面有缺陷,那么两者构成腐蚀电池,加快了锌的腐蚀溶解,钢铁在后期就难以得到保护,同时也影响了钢筋与周围砂浆的结合力。因此,急需开发一种符合我国国情的造价低、防锈性能好、无污染的拉接件。在夹心墙中,内外叶墙片协调工作的基本条件是拉接件与砂浆之间有可靠的黏结和锚固。当砂浆因内力变化、开裂或构造需要等因素引起拉接件应力沿长度变化时,必须由周围砂浆提供必要的黏结应力。否则,拉接件与砂浆将发生相对滑移,墙片出现裂缝和变形,改变内力分布,甚至提前发生破坏。此外,拉接件与砂浆的黏结状况在重复和反复荷载作用下逐渐退化,对于结构的疲劳和抗震性都有重要影响,并且耐腐蚀性材料的黏结、锚固性能与普通钢筋拉接件也会有所不同。

目前现场发泡保温浆料的导热系数一般在 $0.065W/(m \cdot K)$ 以上,如果达到 50% 或 65% 的节能目标,保温层厚度一般在 80～120mm 范围内,这将有可能超过我国规范规定的厚度(100mm)。保温层厚度变化对夹心墙的各种性能都带来影响,因此,对更大夹心层厚度条件下的夹心墙的工作机理,如墙体的稳定性、拉接件参与变形能力、夹心墙的破坏机制与破坏特征、受力性能、耗能能力等需做进一步研究。

第 2 章　塑料钢筋拉接件受力性能试验

塑料的耐腐性能良好,并且废塑料使用会带来巨大的经济效益和环境效益,因此利用废塑料为主要原料,生产了塑料钢筋拉接件。经国家建筑装修材料质量安全监督检验中心检验,塑料钢筋拉接件的耐腐蚀性能够满足现场发泡夹心墙的使用要求。本章主要对塑料钢筋拉接件的受力性能进行研究。

2.1　黏结强度试验

2.1.1　试验目的

拉接件对加强内外叶墙连接,保证整体性能起重要作用。拉接件的连接作用必须通过它与砌筑砂浆的可靠黏结保证。通过对塑料钢筋拉接件的中心拉拔试验,分析砂浆的抗压强度、混凝土抗压强度和相对黏结长度对黏结强度的影响,为配筋砌块砌体灰缝中钢筋的锚固长度的确定提供了理论依据。

2.1.2　试件设计

试验的塑料钢筋拉接件直径为 4mm,外裹塑料皮直径为 6mm,故以直径 6mm 作为塑料钢筋直径标准值。根据《混凝土结构试验方法标准》的要求,钢筋放置在立方体的中轴线上,埋入部分长度和无黏结部分长度各为 $5d$。钢筋伸出混凝土试件表面的长度:自由端为 20mm,加载端应根据垫板厚度、穿孔球铰高度及加载装置的夹具长度确定,但不宜小于 300mm。在混凝土中无黏结部分的钢筋应套上硬质的光滑塑料套管,套管末端与钢筋之间空隙应封闭。混凝土黏结试件是尺寸为 100mm×100mm×100mm 的立方体试块,砂浆黏结试件是尺寸为 70.7mm×70.7mm×70.7mm 的立方体试块,同时各制作一组标准试件作抗压强度。由于试模不能保证塑料钢筋外伸,为了避免影响,将埋入试件中的钢筋前段缠上 10mm 长塑料薄膜,保证塑料钢筋在塑料薄膜中伸缩,无黏结部分的钢筋套上硬质的光滑塑料套管或缠上塑料薄膜。黏结部分长度为 30mm,如图 2.1 所示。砂浆试件设计时分别考虑砂浆强度等级和钢筋的黏结长度等因素的影响。

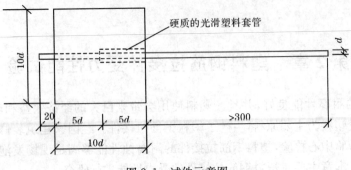

图 2.1　试件示意图

2.1.3　试件制作

钢筋下料,砂浆及混凝土试件制作、养护等工序都在实验室完成。塑料钢筋在砂浆和混凝土试件浇筑同时植入,共同养护。所用砂浆为水泥砂浆,实验室搅拌,砂浆设计强度为 M7.5、M10(配合比见表 2.1),每种配合比砂浆留有 18～21个尺寸为 70.7mm×70.7mm×70.7mm 的立方体试块,6 个作力学试验,其余用来测定砂浆与塑料钢筋黏结力。试块底部为普通黏土砖或黏土多孔砖,标准养护28 天。所有混凝土试件在实验室制作,采用强制式混凝土搅拌锅搅拌,设计强度为 C20、C25、C30(配合比见表 2.2),浇筑时留有 3 个尺寸为 150mm×150mm×150mm 的立方体试块,以测定其力学性能,其余试件用以测定混凝土与塑料钢筋黏结力。立方体试件的制作、养护和试验符合现行《建筑砂浆基本性能试验方法标准》[25] 和《普通混凝土力学性能试验方法标准》[26] 的要求。

表 2.1　砂浆配合比

砂浆设计强度等级	试件编号	PS32.5 水泥/(kg/m³)	砂子/(kg/m³)	黏结试件数量
M7.5	LS7	260	1480	27
M10	LS10	315	1480	36
M15	LS15	355	1480	12
M20	LS20	400	1480	12

表 2.2　混凝土试件数据

混凝土设计强度等级	试件编号	PS32.5 水泥/(kg/m³)	砂子/(kg/m³)	碎石/(kg/m³)	水/(kg/m³)	黏结试件数量
C20	LH20	404	679	5.25　1157	210	5
C25	LH25	477	617	5.25　1146	210	5
C30	LH30	512	605	5.25　1123	210	30

2.1.4　试验装置和测试方法

试验采用的仪器设备如图 2.2 所示。

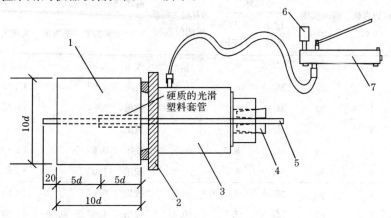

1.试件；　2.三脚架；　3.千斤顶；　4.锚具；　5.塑料钢筋；　6.拉力表；　7.液压设备

图 2.2　拉拔示意图

加载速度要符合下列公式：

$$V_F = 0.03d^2 \tag{2.1}$$

式中，V_F 为加载速度(kN/min)；d 为钢筋直径(mm)。

2.1.5　试验结果与分析

根据《混凝土结构试验方法标准》的要求，塑料钢筋在混凝土及砂浆中黏结强度实测值的计算公式为

$$\tau_u^0 = \alpha F_u^0 / (3.14 l_a d) \tag{2.2}$$

式中，τ_u^0 为钢筋黏结强度实测值(kN/mm^2)；α 为混凝土抗压强度及砂浆抗压强度修正系数，因为试验采用的是非标准试件，而且钢筋的埋入方法也与标准方法要求不同，所以修正系数取为 0.95；F_u^0 为钢筋黏结破坏的最大荷载实测值(kN)；l_a 为钢筋的埋入长度(mm)；d 为钢筋直径(mm)。

《混凝土结构试验方法标准》中要求测量钢筋自由端各级荷载下的滑移值和最大滑移值，但是试验的材料是塑料钢筋，塑料钢筋在砂浆中和在混凝土中黏结后，在拉力作用下位移值很大，能达到 30～50mm。塑料皮与钢丝产生移动，说明在锚固端塑料皮和砂浆或混凝土黏结没破坏的情况下，钢筋在塑料皮中滑移，当力消失后，钢丝同塑料皮一起回缩。通过两次张拉可以消除大部分位移值，但是拉力实测值明显减小，因此试验数据是在一次张拉条件下测定的。试验分析表明，砂浆强度越高，锚固强度越大，而且钢筋与砂浆的黏结强度低于钢筋与混凝土的黏结强度。砂浆试件黏结强度试验结果见表 2.3，混凝土试件黏结强度试验结果见表 2.4。

表 2.3　砂浆试件黏结强度试验结果

试件分组编号	试验参数				试验结果	破坏形态	黏结应力/MPa		拉伸应力/MPa	
	钢筋直径/mm	锚固长度/mm	砂浆强度		破坏最大荷载实测值/kN		实测值	平均值	实测值	平均值
			设计等级	实测值/MPa						
LS7-1	4	30	M7.5	8.7	0.4	拔出	1.07		31.85	
LS7-2	4	30	M7.5	8.7	0.6	拔出	1.60		47.77	
LS7-3	4	30	M7.5	8.7	0.5	拔出	1.34	1.18	39.81	35.03
LS7-4	4	30	M7.5	8.7	—	拔出	—		—	
LS7-5	4	30	M7.5	8.7	0.3	拔出	0.80		23.89	
LS7-6	4	30	M7.5	8.7	0.4	拔出	1.07		31.85	
LS7-7	4	60	M7.5	8.7	0.5	拔出	0.67		39.81	
LS7-8	4	60	M7.5	8.7	0.8	拔出	1.07	0.98	63.69	58.39
LS7-9	4	60	M7.5	8.7	0.9	拔出	1.20		71.66	
LS7-10	4	30	M7.5	8.9	0.4	拔出	1.07		31.85	
LS7-11	4	30	M7.5	8.9	0.5	拔出	1.34		39.81	
LS7-12	4	30	M7.5	8.9	0.3	拔出	0.80	1.39	23.89	41.40
LS7-13	4	30	M7.5	8.9	0.6	拔出	1.60		47.77	
LS7-14	4	30	M7.5	8.9	0.8	拔出	2.14		63.69	
LS7-15	4	30	M7.5	8.9	—	拔出				
LS7-16	4	60	M7.5	8.9	0.8	拔出	1.07		63.69	
LS7-17	4	60	M7.5	8.9	0.9	拔出	1.20	1.16	71.66	69.0
LS7-18	4	60	M7.5	8.9	0.9	拔出	1.20		71.66	
LS7-19	4	30	M7.5	9.1	0.4	拔出	1.07		31.85	
LS7-20	4	30	M7.5	9.1	0.5	拔出	1.34		39.81	
LS7-21	4	30	M7.5	9.1	0.8	拔出	0.80	1.23	23.89	36.63
LS7-22	4	30	M7.5	9.1	0.5	拔出	1.34		39.81	
LS7-23	4	30	M7.5	9.1	0.6	拔出	1.60		47.77	
LS7-24	4	30	M7.5	9.1	—	拔出	—		—	
LS7-25	4	60	M7.5	9.1	0.9	拔出	1.20		71.66	
LS7-26	4	60	M7.5	9.1	1.0	拔出	1.33	1.33	79.62	79.62
LS7-27	4	60	M7.5	9.1	1.1	拔出	1.47		87.58	

续表

| 试件分组编号 | 试验参数 | | | | 试验结果 | | 破坏形态 | 黏结应力 /MPa | | 拉伸应力 /MPa | |
| | 钢筋直径 /mm | 锚固长度 /mm | 砂浆强度 | | 破坏最大荷载实测值/kN | | | | | | |
			设计等级	实测值 /MPa				实测值	平均值	实测值	平均值
LS10-1	4	30	M10	12.9	0.5		拔出	1.34		39.81	
LS10-2	4	30	M10	12.9	0.7		拔出	1.87		55.73	
LS10-3	4	30	M10	12.9	0.6		拔出	1.60	1.65	47.77	49.10
LS10-4	4	30	M10	12.9	0.5		拔出	1.34		39.81	
LS10-5	4	30	M10	12.9	0.6		拔出	1.60		47.77	
LS10-6	4	30	M10	12.9	0.8		拔出	2.14		63.69	
LS10-7	4	60	M10	12.9	1.2		拔出	1.60		95.54	
LS10-8	4	60	M10	12.9	1.6		拔出	2.14	1.87	127.39	111.46
LS10-9	4	60	M10	12.9	1.4		拔出	1.87		111.46	
LS10-10	4	30	M10	13.2	0.6		拔出	1.60		47.77	
LS10-11	4	30	M10	13.2	0.9		拔出	2.40		71.66	
LS10-12	4	30	M10	13.2	—		拔出	—	2.35		70.06
LS10-13	4	30	M10	13.2	1.2		拔出	3.20		95.54	
LS10-14	4	30	M10	13.2	0.9		拔出	2.40		71.66	
LS10-15	4	30	M10	13.2	0.8		拔出	2.13		63.69	
LS10-16	4	60	M10	13.2	1.5		拔出	2.00		119.43	
LS10-17	4	60	M10	13.2	1.3		拔出	1.15	1.63	103.50	119.43
LS10-18	4	60	M10	13.2	1.7		拔出	1.73		135.35	
LS10-19	4	30	M10	3.6			作废	—		—	
LS10-20	4	30	M10	3.6			作废	—		—	
LS10-21	4	30	M10	3.6			作废	—			
LS10-22	4	30	M10	3.6			作废	—	—	—	—
LS10-23	4	30	M10	3.6			作废	—			
LS10-24	4	30	M10	3.6			作废	—			
LS10-25	4	60	M10	3.6			作废	—		—	
LS10-26	4	60	M10	3.6			作废	—		—	
LS10-27	4	60	M10	3.6			作废	—		—	

试件分组编号	试验参数				试验结果	破坏形态	黏结应力/MPa		拉伸应力/MPa	
	钢筋直径/mm	锚固长度/mm	砂浆强度		破坏最大荷载实测值/kN		实测值	平均值	实测值	平均值
			设计等级	实测值/MPa						
LS10-28	4	30	M10	2.8	作废	—	—	—	—	
LS10-29	4	30	M10	2.8	作废	—	—	—		
LS10-30	4	30	M10	2.8	作废	—	—		—	
LS10-31	4	30	M10	2.8	作废	—	—			
LS10-32	4	30	M10	2.8	作废	—	—	—		
LS10-33	4	30	M10	2.8	作废	—	—	—		
LS10-34	4	60	M10	2.8	作废	—	—	—	—	
LS10-35	4	60	M10	2.8	作废	—	—	—	—	
LS10-36	4	60	M10	2.8	作废	—	—		—	
LS15-1	4	30	M15	17.6	0.9	拔出	2.40		71.66	
LS15-2	4	30	M15	17.6	0.8	拔出	2.13	2.31	63.69	68.84
LS15-3	4	30	M15	17.6	0.9	拔出	2.40		71.66	
LS15-4	4	60	M15	17.6	1.2	拔出	1.60		95.54	
LS15-5	4	60	M15	17.6	1.4	拔出	1.87	1.91	111.46	114.12
LS15-6	4	60	M15	17.6	1.7	拔出	2.27		135.35	
LS15-7	4	30	M15	18.1	0.9	拔出	2.40		71.66	
LS15-8	4	30	M15	18.1	0.5	拔出	1.33	1.95	39.81	58.39
LS15-9	4	30	M15	18.1	0.8	拔出	2.13		63.69	
LS15-10	4	60	M15	18.1	1.4	拔出	1.87		111.46	
LS15-11	4	60	M15	18.1	1.3	拔出	1.73	1.87	103.50	111.46
LS15-12	4	60	M15	18.1	1.5	拔出	2.00		119.43	
LS20-1	4	30	M20	22.6	1.0	拔出	2.66		79.02	
LS20-2	4	30	M20	22.6	0.9	拔出	2.40	2.53	71.66	75.64
LS20-3	4	30	M20	22.6	—	拔出	—		—	
LS20-4	4	60	M20	22.6	1.7	拔出	2.27		135.35	
LS20-5	4	60	M20	22.6	1.4	拔出	1.87	2.05	111.46	122.08
LS20-6	4	60	M20	22.6	1.5	拔出	2.00		119.43	

续表

试件分组编号	试验参数		砂浆强度		试验结果	破坏形态	黏结应力/MPa		拉伸应力/MPa	
	钢筋直径/mm	锚固长度/mm	设计等级	实测值/MPa	破坏最大荷载实测值/kN		实测值	平均值	实测值	平均值
LS20-7	4	30	M20	24.1	1.0	拔出	2.66		79.62	
LS20-8	4	30	M20	24.1	1.4	拔出	3.73	2.93	111.46	87.58
LS20-9	4	30	M20	24.1	0.9	拔出	2.40		71.66	
LS20-10	4	60	M20	24.1	1.6	拔出	2.13		127.39	
LS20-11	4	60	M20	24.1	1.5	拔出	2.00	2.0	119.43	119.43
LS20-12	4	60	M20	24.1	1.4	拔出	1.87		111.46	

表 2.4　混凝土试件黏结强度试验结果

试件分组编号	试验参数		混凝土强度		试验结果	破坏形态	黏结应力 τ_u^0/MPa		拉伸应力 σ_u/MPa	
	钢筋直径/mm	锚固长度/mm	设计等级	实测值/MPa	破坏最大荷载实测值/kN		实测值	平均值	实测值	平均值
LH20-1	4	30	C20	28.4	作废	—	—		—	
LH20-2	4	60	C20	28.4	作废	—	—		—	
LH20-3	4	140	C20	28.4	作废	—	—		—	
LH20-4	4	120	C20	28.4	作废	—	—		—	
LH20-5	4	80	C20	28.4	作废	—	—		—	
LH25-1	4	120	C25	32.8	作废	—	—		—	
LH25-2	4	60	C25	32.8	作废	—	—		—	
LH25-3	4	100	C25	32.8	作废	—	—		—	
LH25-4	4	120	C25	32.8	作废	—	—		—	
LH25-5	4	80	C25	32.8	作废	—	—		—	
LH30-1	4	30	C30	37.4	0.9	拔出	2.40		71.66	
LH30-2	4	30	C30	37.4	1.5	拔出	4.00		119.43	
LH30-3	4	30	C30	37.4	1.4	拔出	3.73		111.46	
LH30-4	4	30	C30	37.4	1.3	拔出	3.47	3.56	103.50	106.16
LH30-5	4	30	C30	37.4	1.5	拔出	4.00		119.43	
LH30-6	4	30	C30	37.4	1.4	拔出	3.73		111.46	

续表

试件分组编号	试验参数				试验结果	破坏形态	黏结应力 τ_u^0/MPa		拉伸应力 σ_u/MPa	
	钢筋直径/mm	锚固长度/mm	混凝土强度		破坏最大荷载实测值/kN		实测值	平均值	实测值	平均值
			设计等级	实测值/MPa						
LH30-7	4	60	C30	37.4	1.6	拔出	2.13		127.39	
LH30-8	4	60	C30	37.4	1.7	拔出	2.27	2.31	135.35	138.0
LH30-9	4	60	C30	37.4	1.9	拔出	2.53		151.27	
LH30-10	4	30	C30	36.5	1.3	拔出	3.47		103.50	
LH30-11	4	30	C30	36.5	1.4	拔出	3.73	3.73	111.46	111.46
LH30-12	4	30	C30	36.5	1.5	拔出	4.00		119.43	
LH30-13	4	30	C30	36.5	1.4	拔出	3.73		111.46	
LH30-14	4	30	C30	36.5	—	拔出	—	3.73		111.46
LH30-15	4	30	C30	36.5	1.4	拔出	3.73		111.46	
LH30-16	4	60	C30	36.5	1.6	拔出	2.49		127.39	
LH30-17	4	60	C30	36.5	1.7	拔出	2.13	2.38	135.35	138.0
LH30-18	4	60	C30	36.5	1.9	拔出	2.53		151.27	
LH30-19	4	30	C30	37.1	1.4	拔出	3.73		111.46	
LH30-20	4	30	C30	37.1	1.3	拔出	3.47	3.6	103.50	107.48
LH30-21	4	30	C30	37.1	1.4	拔出	3.73		111.46	
LH30-22	4	30	C30	37.1	1.3	拔出	3.47		103.50	
LH30-23	4	60	C30	37.1	1.9	拔出	2.53	2.67	151.27	159.24
LH30-24	4	60	C30	37.1	2.1	拔出	2.80		167.20	
LH30-25	4	30	C30	36.9	1.4	拔出	3.73		111.46	
LH30-26	4	30	C30	36.9	1.3	拔出	3.47	3.67	103.50	109.47
LH30-27	4	30	C30	36.9	1.5	拔出	4.00		119.43	
LH30-28	4	30	C30	36.9	1.3	拔出	3.47		103.50	
LH30-29	4	60	C30	36.9	1.8	拔出	2.40	2.54	143.31	151.28
LH30-30	4	60	C30	36.9	2.0	拔出	2.67		159.24	

　　外套式塑料钢筋拉接件与砂浆、混凝土的黏结锚固力取决于塑料外皮与砂浆的黏结力和塑料外皮与钢筋间的黏结力。通过塑料钢筋拉接件黏结强度试验研究发现,钢筋从塑料中抽出而破坏,而塑料与砂浆或混凝土均保持完好,这表明塑料外皮与砂浆的黏结力大于塑料外皮与钢筋间的黏结力。砂浆试件黏结强度试验极限拉拔力实测值一般在 0.5~1.5kN 范围内,拉伸应力一般在 50~100MPa 范围内。

2.2　灰缝试件试验

2.2.1　试验目的

　　由于塑料外皮与钢筋间的黏结力较小,直筋锚固无法承担拉接件的锚固力。我国《砌体结构设计规范》中规定夹心墙中拉接件形式为环形或 Z 形。本小节的拉拔试验通过 L 形、U 形试件简单模拟 Z 形、环形塑料钢筋拉接件受拉状态,将其锚固在 240mm 或 120mm 厚小墙片水平灰缝中进行拉拔,试图简单模拟 Z 形或环形拉接件在内外叶墙中的受拉破坏状态。试验主要分析不同形状、不同弯折长度、不同锚固长度、不同砂浆强度等级等对锚固性能的影响。通过外形塑料钢筋拉接件与砂浆的锚固性能对比,得出应用于现场发泡夹心墙的较合适的塑料钢筋拉接件形状参数,并对塑料拉接件的构造参数进行优化研究,最终给出塑料钢筋拉接件的最佳构造形式与最优构造参数,为进一步研究现场发泡夹心墙力学性能提供可靠的科学依据。

2.2.2　试件设计

　　试验共采用了 57 个试件,分 19 组进行拉拔对比试验。考虑影响锚固性能的因素包括锚固长度、弯折长度、试件形状(L 形、U 形)、砂浆强度等级等。每组条件完全相同的试件有 3 个。试件分组情况详见表 2.5。拉拔试件全部采用沈阳建筑大学设计、沈阳特种塑料研究所生产的外套塑料皮的 $\phi 4$ 钢筋。

表 2.5　试件分组

试件分组编号	试件形状	弯折长度/mm	锚固长度/mm	墙片厚度/mm	砂浆强度等级
L-1	L 形	30	130	120	M7.5
L-2	L 形	50	150	120	M7.5
L-3	L 形	70	170	120	M7.5
L-4	L 形	90	190	120	M7.5
L-5	L 形	30	250	240	M7.5
L-6	L 形	50	270	240	M7.5
L-7	L 形	70	290	240	M7.5
Ua-1	U 形	50	125	120	M5
Ua-2	U 形	70	135	120	M5
Ua-3	U 形	50	245	240	M5
Ua-4	U 形	70	255	240	M5

续表

试件分组编号	试件形状	弯折长度/mm	锚固长度/mm	墙片厚度/mm	砂浆强度等级
Ub-1	U形	50	125	120	M7.5
Ub-2	U形	70	135	120	M7.5
Ub-3	U形	50	245	240	M7.5
Ub-4	U形	70	255	240	M7.5
Uc-1	U形	50	125	120	M10
Uc-2	U形	70	135	120	M10
Uc-3	U形	50	245	240	M10
Uc-4	U形	70	255	240	M10

为进行试件拉拔试验,共砌筑了9个小墙片,其中8个小墙片4皮砖高,1个小墙片6皮砖高,小墙片截面尺寸为1000mm×240mm或1000mm×120mm,灰缝塑料钢筋拉接件分别采用L形和U形拉接件,在每隔一条水平灰缝间距的水平灰缝中布置同一组试件,同一组试件有三个条件完全相同的试件(见图2.3和图2.4),塑料钢筋拉接件灰缝试件如图2.5和图2.6所示。

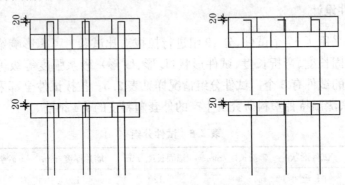

图2.3　同组试件在水平灰缝中锚固示意图

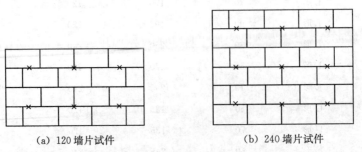

(a) 120墙片试件　　　　　　　　(b) 240墙片试件

图2.4　拉拔试验小墙片图(×为拉接件位置)

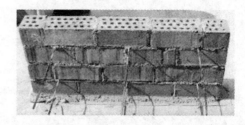

图 2.5　L 形塑料钢筋拉接件灰缝试件

图 2.6　U 形塑料钢筋拉接件灰缝试件

砌筑材料砖采用 MU10 烧结多孔砖,砂浆采用 M10、M7.5、M5 三种强度等级混合砂浆,配合比分别为水泥：石灰：砂子：水＝1：0.23：5.73：1.09,水泥：石灰：砂子：水＝1：0.35：6.33：1.21,水泥：石灰：砂子：水＝1：0.51：7.07：1.36*。现场搅拌,并各留有 6 个尺寸为70mm×70mm×70mm 的立方体试块,自然养护 28d,以测定其力学性能指标。试块和试件一起养护,拉拔试件留有 5 根,以测定其强度指标和本构关系曲线。试件的材料、截面几何尺寸和施工质量符合《砌体结构设计规范》及有关标准规范的要求。立方体试块的制作、养护和试验符合现行国家标准《建筑砂浆基本性能试验方法》的要求。

2.2.3　试验装置和测试方法

试验装置如图 2.7 所示。试验时将垫板、千斤顶、力传感器穿在钢筋上,再在千斤顶的两端之间架设一个位移传感器,试验通过安装液压式压力试验机施加正压力。在试件后部伸出的钢筋处(30mm)加设一个位移百分表,量测加载端的滑移。采用拉拔式加载方案,加载时,用锚具夹住钢筋,由液压千斤顶施加荷载。力的测量使用力传感器液晶屏直接读数;位移测量在 0～5kN 范围内,用位移百分表以 1kN 级差记录位移,在 5kN 至极限荷载范围内,以 0.5kN 级差记录位移。试验由于拉拔试件 $\phi4$ 较细,受卡具限制,实际拉拔是通过在拉拔试件后焊接钢筋条完成的。U 形拉拔试件是通过穿过钢板孔弯折固定后完成拉拔的(见图 2.8)。

---

*　若无特殊说明,砂浆配合比均为质量比。

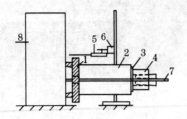

1. 垫板　2. 千斤顶　3. 力传感器　4. 夹具
5. 位移百分表　6. 表座及表架　7. 拉拔试件　8. 小墙片

图 2.7　拉拔试件加载装置示意图　　　　图 2.8　拉拔试件加载

2.2.4　试验结果与分析

试验实测 7 组 21 个 L 形试件、9 组 27 个 U 形试件。为模拟钢筋不均匀受力,还进行了三组 U 形试件反复加载试验。试验结果分别见表 2.6 和表 2.7。

表 2.6　拉拔试件试验结果

试件分组编号	试验参数				试验结果					破坏形态
	弯折长度/mm	锚固长度/mm	砂浆强度		极限强度/MPa			平均值/MPa	位移值/mm	
			设计等级	实测值/MPa						
L-1	30	130	M7.5	7.9	294.59	254.78	246.82	265.39	13.3	钢筋滑移
L-2	50	150	M7.5	7.9	238.85	286.62	294.59	273.35	13.4	钢筋滑移
L-3	70	170	M7.5	8.1	334.39	390.13	326.43	350.32	12.0	钢筋滑移
L-4	90	190	M7.5	8.1	294.59	350.32	374.2	339.7	12.3	钢筋滑移
L-5	30	250	M7.5	8.0	318.47	318.47	230.89	289.28	13.0	钢筋滑移
L-6	50	270	M7.5	8.0	294.59	302.55	294.59	297.24	12.8	钢筋滑移
L-7	70	290	M7.5	8.0	334.39	326.43	350.32	337.05	12.4	钢筋滑移
Ua-1	50	125	M5	5.9	477.71	465.76	378.18	440.55	6.0	钢筋折断
Ua-2	70	135	M5	5.9	513.54	545.38	370.22	476.38	5.4	钢筋折断
Ua-3	50	245	M5	6.0	429.9	421.97	402.07	417.99	8.1	钢筋折断
Ub-1	50	125	M7.5	8.0	509.55	489.66	453.82	484.34	4.5	钢筋折断
Ub-2	70	135	M7.5	8.1	517.52	589.17	529.46	545.38	3.3	钢筋折断
Ub-3	50	245	M7.5	8.1	505.57	461.78	390.13	452.49	5.8	钢筋折断
Uc-1	50	125	M10	10.9	477.71	437.9	505.57	473.73	5.4	钢筋折断
Uc-2	70	135	M10	10.9	449.84	390.13	485.67	441.88	6.1	钢筋折断
Uc-3	50	245	M10	10.7	390.13	382.17	362.26	378.18	7.9	钢筋折断

表 2.7　U 形单根交替反复拉拔试验结果

试件分组编号	左侧加载/kN			左侧位移平均值/mm	右侧加载/kN			右侧位移平均值/mm
	荷载1	荷载3	荷载5		荷载2	荷载4	荷载6	
Ua-4	5.7	5.3	5.2	10.1	5.0	5.1	5.2	11.0
Ub-4	6.3	5.2	5.3	9.5	5.4	5.4	5.3	10.6
Uc-4	6.8	6.0	5.9	8.8	6.0	5.9	5.9	10.1

　　通过对 L 形、U 形塑料钢筋拉接件的灰缝试件试验简单模拟 Z 形、环形拉接件在灰缝中的受拉状态,拉拔试验结果表明:

　　(1) L 形塑料钢筋拉接件极限拉拔力每组平均值在 3.33～4.40kN 范围内,极限拉拔力最小值为 2.9kN,极限抗拉强度每组平均值在 265.39～350.32MPa 范围内,极限抗拉强度最小值为 230.89MPa,超过 HPB235 钢筋屈服强度标准值。

　　(2) U 形塑料钢筋拉接件极限拉拔力每组平均值在 9.5～13.7kN 范围内,极限拉拔力最小值为 9.1kN,极限抗拉强度每组平均值在 345.01～545.38MPa 范围内,极限抗拉强度最小值为 362.26MPa,超过 HRB335 钢筋屈服强度标准值。

　　(3) 单侧单根交替加载模拟环形塑料钢筋拉接件不均匀受力,第一次达到极限拉力值在 5.7～6.8kN 范围内,钢筋强度平均值在 453.8～541.4MPa 范围内,几乎不低于 U 形两端同时拉拔钢筋强度平均值。同时,进行了另一侧的单根拉拔试验,极限强度值比第一次降低仅 12%～15%。继续进行交替反复拉拔,且随次数增多,拉拔力基本不再降低,呈现出逐渐平稳趋势。

　　(4) 外包塑料虽然改变了钢筋的受力性能,但均有可靠的机械锚固性能。环形塑料钢筋拉接件的受力性能比 Z 形塑料钢筋拉接件的受力性能好。

2.3　受力性能分析

2.3.1　破坏形态分析

1. L 形塑料钢筋拉接件

　　当试件开始受力后,外包塑料与钢筋形成的整体共同受力、共同变形,且力与变形均较小;当荷载增大到 1.5kN,塑料外皮与钢筋变形不再一致,钢筋有相对滑动趋势,但由于钢筋锚固端弯折段受到约束阻止了钢筋在塑料皮中的滑移而可以继续承载。拉拔反力直接与钢筋弯折段的约束反力平衡,钢筋与外包塑料间的黏结力起间接作用;当拉拔力增加到 3kN 左右,钢筋产生少量滑移,但与普通金属拉接件不同,塑料钢筋拉接件在钢筋产生滑移后,砂浆一直保持完好,不是整个拉接件与砂浆产生整体滑移,而是钢筋与塑料相对滑移。塑料钢筋拉接件拉拔后的砂浆与外套塑料一直保持完好(见图 2.9),荷载值基本稳定,一直保持在 3kN 以上。实测 7 组 21 个 L 形试件均为钢筋滑移,极限拉拔力最小值为 2.9kN,钢筋强度最小值 230.89MPa,超过 HPB235 钢筋屈服强度标准值,每组钢筋强度平均值在 265.39~350.32MPa 范围内。钢筋起滑后,约束反力作用荷载还能增加,但增幅明显减缓,钢筋滑移量显著增大,类似于钢筋进入屈服阶段。此后继续加载,由于约束力不足以承受增大的拉力,钢筋被匀速缓慢地从塑料皮中拔出。钢筋由进入屈服阶段至被拔出破坏位移增加约 10mm,而力增加约 0.7kN,表现出较好的延性。与普通拉接件不同,塑料钢筋拉接件在达到极限拉拔力后,对塑料钢筋拉接件进行二次、三次拉拔时,只要钢筋滑移未超过弯折段,荷载值均能稳定在 3kN 以上(见图 2.10)。钢筋与外套塑料之间产生滑移,已不存在黏结力,只具有很小的摩擦力,这是因为拉接件通过不断调直-弯折提供稳定的承载力,是一种机械锚固力。此外,塑料钢筋具有普通钢筋不具备的承受反复荷载的特性,在拉拔滑移后,当受到压力时,砂浆与外套塑料仍然保持完好,钢筋在塑料管内滑移,钢筋仍处于调直-弯折过程中,并保持一定的承载力。塑料钢筋拉接件,不论是受到拉力还是压力,砂浆与外套塑料都始终保持完好,钢筋始终处于调直-弯折过程中,这表明塑料钢筋拉接件具有较大的位移时,始终具有一定的承载力,因此可以使结构具有较好的延性。这与普通拉接件有本质的区别,普通拉接件在拉压过程中,一旦砂浆被破坏后,几乎不再具有承载能力,但塑料钢筋拉接件在反复荷载作用下,一直具有一定的承载力,并具有较大的变形能力。因此,应用于现场发泡夹心墙中的塑料钢筋可以发挥比普通钢筋更优越的抗拉性能和变形性能[27]。

图 2.9　L 形塑料钢筋拉接件拉拔后的砂浆与外套塑料　　图 2.10　拉拔后,钢筋在外套塑管内滑移

2. U 形塑料钢筋拉接件

U 形试件两端同时等量加载后,刚开始塑料外皮与钢筋形成整体共同受力、共同变形,且力与变形均较小,当荷载增大到 2.5kN 时,塑料外皮与钢筋变形不再一致,但由于钢筋两侧同时受到约束阻止了钢筋在塑料皮中的滑移而使其可以继续承载。当荷载继续增大到 5kN 左右时,受试验条件限制,两根钢筋受力不均匀,

拉力差使钢筋在塑料皮中产生少量滑移,但由于受很强的约束作用,还可以继续承载(见图 2.11)。破坏前拉拔反力与灰缝和塑料外皮间黏结锚固力平衡。当荷载继续增大时,钢筋继续伸长,而由于两根钢筋变形和受力不均,钢筋滑移会有所增大;当荷载增大到一定值时,钢筋产生一定的弹塑性变形,当荷载继续增加到试件破坏时,受力较大的钢筋因达到极限强度而先被拉断或因受力较均匀而两根同时拉断。实测 9 组 27 个 U 形试件,除有 1 个砂浆标号较低(M5),墙片较薄(120mm)的试件发生灰缝砂浆剪切破坏外,25 个 U 形试件为钢筋单根拉断破坏,仅 1 个 U 形试件双根同时拉断破坏,拉断处截面产生颈缩,钢筋有少量滑移。破坏时拉拔力最小值为 9.1kN,钢筋强度最小值为 362.26MPa,每组钢筋强度平均值在 378.18～525.48MPa 范围内,离散性较大的原因主要是两根钢筋受力不均匀,试件有的双根拉断,有的单根拉断,双根拉断钢筋强度平均值明显大于单根拉断。受力不均匀也使滑移值相差较大,单根拉断滑移大于双根同时拉断滑移。拉拔试件采用的高强钢筋,基本力学性能试验测得其抗拉极限强度为 650MPa,试验钢筋拉断时均未达到 650MPa,这是因为钢筋拉拔端穿过钢板孔后弯折锚固造成应力集中,且弯折处钢筋受剪,当钢筋实际受剪作用较强和应力集中较严重时,拉断的强度值与抗拉极限强度相差较多。

图 2.11　U 形塑料钢筋拉接件拉拔后的砂浆与外套塑料

　　钢筋单根拉断破坏是由于两根钢筋受力不均匀,为模拟钢筋不均匀受力,进行了三组 U 形试件反复加载试验。刚开始塑料外皮与钢筋形成整体共同受力、共同变形,拉拔力由灰缝和塑料外皮间黏结锚固力承担。荷载继续增大到 1.5kN 左右时,塑料与钢筋间变形不再一致,钢筋有相对滑动趋势,拉拔力转为由弯折段钢筋调直的约束反力直接承担。当荷载继续增大到 4kN 左右时,钢筋产生少量滑移,但仍受较大约束作用还能继续承载。钢筋起滑后,荷载虽有增加,但增幅明显减缓,钢筋滑移量显著增大,类似于钢筋进入屈服阶段。此后继续加载,当约束力不足以承受增大的拉力时,钢筋被匀速缓慢从塑料皮中拔出。钢筋由进入屈服阶段至拉拔极限值位移增加约 10mm,而力增加约 1kN,表现出较好的延性。实测钢筋单根拉拔第一次达到破坏荷载时拉力值在 5.7～6.8kN 范围内,钢筋强度平均值在 453.8～541.4MPa 范围内,几乎不低于 U 形两端同时拉拔钢筋强度平均值,滑移值在 8.8～11.0mm 范围内。同时,进行了另一侧的单根拉拔试验,试验表明另一侧的单根钢筋仍具有较高的拉力值,拉力值在 5.0～6.0kN 范围内,第二次钢筋极限强度值比第一次降低仅 12%～15%。继续进行交替反复拉拔,且随次数增多,拉拔力基本不再降低,呈现出逐渐平稳趋势。实测第三次至第六次破坏时钢筋极限强度值与第二次相比已不再降低。

2.3.2　试验结果分析

由于外叶墙自承重,每层外叶墙所受到的地震力由混凝土梁挑耳和拉接件传递给内叶墙。为确定拉接件在地震作用下的受力,不考虑混凝土梁挑耳作用,地震力全部由拉接件传递给内叶墙。

墙片所受地震力采用底部剪力法计算,公式为

$$F_{EK} = \alpha_1 G_{eq} \tag{2.3}$$

$$G_{eq} = c \sum_{i=1}^{n} G_i \tag{2.4}$$

式中,F_{EK} 为水平地震作用标准值;α_1 为水平地震影响系数值;G_{eq} 为等效总重力荷载代表值;c 为等效系数;G_i 为集中于质点 i 的重力荷载代表值。

当遭受大震作用时,假设外叶墙所受地震力不向下传递,而是通过拉接件传到内叶墙。根据辽宁省抗震设防烈度分布特点,分别对 7 度区、8 度区罕遇地震下对强度进行验算。在 7 度区,罕遇地震下单位面积外叶墙所受地震力为 0.816kN,若所受地震力全部由一根塑料钢筋拉接件承担,那么一根塑料钢筋拉接件传递的力为 0.816kN;根据《砌体结构规范》规定,拉接件应沿竖向梅花形布置,拉接件的水平和竖向最大间距分别不宜大于 800mm 和 600mm,单位面积拉接件数量不少于 1000×1000/(800×600)=2.08 根,则一根塑料钢筋拉接件传递的力为 0.392kN;对有振动或有抗震设防要求时,其水平和竖向最大间距分别不宜大于 800mm 和 400mm,单位面积拉接件数量不少于 1000×1000/(800×400)=3.13 根,则一根塑料钢筋拉接件传递的力为 0.261kN。在 8 度区,罕遇地震下单位面积外叶墙所受地震力为 1.469kN,若所受地震力全部由一根塑料钢筋拉接件承担,那么一根塑料钢筋拉接件传递的力为 1.469kN;根据《砌体结构规范》规定,单位面积拉接件数量不少于 2.08 根,则一根塑料钢筋拉接件传递的力为 0.706kN;对有振动或有抗震设防要求时,单位面积拉接件数量不少于 3.13 根,则一根塑料钢筋拉接件传递的力为 0.469kN。

Z 形塑料钢筋拉接件极限拉拔力每组平均值在 3.3～4.4kN 范围内,极限拉

拔力最小值为 2.9kN；环形塑料钢筋拉接件极限拉拔力每组平均值在 9.5～ 13.7kN 范围内，极限拉拔力最小值为 9.1kN。

由黏结强度试验可知，钢筋与外套塑料之间的摩擦力在 0.5～1.5kN 范围内，可以推断钢筋由不断调直-弯折而提供的机械锚固力在 2～3kN 范围内。因此，为了提高 Z 形塑料钢筋拉接件的锚固力，可以增加一个弯折段，形成卷边 Z 形塑料钢筋拉接件。卷边 Z 形塑料钢筋拉接件比 Z 形塑料钢筋拉接件的锚固力有大幅提高，由于有两个不断调直-弯折而提供机械锚固力的弯折段，锚固力能提高到 5kN 以上，这已通过单侧单根钢筋加载试验验证。

2.3.3　锚固影响因素的分析

砂浆强度影响：由拉拔试验全过程和对试件的受力特性分析，塑料钢筋拉接件的拉拔锚固力取决于塑料外皮与砂浆间的黏结力和钢筋与塑料外皮的黏结力。拉拔试验结果表明 57 个试件中仅有一个试件由于砂浆标号较低(M5)，墙片较薄(120mm)，发生水平灰缝砂浆受剪破坏，其余试件的塑料外皮与砂浆的锚固连接都很好，没有发生塑料外皮锚固破坏的情况。这说明决定试件拉拔极限承载力大小的因素不是塑料外皮与砂浆间的锚固力。因此，只要保证砂浆不被破坏，砂浆强度对锚固力影响很小。

锚固长度影响：试验结果表明无论是 L 形试件还是 U 形试件，锚固长度对钢筋极限抗拉强度影响都很小，在钢筋与塑料外皮无相对滑动时，锚固长度对锚固力有一定影响，当钢筋与塑料外皮产生相对滑移后，钢筋与塑料之间的摩擦力较小，塑料钢筋拉接件的锚固力主要由钢筋弯折段调直-弯折产生的约束力提供。对于 Z 形拉接件，只要滑移不超过弯折段，锚固长度对锚固力无明显影响。

弯折段长度影响：弯折长度因素对 L 形钢筋极限强度影响较大，实测弯折长度 70mm 的 L 形试件比弯折长度 30mm 的 L 形试件钢筋极限强度大 1.38 倍。对 U 形钢筋极限强度有一定影响，但没有 L 形钢筋显著。

试件形状影响：形状因素对钢筋极限强度影响最为显著。U 形试件极限强度平均值与 L 形试件相比大 1.4～1.7 倍。这是因为当 U 形试件钢筋两端同时受拉时，钢筋所受约束作用很强，一端拉力构成抗滑移约束力的绝大部分，且随拉力增大而不断增大。尤其两端钢筋受力较均匀时，钢筋几乎不产生滑移，钢筋抗拉性能得到充分发挥，直至钢筋折断。而 L 形试件抗滑移约束力主要由钢筋弯折段调直-弯折产生的约束力提供，其抗滑移能力显然小于前者，因此，L 形试件破坏时钢筋强度平均值与 U 形试件双侧拉拔相比较小，但位移值与 U 形试件双侧拉拔相比较大。U 形试件单侧受拉时表现出较好的抗拉能力和变形能力，其破坏时钢筋强度平均值几乎与双侧同时拉拔 U 形试件相当，但其变形能力比双侧同时受拉大许多，破坏时刻位移值比 L 形试件略小。这是因为 U 形试件单侧受拉与两侧同时受拉钢筋的约束情况不一致。两侧同时受拉拔由于一侧拉力可以作为钢筋抗滑移约束力，且随拉力增大而增大，因此钢筋几乎完全被约束，试验时就发生了钢筋折断、滑移值较小的脆性破坏。而 U 形试件单侧受拉拔是由于钢筋在弯折段受到约束，约束情况类似于 L 形试件，但因为 U 形试件与 L 形试件相比有两段弯折，且弯折长度比 L 形大很多，所以能提供更大的约束力，表现为 U 形试件单侧拉拔破坏时钢筋强度平均值比 L 形试件大很多，但位移值相差很少。

2.3.4 构造措施建议

通过以上分析，并参考《砌体结构设计规范》和辽宁省《外保温夹心墙技术规程》，对用于现场发泡夹心墙的塑料钢筋拉接件提出以下构造措施建议：

(1) 考虑到塑料拉接件抗拉时能达到较高强度，建议现场发泡夹心墙砌筑采用不低于 M5 的砂浆。

(2) 在 6 度区建议采用 Z 形塑料钢筋拉接件；在 7 度区建议采用 Z 形塑料钢筋拉接件或卷边 Z 形塑料钢筋拉接件，如保温层厚度较厚，考虑厚度增加带来的不利影响，建议采用卷边 Z 形塑料钢筋拉接件；在 8 度区建议采用卷边 Z 形塑料钢筋拉接件或环形塑料钢筋拉接件，如保温层厚度较厚，考虑厚度增加带来的不利影响，建议采用环形塑料钢筋拉接件。

(3) 通过 L 形试件拉拔试验结果发现，只要钢筋拉拔未超过弯折段，则弯折段长度对机械锚固力影响很小，因此建议 Z 形塑料钢筋拉接件的弯折段不宜小于50mm。考虑内外叶墙片的位移不同步，则楼层内最大的弹性层间位移小于弯折段长度，同时考虑制作等因素，因此建议卷边 Z 形塑料钢筋拉接件的第一段弯折段长度取为 50mm，第二段弯折段长度不宜小于 30mm。通过 U 形试件拉拔试验结果发现，弯折段长度对拉拔破坏值有一定影响，但弯折段长度超过 50mm 时增加已不明显，同时考虑制作等因素，因此建议环形拉接件弯折段长度不宜小于50mm，拉接件在开口端应该绑扎，以加强约束，使环形拉接件保持平整。参考规范环形拉接件的做法，绑扎搭接长度取 30mm（见图 2.12）。

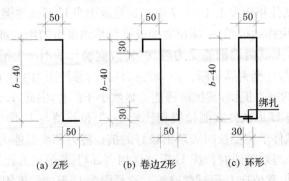

(a) Z形   (b) 卷边Z形   (c) 环形

图 2.12 Z形、卷边 Z形与环形拉接件构造图

（4）塑料钢筋拉接件中钢筋受到外套塑料的保护，因此可适当减少保护层厚度，但不宜小于 20mm。

（5）塑料钢筋拉接件在叶墙上的搁置长度，不应小于叶墙厚度的 2/3，且不应小于 60mm，拉接件距墙外皮宜为 20mm。

（6）塑料钢筋拉接件应采用镀塑钢筋，不宜采用外套式塑料钢筋。

2.4　小　结

通过塑料钢筋拉接件的黏结强度试验研究和 L 形、U 形塑料钢筋拉接件灰缝试件试验模拟 Z 形、环形塑料钢筋拉接件受拉状态，并通过单侧交替反复拉拔试验研究环形塑料钢筋拉接件不均匀受力的特点，得到以下结论：

（1）通过试验研究和理论分析，表明了塑料钢筋拉接件受力性能能够满足不同抗震设防烈度地区现场发泡夹心墙使用要求，并能发挥比普通钢筋拉接件更优越的抗拉性能和变形性能。

（2）给出在不同抗震设防烈度和不同保温层厚度情况下，塑料钢筋拉接件形式的建议。

（3）给出不同砂浆强度等级、弯折段尺寸、保护层厚度、搁置长度等构造建议。

第 3 章　平面内抗震性能模型试验

3.1　试　验　目　的

现场发泡夹心墙从结构上看即是两片墙体通过拉接件或其他构造措施连接而成的夹心墙。内叶墙主要起承重作用,外叶墙主要起保护作用。这种墙体受力后在承载力、变形、稳定性方面的性能优劣,特别是现场发泡夹心墙的抗震性能的优劣(包括厚薄不同的内外叶墙连接设计是否妥当、能否保证地震中两片墙体的共同工作等),这些问题都值得深入研究。鉴于我国夹心墙设计内容亟待完善的现状,亟待补充对夹心墙的受力性能尤其是抗震性能的研究。现场发泡夹心墙节能建筑作为一种新型墙体组成的结构体系急需研究解决的新技术问题有:①现场发泡夹心墙的抗震性能及空腔过厚(120mm)对抗震性能的影响;②现场发泡夹心墙采用新型塑料钢筋拉接件,需要验证塑料钢筋拉接件等构造措施的有效性及其对现场发泡夹心墙抗震性能的影响;③现场发泡夹心墙的协同工作性能与合理构造措施;④现场发泡夹心墙抗震抗剪承载力计算方法。为解决以上问题,我们共进行了 13 片夹心墙体试件的低周反复加载试验。

低周反复加载试验也称拟静力试验,是国内外常用的研究结构构件抗震性能简单而有效的试验方法,它在研究新型材料、新型构件的非线性性能、能量耗散特性、极限破坏机理等方面发挥很重要的作用。考虑拟静力试验可以模拟现场发泡夹心墙体构件在不同烈度地震作用下的反应,表现大震作用下砌体结构剪切破坏特征,并可细致观察研究结构的破坏机理,其主要试验结果荷载-位移关系曲线(滞回曲线)反映墙体抗震性能如抗震承载力、耗能能力等,可以达到课题研究目的,因此确定采用拟静力试验的方法研究现场发泡夹心墙抗震性能,同时参照《建筑抗震试验方法规程》[28] 等文献资料,制定出试验方案。

砌体结构在地震作用下,墙体构件变形能力差,容易脆性破坏甚至倒塌。为满足"小震不坏,中震可修,大震不倒"的抗震设防要求,现场发泡夹心墙应同时具有必要的承载能力和良好的变形能力。因此进行现场发泡夹心墙平面内抗震性能试验是立足于拟静力试验结果,从抗震抗剪承载力和变形能力两方面系统研究现场发泡夹心墙抗震性能。现场发泡夹心墙抗震抗剪承载力研究内容主要包括:①试验现象与试验结果分析;②抗震抗剪承载力验算;③抗剪承载力影响因素分析;④内外叶墙协同工作性能研究;⑤抗剪受力机理研究;⑥推导现场发泡夹心墙抗震抗剪承载力公式。现场发泡夹心墙变形性能研究内容主要包括:①试验现象与试验结果分析;②荷载-变形滞回曲线与骨架曲线;③现场发泡夹心墙的延性;④现场发泡夹心墙的耗能;⑤现场发泡夹心墙的刚度退化与恢复力模型。

3.2　试验概况

3.2.1　试件设计

试验共设计 13 片现场发泡夹心墙试件,1 片实心墙对比试件。为研究各因素对现场发泡夹心墙抗震性能影响,按以下不同参数分组:拉接件形状、塑料钢筋拉接件间距、保温层厚度、竖向压应力 σ_0、砂浆设计强度 f_1、砂浆实测强度 f_2,见表3.1。所有试件几何尺寸完全一致,模拟实际工程中无开口现场发泡夹心墙,高宽方向尺寸按比例缩小,墙体高 1400mm,宽 1740mm(不计构造柱和压梁尺寸),高宽比 $h/b=0.8$。内叶墙厚 240mm,外叶墙厚 120mm,实心墙厚 370mm。试件顶部设有钢筋混凝土压梁,内叶墙两端设 240mm 厚构造柱。压梁的作用为:一是均匀传递竖向荷载,二是与构造柱构成钢筋混凝土边框,模拟现场发泡夹心墙受圈梁和构造柱约束的情况。

表 3.1　试件分组

试件编号	塑料钢筋拉接件形状: 间距(水平×竖向)/mm	保温层厚度/mm	σ_0 /MPa	f_1 /MPa	f_2 /MPa
WH84-100-1	环形:800×400	100	1.0	10	8.2
WH84-120-1		120	1.0	10	8.0
WH83-80-1	环形:800×300	80	1.0	10	7.7
WH83-100-1		100	1.0	10	8.5
WH83-120-1		120	1.0	10	8.1
WH64-80-1	环形:600×400	80	1.0	10	7.9
WH64-100-1		100	1.0	10	8.2
WH64-120-1		120	1.0	10	7.8
WZ83-120-1	Z形:800×300	120	1.0	10	8.4
WZ64-120-1	Z形:600×400	120	1.0	10	7.9
WZ64-120-0.7		120	0.7	10	7.7
WH64-120-0.5	环形:600×400	120	0.5	10	7.7
WH83-120-0.3	环形:800×300	120	0.3	10	7.5
W	实心墙	0	0.7	10	8.4

现场发泡夹心墙试件内外叶墙连接是通过塑料钢筋拉接件与顶部钢筋混凝土压梁挑耳实现的。环形或 Z 形塑料钢筋拉接件锚固长度和弯折长度,如图 3.1 和图 3.2 所示。

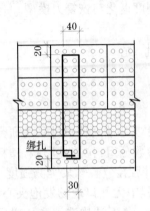 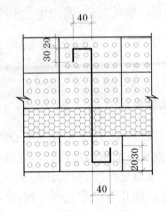

图 3.1　环形塑料钢筋拉接件构造　　　图 3.2　卷边 Z 形塑料钢筋拉接件构造

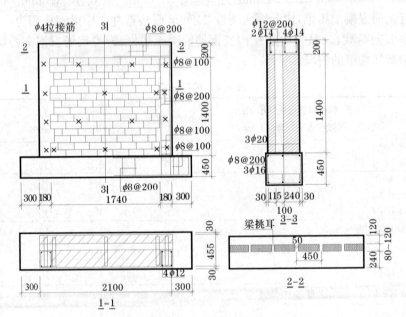

图 3.3　现场发泡夹心墙试件 WH84-100-1 施工图

对于拉接件的间距,参考《砌体结构设计规范》中的规定:拉接件应沿竖向梅花形布置,有抗震设防要求时的环形或 Z 形钢筋拉接件水平和竖向最大间距分别不宜大于 800mm 和 400mm。为考察塑料钢筋拉接件间距变化对墙体抗震性能的影响,另外考虑现场发泡夹心墙保温层厚度超过填充式夹心墙保温层厚度的影响,应对拉接件适当加密,即环形拉接件间距按 800mm × 400mm、800mm × 300mm、600mm × 400mm 布置;卷边 Z 形拉接件按 800mm × 300mm、600mm × 400mm 布置。钢筋混凝土梁挑耳参照《砌体结构设计规范》设置夹心墙外叶墙横向支撑条文介绍设计,墙顶部净间距 400mm 设梁挑耳连接,现场发泡夹心墙试件施工图如图 3.3 所示。

3.2.2　材料选取

(1) 试验采用沈阳林盛砖厂生产的 KPI 型 MU10 承重多孔砖,其具体尺寸为 240mm × 110mm × 90mm。

(2) 砂浆采用混合砂浆,用 325♯ 水泥及中砂、消石灰配制成,砂浆强度等级为 M7.5。配合比为水泥 : 消石灰 : 中砂 : 水 = 1.00 : 0.78 : 5 : 1.23。每盘砂浆都留有一组标准试块并在试件试验前进行了砂浆材性试验。

(3) 构造柱、压梁混凝土采用设计强度为 C20 商品混凝土。

(4) 构造柱纵筋采用 HRB335 钢筋,箍筋采用 HPB235 钢筋,梁挑耳采用 HRB335 钢筋。

(5) 塑料钢筋拉接件采用 LB550 级 ϕ 4 钢筋。

3.2.3　试件制作

试件的施工图如图 3.3 所示。影响砌体抗剪强度因素较多,如操作水平高低、水平竖向灰缝厚度及饱满度、多孔砖含水率、孔洞率、孔型、砂浆类别及砖强度等,这些因素都不同程度地影响砌体的抗剪强度。其中施工质量对试验结果有很大影响,为了尽可能减少施工质量因素的影响,按照《砖石施工规程统一标准》,在制作试件时,着重注意以下几点:

(1) 试验一律采用同批生产的多孔砖,在砌筑前应润湿。

(2) 所有砂浆均为 325♯ 水泥配制的水泥砂浆灰。每盘砂浆均留 6 块尺寸为 70.7mm × 70.7mm × 70.7mm 砂浆试块。

(3) 内外叶墙两侧同时向上砌筑,保证同一皮砖上两侧标高相同,边砌边放拉接件。拉接件竖向按梅花形布置。水平灰缝砂浆饱满度均满足规范要求,保证砖块横平竖直,竖向灰缝均用加浆法填满。试验墙由一名瓦工砌筑,同一皮砖采用一盘砂浆。

(4) 钢筋混凝土圈梁构造柱墙片施工按《多层砖房钢砼构造柱抗震设计与施工规程》要求进行。

现场发泡夹心墙试件制作施工过程如图 3.4 所示。

图 3.4　现场发泡夹心墙试件制作施工过程

3.2.4　材料的基本力学性能

为研究现场发泡夹心墙体的抗震性能,对试件材料的几个基本力学性能指标(多孔砖强度、砂浆强度、构造柱混凝土强度及构造柱钢筋与拉接件强度)进行了材性试验,并以此为依据分析墙体抗震性能。

(1) 砂浆强度测定:每盘预留 6 个尺寸为 70.7mm×70.7mm×70.7mm 砂浆试块,分批测 28 天强度和试件试验时强度,取其平均值 f_{2m}。实测砂浆强度见表 3.1。

(2) 多孔砖强度测定:按照国家标准取 5 块多孔砖采用坐浆法操作,按标准的养护和试验方法进行抗压强度与抗折强度试验,取其平均值 f_{1m}。实测多孔砖强度见表 3.1。

(3) 构造柱混凝土强度:浇筑混凝土时预留四组标准混凝土试块,试块与试件在相同条件下养护,在试验同时测定试块的强度。实测构造柱混凝土平均强度 $f_{cum}=19.1MPa$。

(4) 构造柱钢筋与塑料钢筋拉接件抗拉强度:构造柱纵筋采用 HRB335 级,直径为 12mm,平均屈服强度为 413MPa。箍筋采用 HPB235 级,直径为 6mm,屈服强度为 343.5MPa。拉接件采用 LB550 级钢筋,直径为 4mm,屈服强度为 670.1MPa。

3.2.5　试验装置

房屋结构在遭遇地震灾害时,强烈的地面运动使结构承受反复作用的惯性力。在低周反复荷载试验中,利用加载系统使结构受到逐渐增大的反复作用荷载或交替变化的位移,直到结构破坏。试验中,结构或构件受力的历程有结构在地震作用下的受力历程的基本特点,但加载速度远低于实际结构在地震作用下所经历的变形速度,为与单调静力荷载试验区别,有时又称这种试验为拟静力试验。拟静力试验是国内外常用的研究结构构件抗震性能简单有效的试验方法,目前国内常采用的加载装置有槽型刚架加载装置、悬臂式加载装置和建研式四连杆装置。试验加载装置采用有均布竖向荷载的悬臂式装置,如图 3.5 所示。竖向用两个量程为 600kN 的千斤顶在钢分配梁顶面滑板上按四分点施加竖向荷载,使用稳压器保持试验过程中竖向压力恒定,通过分配梁传力使内叶墙均匀受压,而滑板的作用是保证墙体在受载时尽量无约束滑移。水平拉压反复荷载通过美国 MTS 公司的液压伺服作动器施加,并联机实现加载控制和试验数据采集。

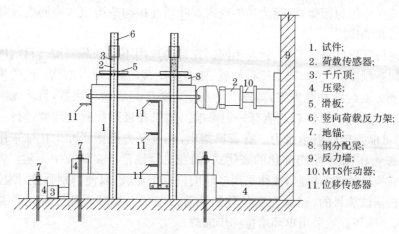

1. 试件;
2. 荷载传感器;
3. 千斤顶;
4. 压梁;
5. 滑板;
6. 竖向荷载反力架;
7. 地锚;
8. 钢分配梁;
9. 反力墙;
10. MTS作动器;
11. 位移传感器

图 3.5　现场发泡夹心墙试件抗震性能试验装置图

图 3.6　现场发泡夹心墙试件安装完成图

试件安装时,为保证试件水平面平整,在试件底座下面,压梁顶部与钢分配梁之间分别用一层厚约 10mm 细砂找平;为保证加荷点正确,进行前后对中,使竖向荷载、水平荷载、墙体在同一铅垂面内。试件找平对中后,将其固定牢固,试件安装完成后如图 3.6 所示。

3.2.6　加载方案与加载制度

为便于分析研究,现场发泡夹心墙试件加载采取简化受力模型,即将水平荷载及竖向荷载全部作用在内叶墙形心上,外叶墙不直接受力,水平力是由钢筋混凝土梁挑耳和塑料钢筋拉接件传递的。这种加载方式充分考虑到现场发泡夹心墙的受力特点:外叶墙为自承重墙,地震作用效应较小;内叶墙主要承重,地震作用效应相对外叶墙大很多。试验采取的简化受力模型与实际地震作用下现场发泡夹心墙受力较为相似,且能清楚体现内外叶墙连接构造措施对协同内外叶墙共同工作所起的作用。

在进行低周反复试验中,针对不同研究目的选用不同加载制度。目前国内外常见的加载制度有三种,即变位移加载、变力变位移加载、变力加载。试验采用第二种即变力变位移加载方案,如图 3.7 所示。关于每级循环次数,目前无明确规定,随着加载方案不同,对耗能有一定影响。如果在极限荷载之前就进行过多的循环,则可能降低极限承载力。有资料指出,在恢复力模型研究中往往采用单环增位移加载,以便于给出简化的表达式,而在抗震规范条文研究中为建立强度公式和研究构件的破坏机制,往往采用多环增位移步加载,以便判别强度、刚度退化情况。根据试验目的,试验在变位移加载阶段前三个循环采用三环增位移步加载,第四个循环开始采用单环增位移步加载。

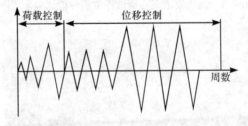

图 3.7　变力变位移加载程序图

试验前,首先施加竖向荷载,先试加几次,待观察墙片受力正常无平面外偏心后,将竖向荷载一次加至要求值,并恒载 15min,在整个试验中,竖向荷载值保持不变。垂直荷载施加完后,检查测试仪表和试件均正常,则开始施加水平荷载。按《建筑抗震试验方法规程》的要求,先进行预加反复荷载试验二次,取开裂荷载的 20%,试验预估为 100kN,然后开始正式加载,采用荷载和位移双控制方式。以荷载增量控制加载阶段，一次性加载至墙体开裂，循环一次。墙体开裂后，以位移增量控制加载，以墙体开裂荷载对应的位移 Δ_c 为控制位移，分别以 $1\Delta_c$、$2\Delta_c$、$3\Delta_c$ 为级差控制加载，每级循环三次，$4\Delta_c$ 以上每级循环一次。当试件裂缝急剧扩展和增多，荷载明显下降时，即认为试件丧失承载能力而达到破坏状态。

3.2.7　量测内容及测点布置

测点布置如图 3.8 所示，1-1、1-2 为力-位移传感器，主要量测试件的滞回曲线。2-1～2-3 为位移传感器，表架固定在试件底梁上，目的是消除底座移动的影响，所测位移为墙体相对底座的位移，主要测量不同高度处的水平位移。2-4～2-6 为位移传感器，主要量测内外叶墙相对侧移。3-1～3-8 为电阻应变片，主要量测拉接件应变值。

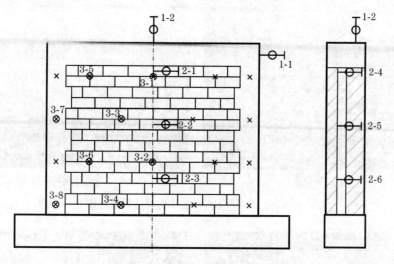

图 3.8　荷载与位移传感器布置图

3.3　试验现象分析

在一般砌体结构中，水平和竖向荷载组合可以产生多种破坏模式，包括层间剪切破坏模式、弯剪破坏模式和弯曲破坏模式。层间剪切破坏模式：墙体产生交叉斜裂缝，直至滑移，然后突然破坏。有构造柱时墙体破坏有一定延性。弯剪破坏模式：起初出现水平裂缝，但达到极限荷载时突然出现临界斜裂缝而受剪破坏。弯曲破坏模式：由于水平裂缝发展，受压区缩小而局部承压不足导致破坏。这些破坏模式与试件的高宽比 h/b、砌体强度 f 和垂直压应力等有关。

由受力分析和以往试验结果可知,高宽比小于 1 的墙体构件容易形成剪切破坏。

　　试验试件高宽比均为 0.8,材料强度等级相同,竖向压应力在 0.3～1.0MPa 范围内,保温层厚度和塑料钢筋拉接件形状参数有所不同。从试件破坏形态来看,13 片现场发泡夹心墙试件全部为剪切破坏,内叶墙裂缝呈＞—＜形或 X 形交叉裂缝,裂缝处多孔砖出现不同程度破坏。现场发泡夹心墙试件内外叶墙破坏形态如图 3.9～图 3.21 所示。拉接件形状参数和保温层厚度对破坏形态无影响,竖向压应力的变化对墙体裂缝形态有一定影响。当压应力降至 0.3MPa 时,墙下出现较短水平裂缝,但总体仍为交叉裂缝破坏。外叶墙与内叶墙相比,由于构造形式与受力方式均不同,虽然也是剪切破坏,但裂缝形态不尽相同,破坏程度相差很多。

　　(a) 内叶墙　　　　　　　　　　　　　　(b) 外叶墙

图 3.9　试件 WH84-100-1 内外叶墙破坏图

　　(a) 内叶墙　　　　　　　　　　　　　　(b) 外叶墙

图 3.10　试件 WH84-120-1 内外叶墙破坏图

　　(a) 内叶墙　　　　　　　　　　　　　　　　(b) 外叶墙

图 3.11　试件 WH83-80-1 内外叶墙破坏图

　　(a) 内叶墙　　　　　　　　　　　　　　　　(b) 外叶墙

图 3.12　试件 WH83-120-1 内外叶墙破坏图

　　(a) 内叶墙　　　　　　　　　　　　　　　　(b) 外叶墙

图 3.13　试件 WH83-100-1 内外叶墙破坏图

　　　　(a) 内叶墙　　　　　　　　　　　　　　　　(b) 外叶墙

图 3.14　试件 WH64-100-1 内外叶墙破坏图

　　　　(a) 内叶墙　　　　　　　　　　　　　　　　(b) 外叶墙

图 3.15　试件 WH64-80-1 内外叶墙破坏图

　　　　(a) 内叶墙　　　　　　　　　　　　　　　　(b) 外叶墙

图 3.16　试件 WH64-120-1 内外叶墙破坏图

（a）内叶墙　　　　　　　　　　　　　（b）外叶墙

图 3.17　试件 WZ83-120-1 内外叶墙破坏图

（a）内叶墙　　　　　　　　　　　　　（b）外叶墙

图 3.18　试件 WZ64-120-1 内外叶墙破坏图

（a）内叶墙　　　　　　　　　　　　　（b）外叶墙

图 3.19　试件 WZ64-120-0.7 内外叶墙破坏图

（a）内叶墙　　　　　　　　　　　　　　（b）外叶墙

图 3.20　试件 WH64-120-0.5 内外叶墙破坏图

（a）内叶墙　　　　　　　　　　　　　　（b）外叶墙

图 3.21　试件 WH83-120-0.3 内外叶墙破坏图

　　试验表明,现场发泡夹心墙抗震构造措施效果较好,内叶墙受构造柱与压梁组成的钢筋混凝土边框有效约束,改变了多孔砖墙体脆性性质,提高其变形能力。内叶墙与外叶墙的脆性破坏形态有明显区别。内外叶墙破坏形态虽然都是剪切斜裂缝,但是内叶墙除对角交叉主斜裂缝外,墙面还沿对角线分布多条斜裂缝;外叶墙无构造柱约束,破坏形态为交叉主斜裂缝,墙面无其他斜裂缝分布,这充分体现了约束砌体墙与纯砌体墙受力性能的区别,说明构造柱可以使现场发泡夹心墙变形能力大为提高。试验中当墙体开裂后,特别是墙体破坏分成四大块后,构造柱能约束破碎的砌体脱落坍塌,即使在构造柱端部出现塑性铰后,仍能阻止破碎砌体的倒塌。这些表明现场发泡夹心墙内叶墙用构造柱、圈梁分割包围构成约束砌体,可改变纯砌体砖墙的脆性性质,显著提高其变形能力和耗能能力,而且可防止墙体严重破坏时倒塌,因此是改善现场发泡夹心墙抗震性能的重要途径。但是,设置构造柱不可能完全改变墙体破坏形态,这是因为构造柱与圈梁形成弱框架,它所允许的不破坏变形要大于墙片的剪切变形,而当构造发挥作用时,墙体主要裂缝已经形成。构造柱有较大非弹性变形,可以吸收与耗散能量,增加墙体裂而不倒的能力。塑料钢筋拉接件和钢筋混凝土梁挑耳在协同内外叶墙共同工作方面起到较好作用,梁挑耳在受力过程中一直起主要作用,试件破坏时梁挑耳受剪根部混凝土已开裂。塑料钢筋拉接件主要在墙体弹塑性变形阶段、内外叶墙位移差较大时发挥作用,在加载初期作用不大,一些拉接件弯曲变形较严重。

内叶墙为剪切破坏形态,交叉形斜裂缝在墙面中部附近汇交,由于墙体高宽比较小,多数交叉形斜裂缝在墙体中间部位水平走向,即呈＞＜形。交叉形斜裂缝延伸至构造柱两端。斜裂缝处多孔砖出现不同程度破坏,竖向压应力大的劈裂较严重,这并不是因为砖本身强度等级低,而是由多孔砖的孔洞引起的。试件 WH83-120-0.3 出现局部弯曲破坏现象,墙下出现较短水平裂缝。构造柱基本全部剪切破坏,试件 WH83-120-1 的构造柱斜裂缝贯通柱截面,钢筋屈服。

外叶墙也是剪切破坏,但裂缝形态不尽相同,破坏程度相差很多。内外叶墙破坏形态有较大差异是因为两片墙构造形式不同和受力差异。从构造上看,现场发泡夹心墙试件由受力性能不同的两片墙组成。内叶墙有构造柱、压梁构成混凝土边框形成约束砌体,变形能力有较大提高,开裂之后由于墙柱的共同工作即外框约束和墙的支撑作用,使靠近两边构造柱部分墙体产生较多裂缝。外叶墙无构造柱约束,纯砌体变形能力差,脆性破坏十分明显,因此墙面裂缝分布少而集中。从受力上看,内外叶墙通过拉接件和梁挑耳连接形成一体。加载时外叶墙不直接受力,通过连接措施传力,因此外叶墙破坏一定程度反映内外叶墙共同工作情况。从试验结果看,有 3 片外叶墙无明显裂缝或仅局部开裂,4 片外叶墙交叉斜裂缝较宽,剪切破坏严重。其中试件 WH83-100-1 外叶墙形成最大宽度达 15mm 的交叉形斜裂缝,试件 WH84-100-1 外叶墙在一个方向形成贯通整个墙面斜裂缝,最大缝宽为 4mm,而试件 WH83-120-1、WZ83-120-0.3 外叶墙没产生斜裂缝。外叶墙破坏程度相差很多,说明连接措施对协调外叶墙共同工作能力有限,内外叶墙可在一定程度上共同工作。

由于外叶墙间接受力情况较复杂,剪切破坏出现多种形式。首先几乎所有外叶墙在顶部一、二皮砖沿水平灰缝剪切开裂,许多贯通整个水平截面,墙体发生剪切滑移破坏。主要原因是外叶墙无竖向荷载,水平截面宽度仅是内叶墙的一半,抗剪承载力与内叶墙相差很多。另外该层灰缝处设置了一些塑料钢筋拉接件,拉接件位置靠上受力和变形均较大。拉接件与砂浆接触处应力集中导致剪力沿灰缝分布并不均匀,剪应力较大处可能先发生灰缝局部剪切破坏,整个灰缝受剪面因此受到削弱,继而产生沿通缝的剪切滑移破坏。试验中观察到这种墙顶水平剪切裂缝比剪切斜裂缝出现更早,发展也更快,许多已贯通整个水平截面,还有的砂浆与砖有较严重剥离现象。水平剪切裂缝的出现，改变了外叶墙受力性能，因此外叶墙出现多种剪切破坏形态。一些水平剪切裂缝出现较早且很快贯通，墙体在顶部截面已丧失抗剪承载力，这时不再出现对角斜裂缝；一些虽然也出现水平剪切裂缝但该层灰缝抗剪能力较强，裂缝不能贯通，水平缝开展一段后转为沿斜向对角线发展，因此出现交叉形或沿一方向对角线的斜裂缝剪切破坏；还有一些水平剪切裂缝贯通后，虽然墙体在顶部截面已丧失抗剪承载力，上部剪力不能再向下传递，但在墙中部附近灰缝处受塑料钢筋拉接件的较强剪剪应力集中影响，沿薄弱处出现阶梯形齿缝剪切破坏。另外观察到虽然砂浆与砖交界面发生剪切破坏，但砂浆与塑料钢筋拉接件黏结很好，试件破坏时砂浆与塑料钢筋拉接件间握裹牢固，没发生拉接件锚固破坏。

外叶墙无竖向压应力，水平荷载的弯矩产生较大拉压应力，因此出现局部弯曲破坏现象。外叶墙无构造柱约束容易局压破坏，试验结果普遍出现外叶墙角局部压裂现象，如试件 WH83-100-1 外叶墙下角被压掉。一些外叶墙，如试件 WH64-80-1、WZ64-120-1 在底部一、二皮砖附近灰缝出现水平裂缝，这是因为较大拉应力引起开裂，但弯曲裂缝仅延伸一段。由于墙体高宽比较小（$h/b = 0.8$），仍以剪切破坏为主。

通过试验分析可知，现场发泡夹心墙在整个变形过程中，其荷载位移曲线经历了 3 个阶段：①弹性阶段。试件在反复荷载作用下，当荷载比较小时，墙体初裂以前这一段为弹性工作阶段。此阶段现场发泡夹心墙能够协同变形，内外叶墙相对侧移很小，其荷载位移曲线基本呈直线。②弹塑性阶段。从墙体开裂到达到极限荷载前为弹塑性阶段，在这一阶段，随着荷载增加，内外叶墙体先后开裂且裂缝不断发展，交叉裂缝形成，其荷载位移变为曲线且曲率逐渐加大。③下降段。当达到极限荷载后，墙体抗侧力将随着侧向位移增加而下降，卸荷后残余变形显著增大，主裂缝已裂通，墙片沿主裂缝来回错动，反映了开裂墙片的摩擦耗能特点。

墙体开裂前按荷载控制加载，荷载位移关系基本为直线，现场发泡夹心墙处于弹性工作阶段，内外叶墙体能共同变形。开裂时，现场发泡夹心墙试件均首先在内叶墙出现斜裂缝，而外叶墙完好。斜裂缝较细小，延伸一至两皮砖，有的使砖块开裂，有的沿阶梯型灰缝。内叶墙首先开裂，这是因为外叶墙间接受力，内外叶墙在一定程度上可以共同工作，但不能达到变形完全一致，而由内叶墙承受大部分荷载，外叶墙虽然薄弱但初期承受荷载小因此开裂较晚。

墙体开裂后按开裂位移 Δ_c 控制加载，荷载位移关系从直线段出现拐点，关系曲线形状变弯曲，现场发泡夹心墙处于弹塑性工作阶段。$1\Delta_c \sim 3\Delta_c$ 循环三次，墙体位移随荷载变化增加越来越明显，荷载最大值随控制位移增加也有较大增加。$3\Delta_c$ 左右荷载达到极限值，比弹性阶段最大荷载增加 50% 左右。这阶段内叶墙裂缝相继出现并不断增多,主要斜裂缝形成并不断加宽延伸。$1\Delta_c$循环加载,墙体位移较小(1.6mm 左右),内叶墙首条斜裂缝有所扩展,但不明显,裂缝较细,宽约 0.4mm,沿灰缝裂缝最长延伸三至四皮砖,外叶墙表面无可见裂缝。$2\Delta_c$循环加载,墙体位移增大,内叶墙主斜裂缝在墙面 $1/4$ 象限范围产生并扩展,缝宽达 1.3mm 左右,伴随出现一些新的较细密斜裂缝。有的构造柱靠两端出现细小水平裂缝,外叶墙表面无可见裂缝。$3\Delta_c$循环加载,墙体位移较大,内叶墙主斜裂缝继续加宽,并沿墙体对角线方向延伸,拉、压两方向裂缝逐渐向墙面中心附近汇交。构造柱上、下端水平逐渐伸展变成斜裂缝,缝宽 1.3mm 左右。内叶墙墙面继续出现一些新斜裂缝,其余斜裂缝不断加宽并平行于主裂缝方向延伸。主斜缝最宽,缝宽达 3mm 左右,此时承载力已经达到极限值,一些外叶墙底层沿灰缝产生细小水平缝。

$4\Delta_c$开始荷载循环一次,$4\Delta_c$左右出现极限荷载。内叶墙主斜裂缝的形成,位移增长加快,卸载后的残余变形也有增加。内叶墙可沿主裂缝来回错动,反映出并裂墙片摩擦耗能的特点。内叶墙基本破坏形态形成,交叉形裂缝在墙面中心汇交,缝宽达 5mm 左右。其他斜裂缝基本出齐,并继续发展。外叶墙也并始出现较明显裂缝但裂缝比内叶墙少,且形式有所不同。外叶墙裂缝主要有三种形式:其一是墙顶第一、第二皮砖灰缝处出现水平缝并沿水平方向继续延伸;其二是沿对角线方向出现阶梯型斜裂缝并继续延伸;其三是沿墙底水平灰缝的裂缝继续发展。外叶墙裂缝形式是以上一种或几种。

$5\Delta_c$以后,承载力有所下降,试件逐渐破坏。内叶墙主斜裂缝宽度最大可达 11mm 左右,斜裂缝处许多砖表面碎裂脱落。一些构造柱混凝土发生剪切破坏,柱脚、柱顶较宽斜裂缝已贯通整个混凝土截面。内叶墙被较宽交叉斜裂缝分割,但墙体一直保持裂而不倒。$6\Delta_c$多数外叶墙破坏已较明显。墙顶第一、第二皮砖灰缝间水平裂缝已延伸较长,有的已贯通整个水平截面,发生剪切滑移破坏。斜裂缝形态不尽相同,开展程度相差较大。有的形成交叉斜裂缝,延伸至整个墙面;有的在一个方向出现斜裂缝;还有的是从墙高 $1/2$ 附近边缘出现阶梯斜裂缝向下发展。较宽的斜裂缝宽已达 6mm 左右,有的无斜裂缝出现。$8\Delta_c$左右,承载力下降到极限承载力的 80% 以下,试件破坏。

加载全过程中,构造柱一直有效发挥约束作用,加强墙体变形能力,增加耗能,主要体现在:①内叶墙与外叶墙相比,脆性破坏性质明显改善;②内叶墙产生较大位移且开裂时始终保持裂而不倒;③内叶墙裂缝的闭合现象。在构造柱开裂前,内叶墙裂缝闭合现象很明显,卸荷后裂缝宽度减少 70% 左右。随构造柱裂缝开展,闭合作用有所下降,但构件破坏时裂缝宽度仍可减少 30% 左右。外叶墙无构造柱,裂缝闭合现象不明显。尤其当裂缝较宽时基本不再收敛,甚至形成宽达 15mm 的斜裂缝。

3.4　试验结果与分析

3.4.1　试验结果

试件在水平荷载作用下各阶段实测荷载值和相应位移值见表 3.2。表中 P_c 为开裂荷载，P_u 为极限荷载。实测位移为内叶墙体中线顶点相对于试件底座的水平位移。其中 Δ_c 为开裂位移，Δ_u 为极限荷载对应的位移，$\Delta_{0.85}$ 为荷载下降到极限荷载的 85% 时的位移。开裂荷载与极限荷载分别取两个方向的平均值，开裂位移与极限位移分别取两个方向的平均值。

表 3.2　试件受力各阶段荷载值和相应位移值

试件编号	水平荷载 P							内叶墙位移								
	P_c/kN			P_u/kN			P_c/P_u	Δ_c/mm			Δ_u/mm			$\Delta_{0.85}$/mm		
	正向	负向	平均	正向	负向	平均		正向	负向	平均	正向	负向	平均	正向	负向	平均
WH84-100-1	455	514	484	633	624	629	0.77	1.47	1.56	1.51	5.75	5.88	5.82	7.63	7.95	7.79
WH84-120-1	425	479	452	542	522	532	0.85	1.70	1.81	1.76	5.88	5.78	5.83	7.27	7.26	7.27
WH83-80-1	506	460	483	653	570	612	0.79	2.01	2.04	2.03	5.67	6.03	5.85	7.19	7.87	7.53
WH83-100-1	578	528	553	695	722	709	0.78	1.92	1.96	1.94	5.71	5.78	5.75	15.4	14.1	14.8
WH83-120-1	433	483	458	580	538	559	0.82	1.92	1.59	1.76	5.02	5.76	5.39	7.42	7.78	7.60
WH64-80-1	425	431	428	554	572	563	0.76	2.11	2.23	2.17	7.05	7.74	7.40	13.9	13.5	13.7
WH64-100-1	490	526	508	616	638	627	0.81	2.13	2.07	2.10	7.38	7.37	7.37	14.6	14.9	14.8
WH64-120-1	437	470	454	531	548	540	0.84	1.96	1.79	1.88	5.26	5.37	5.32	15.4	15.3	15.4
WZ83-120-1	496	548	522	657	665	661	0.79	1.64	1.81	1.73	5.88	6.08	5.98	12.7	13.1	12.9
WZ64-120-1	402	443	423	484	521	503	0.84	1.44	1.13	1.29	4.89	4.88	4.89	9.12	9.44	9.28
WZ64-120-0.7	406	374	390	452	465	459	0.85	1.11	0.96	1.04	4.30	4.37	4.34	9.14	9.66	9.40
WH64-120-0.5	320	364	342	371	424	398	0.86	1.91	1.97	1.83	6.10	7.02	6.56	12.3	12.7	12.5
WH83-120-0.3	302	253	278	339	373	356	0.78	2.10	1.87	1.99	6.69	7.40	7.05	11.5	11.6	11.6
W	406	443	425	550	570	560	0.76	1.52	1.59	1.56	5.02	5.53	5.28	15.2	13.4	14.3

3.4.2　试验结果分析

试验结果表明：

（1）现场发泡夹心墙比实心墙抗剪承载力有一定降低，竖向压应力相同时现场发泡夹心墙极限荷载与同样截面厚(370mm)实心墙相比降低 18%，开裂荷载仅降低 5%。开裂荷载与极限荷载之比 P_c/P_u 为 76% ～ 86%。竖向压应力为

1.0MPa 的现场发泡夹心墙荷载值,总体上看不低于竖向压应力为 0.7MPa 的实心墙。现场发泡夹心墙开裂荷载比同样截面 370mm 厚实心墙开裂荷载降低较少,这说明连接构造措施较有效地加强了两叶墙整体工作能力,从而缩小了夹心墙与实心墙的受力性能的差距,现场发泡夹心墙试件有较高的抗震承载力。

(2) 压应力对墙体抗剪承载力影响较大,压应力分别为 0.7MPa、0.5MPa、0.3MPa 的现场发泡夹心墙极限荷载是压应力为 1MPa 现场发泡夹心墙极限荷载平均值的 77%、67%、60%。试件的拉接件形状与布局的变化对抗剪承载力影响较小,这说明拉接件对提高承载力的作用不大。保温层厚度变化对抗剪承载力有一定影响。从总体上看,随试件保温层厚度增加承载力有所下降,但下降较少。100mm 保温层厚度开裂荷载比 80mm 保温层厚度开裂荷载平均下降 10%,120mm 保温层厚度开裂荷载比 100mm 保温层厚度开裂荷载仅下降 3%。100mm 保温层厚度极限荷载比 80mm 保温层厚度极限荷载下降 13%,120mm 保温层厚度极限荷载比 100mm 保温层厚度极限荷载下降 6%。

(3) 墙体的开裂位移较小,极限位移较大,实测墙体开裂位移在 1.04～2.17mm 范围内,按剪切位移角计算范围为 1/1346～1/625。破坏时墙体位移在 7.27～15.4mm 范围内,按剪切位移角计算范围为 1/193～1/91,为开裂位移的 7 倍左右。可见,构造柱充分发挥了约束墙体的作用,增强了墙体"大震不倒"的能力,这说明现场发泡夹心墙有较好的变形性能。

3.5　抗震抗剪承载力对比分析

现场发泡夹心墙的抗震抗剪承载能力是研究的一个关键问题。从试验结果看,保温层厚度过厚对承载力的不利影响较小,保温层厚度达到 120mm 时试件的抗剪承载力与保温层厚度为 100mm 时开裂荷载仅下降 3%,极限荷载下降 6%。但试件承载力对比还不能完全说明问题,现场发泡夹心墙的抗剪承载力能否满足抗震设防要求,还应通过抗震承载力验算。

试件的抗震抗剪承载力验算思路是:地震作用剪力标准值计算可将试件作为一个单质点,按弹性反应谱法计算底部剪力。因为结构构件抗震承载力验算是多遇地震烈度下的承载力验算,以"小震不坏,中震可修,大震不倒"为抗震设防目标,此烈度下构件基本处于弹性阶段,所以抗震承载力验算可以用试件的开裂荷载(取各试件最小值)与多遇地震烈度下剪力值比较。而罕遇烈度下以"大震不倒"为抗震设防目标,此烈度下构件处于塑性阶段,剪力标准值采用弹性简化计算方法即仍按式(2.3)计算底部剪力。抗震承载力验算可以用试件的极限荷载(取各试件最小值)与罕遇地震烈度下剪力值比较。抗震抗剪承载力验算结果见表 3.3。

表 3.3　现场发泡夹心墙试件抗震抗剪承载力对比

试件参数			开裂荷载 P_c/kN	极限荷载 P_u/kN	地震作用标准值/kN					
					7度区		8度区		9度区	
保温层厚度/mm	压应力/MPa	重力荷载/kN			多遇地震	罕遇地震	多遇地震	罕遇地震	多遇地震	罕遇地震
120	0.5	230.8	349	398	27.7	166.2	55.4	277.0	74.0	323.2
120	0.7	314.3	412	459	37.7	226.2	75.4	377.0	100.7	439.8
120	1.0	439.6	423	503	52.8	316.8	105.6	528.0	141.0	616.0
100	0.3	147.2	249	356	17.7	106.2	35.4	177.0	47.3	206.5
100	1.0	439.6	451	563	52.8	316.8	105.6	528.0	141.0	616.0
80	1.0	439.6	511	627	52.8	316.8	105.6	528.0	141.0	616.0

　　为便于比较,将抗震抗剪承载力验算结果用图 3.22～图 3.25 表示。当试件保温层厚 120mm 时,其开裂荷载和极限荷载均大于抗震设防烈度为 7 度和 8 度区在多遇地震和罕遇地震下的剪力值,这说明 120mm 厚保温层现场发泡夹心墙抗震承载力能满足烈度为 7 度和 8 度区的抗震承载力要求,但 120mm 厚保温层现场发泡夹心墙抗剪承载力小于烈度为 9 度区在罕遇地震下的剪力值。当试件保温层厚 100mm 时,其开裂荷载和极限荷载均大于抗震设防烈度为 7 度～9 度区在多遇地震和罕遇地震下的剪力值,这说明 100mm 厚保温层现场发泡夹心墙抗震承载力能满足 7 度～9 度区的抗震承载力要求。综上建议烈度为 7 度和 8 度区现场发泡夹心墙保温层厚不宜大于 120mm,烈度为 9 度区现场发泡夹心墙保温层厚不宜大于 100mm。

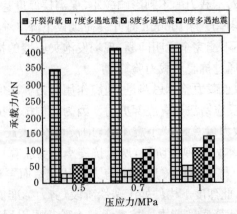

图 3.22　120mm 厚保温层现场发泡夹心墙多遇地震承载力对比

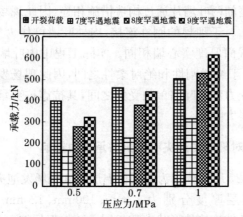

图 3.23　120mm 厚保温层现场发泡夹心墙罕遇地震承载力对比

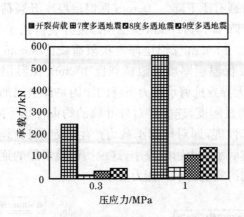

图 3.24　100mm 厚保温层现场发泡夹心墙多遇地震承载力对比

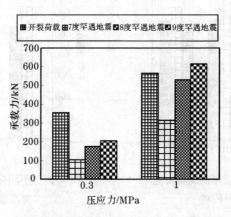

图 3.25　100mm 厚保温层现场发泡夹心墙罕遇地震承载力对比

　　现场发泡夹心墙的两叶墙片通过构造措施相连,因此现场发泡夹心墙抗震时作为组合构件受剪。对于理想的刚性连接,内外叶墙可作为整体共同受力,其抗剪承载力应与同样截面厚度实心墙相同。实际工程中内叶墙通过拉接件和外叶墙连接,连接刚度介于绝对刚性和绝对柔性之间,因此现场发泡夹心墙抗震时受力介于两叶墙共同受力和内叶墙单独受力之间,其抗震抗剪承载力的大小与两叶墙共同工作性能有很大关系。

3.5.1　保温层厚度对现场发泡夹心墙抗剪承载力影响

　　图 3.26 和图 3.27 所示分别为不同保温层厚度现场发泡夹心墙开裂荷载与极限荷载对比。保温层厚度分别为 80mm、100mm、120mm,竖向压应力均为1.0MPa,同组对比试件拉接件形状参数相同。随保温层厚度增加,现场发泡夹心墙开裂荷载和极限荷载有所下降。100mm 保温层厚度开裂荷载比 80mm 保温层厚度开裂荷载平均下降 10%,120mm 保温层厚度开裂荷载比 100mm 保温层厚度开裂荷载仅下降 3%。100mm 保温层厚度极限荷载比 80mm 保温层厚度极限荷载下降 13%,120mm 保温层厚度极限荷载比 100mm 保温层厚度极限荷载下降6%。保温层厚度增大导致抗剪承载力下降的原因是保温层加厚降低内外叶墙钢筋混凝土挑耳连接的线刚度,连接件对外叶墙的约束作用下降,从而影响到现场发泡夹心墙整体工作性能,即对抗剪承载力产生一定不利影响。但从总体上看,保温层厚度变化对抗剪承载力影响较小,这说明试验采用的连接构造措施可以满足现场发泡夹心墙的抗震抗剪承载能力要求。

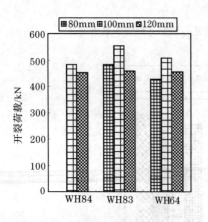

图 3.26　不同保温层厚的现场发泡
　　　　　夹心墙开裂荷载

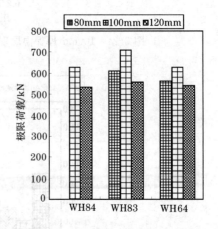

图 3.27　不同保温层厚的现场发泡
　　　　　夹心墙极限荷载

　　图 3.28 和图 3.29 所示分别为不同竖向压应力现场发泡夹心墙开裂荷载与极限荷载对比。竖向压应力分别为 1.0MPa、0.7MPa、0.5MPa、0.3MPa。同组对比

试件保温层厚度、拉接件构造形状参数相同。竖向压应力对抗剪承载力影响较大,随竖向压应力增加,现场发泡夹心墙开裂荷载和极限荷载都有较大提高。竖向压应力为1.0MPa试件的开裂荷载比 0.7MPa 试件的开裂荷载提高近一倍,极限荷载提高 34%。竖向压应力对抗剪承载力影响较大的原因是砌体处于水平剪应力与竖向压应力共同作用的复合受力状态,砌体抗剪强度很大程度受竖向压应力的影响,在砌体不发生竖向压应力控制的破坏时,砌体抗剪强度随竖向压应力提高而增加。

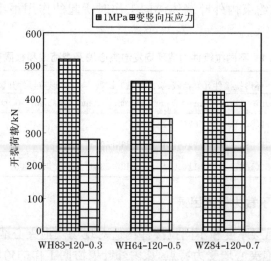

3.28　不同竖向压应力下的现场发泡夹心墙开裂荷载

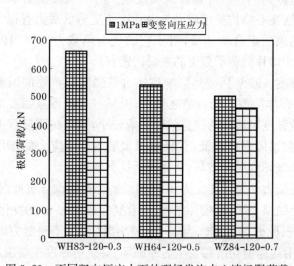

图 3.29　不同竖向压应力下的现场发泡夹心墙极限荷载

3.5.2　拉接件构造对现场发泡夹心墙抗剪承载力影响

表 3.4 给出不同塑料钢筋拉接件构造的现场发泡夹心墙开裂荷载和极限荷载对比。竖向压应力均为 1.0MPa，对比试件保温层厚度相同。Z 形拉接件与环形拉接件相比，开裂荷载或极限荷载没有一定变化规律，不同间距布置也没有一定变化规律，这说明塑料钢筋拉接件对现场发泡夹心墙抗剪承载力影响很小。主要原因是塑料钢筋拉接件属柔性连接，与钢筋混凝土挑耳连接相比刚度相差悬殊，因此在约束内外叶墙体协同工作时所起的作用很小，即对抗剪承载力影响很小。

表 3.4　不同拉接件构造现场发泡夹心墙开裂荷载和极限荷载

保温层厚度/mm	环形拉接件开裂荷载(极限荷载)/kN			Z 形拉接件开裂荷载(极限荷载)/kN	
	600mm×400mm	800mm×300mm	800mm×400mm	600mm×400mm	800mm×300mm
80	511(627)	602(709)	—		
100	451(563)	524(612)	533(629)		524(661)
120	481(540)	511(559)	497(532)	423(503)	—

3.5.3　墙片抗剪承载力影响因素

以上不同保温层厚度和不同拉接件构造对现场发泡夹心墙抗剪承载力的影响是针对现场发泡夹心墙受力特点，从内外叶墙协同工作的角度考虑，并根据试验结果对比分析得到的。内叶墙在现场发泡夹心墙抗震抗剪承载力中起主要作用，因此现场发泡夹心墙抗剪承载力与内叶墙的抗剪承载力有很大关系。内叶墙片为有构造柱约束的组合砌体墙，对于它的抗剪承载力研究国内外已有成熟理论，影响砌体结构墙片抗剪承载力的主要因素有：

（1）砂浆强度。砂浆强度是影响砌体抗剪强度最重要的因素之一。随着砂浆强度的提高，砌体抗剪强度也随之变大，但是过高的砂浆强度对砌体墙的有利作用将降低。砖强度对墙体的抗剪强度影响较小，提高砖强度仅能提高墙体的抗压强度。当然，如果砖强度过低，在竖向和水平的复杂应力的作用下会因为强度不足而发生剪切破坏或受压破坏，从而降低抗剪强度。

（2）竖向压应力。竖向压应力 σ_0 是另外一个影响砌体抗剪强度的重要因素，国内外许多研究结果表明，砖砌体结构，随着竖向压应力 σ_0 的变化，砌体会发生剪摩、剪压和斜压三种破坏形态。当 σ_0/τ 较小时（相当于通缝方向与竖向的夹角 $\theta \leqslant 45°$），砌体沿通缝剪切滑移发生剪摩破坏，其抗剪强度主要由水平灰缝的抗剪强度决定；当 σ_0/τ 较大，即 $45° \leqslant \theta \leqslant 60°$ 时，砌体出现阶梯型裂缝而产生剪压破坏；当 σ_0/τ 更大时，砌体往往沿着主压应力线产生多条裂缝而发生斜压破坏。因此，σ_0 的大小对砌体抗剪强度有着重要的影响。

（3）墙体高宽比。高宽比即墙体剪跨比，高宽比的变化对裂缝的开展、试件的破坏形态及试件的开裂荷载均有显著的影响。高宽比小，则剪切裂缝先于弯曲裂缝，开裂荷载提高。高宽比小于 1 时一般发生剪切破坏，高宽比大于 3 时一般发生弯曲破坏。不同的破坏形式墙体承载力相差很多。

（4）砌筑质量。砌体材料对砌体抗剪强度的影响主要是由砌体的通缝抗剪强度 f_{v0} 来体现。但是，砌体沿着通缝的剪应力因为砂浆不均匀和砌块表面不平整而分布不均匀，通缝截面不能充分利用。因此，砌筑质量也是影响抗剪承载力的一个重要因素，在没有竖向应力的时候，砌体的抗剪强度一般低于灰缝抗剪强度。

（5）构造柱约束。构造柱对砖墙抗剪承载力的贡献，主要体现在两个方面：一是构造柱本身的抗剪强度；二是对砌体产生的较强的约束作用。《砌体结构设计规范》对构造柱砖墙组合砌体的受剪计算是按构造柱所处部位来考虑其作用的，中部构造柱的作用主要在提高砌体抗剪强度上，而两端构造柱作用主要在约束墙体破坏上。在墙体抗震抗剪承载力计算式中用抗震承载力调整系数 γ_{RE} 体现两端构造柱的作用，无构造柱约束时墙体 γ_{RE} 取 1.0，两端有构造柱约束时墙体 γ_{RE} 取 0.9。

3.6　内外叶墙协同工作性能研究

现场发泡夹心墙的内外叶墙片薄厚不同，内叶墙有构造柱约束，外叶墙无构造柱约束。因此地震作用下两叶墙振动特性不同，受力性能也不同。而现场发泡夹心墙如果能作为组合构件形成整体受力，其抗震性能与实心墙相当。本章试验参考规范相关的连接构造做法，设计了塑料钢筋拉接件和钢筋混凝土挑耳连接，试验结果可以为实际工程中现场发泡夹心墙协同工作性能提供试验依据。下面通过实测内外叶墙片位移差、塑料钢筋拉接件应变来研究现场发泡夹心墙协同工作性能。

3.6.1　内外叶墙片位移差

对于绝对刚性连接，内外叶墙整体共同受力，内外叶墙位移差应为零。内外叶墙片位移差越小，说明连接刚度越大，内外叶墙协同工作能力越强。图 3.30～图 3.41 所示为几个典型试件的荷载-内外叶墙位移差曲线。现场发泡夹心墙在开裂荷载前，内外叶墙位移差基本为零。在接近极限荷载时，内外叶墙位移差仍未超过 2mm，这说明试件采取的连接措施对加强现场发泡夹心墙协同工作性能比较有效，现场发泡夹心墙抗剪承载力考虑外叶墙的有利作用比较合理。内叶墙开裂后,内外叶墙变形开始不协调,外叶墙位移滞后。此后随墙体弹塑性变形加大,内外叶墙位移差逐渐加大,卸载后残余变形差加大,破坏时内外叶墙位移差在 6mm 左右。

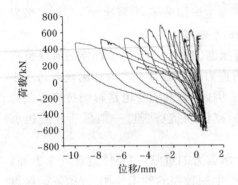

图 3.30　试件 WH84-100-1 荷载-位移差曲线

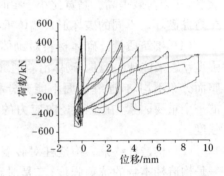

图 3.31　试件 WH84-120-1 荷载-位移差曲线

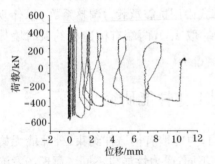

图 3.32　试件 WH83-120-1 荷载-位移差曲线

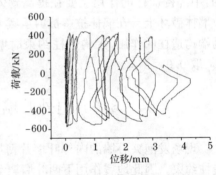

图 3.33　试件 WH64-80-1 荷载-位移差曲线

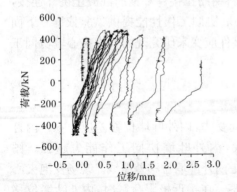

图 3.34　试件 WZ64-120-1 荷载-位移差曲线

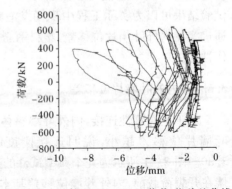

图 3.35　试件 WZ83-120-1 荷载-位移差曲线

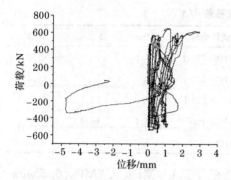

图 3.36　试件 WH83-100-1 荷载-位移差曲线

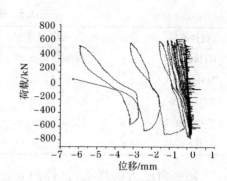

图 3.37　试件 WH83-80-1 荷载-位移差曲线

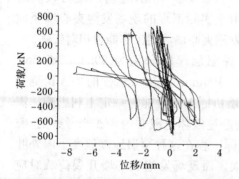

图 3.38　试件 WH64-100-1 荷载-位移差曲线

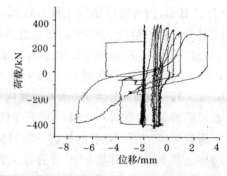

图 3.39　试件 WH64-120-0.5 荷载-位移差曲线

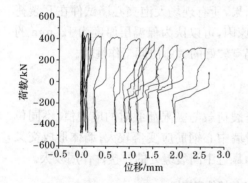

图 3.40　试件 WZ64-120-0.7 荷载-位移差曲线线

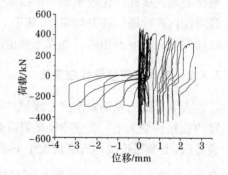

图 3.41　试件 WH83-120-0.3 荷载-位移差曲线

　　现场发泡夹心墙试件协同工作性能可以按相对位移差对比。相对位移差定义为破坏荷载对应的内外叶墙位移差 δ 与内叶墙位移值 Δ 之比。相对位移差可以反映弹塑性后期现场发泡夹心墙共同工作情况。δ/Δ 值小说明外叶墙位移滞后程度小,试件共同工作性能较好。各试件相对位移差 δ/Δ 有一定差别,范围为 $0.25\sim0.58$。从总体上看,竖向压力小的试件或空腔间距小的试件,δ/Δ 相对较小,而塑料钢筋拉接件形状参数对试件的 δ/Δ 影响很小(见表 3.5)。

表 3.5　相对位移差 δ/Δ

试件编号	δ/mm	Δ/mm	δ/Δ	试件编号	δ/mm	Δ/mm	δ/Δ
WH84-100-1	6.4	13.6	0.47	WH84-120-1	7.1	14.0	0.51
WH64-80-1	4.1	12.1	0.34	WH64-100-1	4.9	14.8	0.33
WH83-120-1	8.0	13.9	0.58	WZ83-120-1	9.0	16.0	0.56
WH83-80-1	5.6	14.1	0.40	WH83-100-1	6.4	15.9	0.40
WH64-120-1	7.8	15.1	0.52	WH64-120-0.5	5.8	16.3	0.36

随竖向压力的降低,试件的 δ/Δ 也降低了。1.0MPa、0.7MPa、0.5MPa、0.3MPa试件的 δ/Δ 比例为 1∶0.78∶0.54∶0.59。可见,竖向压应力较高时(1.0MPa),内外叶墙协同工作性能减弱。由于实际工程的现场发泡夹心墙竖向压应力一般不超过 0.5MPa,在此范围现场发泡夹心墙协同工作能力相对较强。

腔间距达 120mm 时,δ/Δ 有所提高,保温层厚度分别为 80mm、100mm、120mm 试件的 δ/Δ 比例为 0.63∶0.65∶1。100mm、120mm 试件的 δ/Δ 比例为 0.92∶1。空腔间距达 120mm 时对内外叶墙协同工作性能有一定不利影响。需要说明的是,本章内外叶墙协同工作性能是通过破坏荷载时的 δ/Δ 来考察的,破坏荷载对应"大震不倒"的抗震设防目标,实际工程在这种罕遇地震烈度下内外叶墙均已基本破坏,其协同工作的意义并不大。而现场发泡夹心墙开裂荷载对应"小震不坏"的抗震设防目标,在这种多遇地震烈度下协同工作能力对加强现场发泡夹心墙抗震性能比较重要。根据试验结果,所有现场发泡夹心墙试件在开裂荷载阶段内外叶墙位移差均很小,基于上述原因,可以认为保温层厚度为 120mm 的现场发泡夹心墙不用额外加强连接措施仍有较好的整体协同工作性能。

3.6.2　塑料钢筋拉接件应变值

表 3.6 给出现场发泡夹心墙试件在开裂荷载与极限荷载时的应变值,不同位置的拉接件受力有一定差别,开裂荷载时墙中心钢筋应变值较大;墙体形成交叉裂缝后,上半部拉接件应变值大于下半部,靠近中间裂缝处的拉接件作用较大。

表 3.6　塑料钢筋拉接件应变值

试件编号	荷载类型	拉接件应变值							
		2-1	2-2	2-3	2-4	2-5	2-6	2-7	2-8
WH84-100-1	P_c	89	21	0	4	3711	30	—	—
	P_u	−1047	114	75	138	屈服	−170	—	—
WH84-120-1	P_c	33	1		23	37	78	—	—
	P_u	31	−79	—	−45	779	95		

续表

试件编号	荷载类型	拉接件应变值							
		2-1	2-2	2-3	2-4	2-5	2-6	2-7	2-8
WH83-100-1	P_c	−63	—	60	42	−31	—	21	12
	P_u	−247	—	−245	402	屈服	—	57	40
WH83-80-1	P_c	63	−557	−117	42	116	65	55	4
	P_u	334	−539	−789	162	67	107	145	−30
WH83-120-1	P_c	102	94	70	53	12	—	—	26
	P_u	293	150	−455	589	211	—	—	60701
WH64-100-1	P_c	46	148	116	−24331	23	19	19	−374
	P_u	350	屈服	376	屈服	140	206	−24	−496
WH64-80-1	P_c	−70	—	207	58	—	148	3	103
	P_u	−30	—	389	145	—	264	−273	−307
WH64-120-1	P_c	—	—	7	16	—	—	50	216
	P_u	—	—	283	73	—	—	113	—
WZ83-120-03	P_c	244	—	297	186	−52869	68	—	—
	P_u	屈服	—	—	770	461	屈服	−405	—
WZ64-120-1	P_c	−61	−8	379	—	−81	—	−79	−60426	6713
	P_u	238	26	375	—	−306	—	154	−67587	屈服

　　图 3.42～图 3.45 所示为环形与 Z 形塑料钢筋拉接件应变时程曲线。在弹性阶段开裂之前,钢筋应变值很小。这是因为钢筋混凝土梁挑耳比拉接件刚度大得多,基本是梁挑耳起作用,拉接件作用很小。墙体开裂进入弹塑性阶段,钢筋应变值有所增加。内外叶墙产生变形不协调,拉接件作用增大。墙体进入塑性阶段,钢筋应变值增幅较大。这是因为外叶墙上部出现水平剪切裂缝削弱了梁挑耳传递水平力的能力,水平力传递途径改变,塑料钢筋拉接件作用有较大增加。

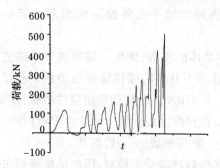

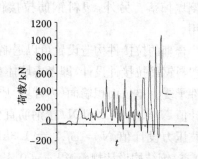

图 3.42　试件 WH83-120-1(2-2)应变时程曲线　　图 3.43　试件 WH83-120-1(2-5)应变时程曲线

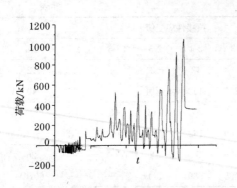

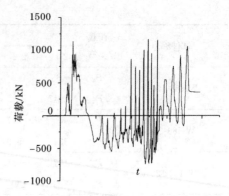

图 3.44　试件 WZ83-120-03(2-2)应变时程曲线　　　图 3.45　试件 WZ83-120-03(2-7)应变时程曲线

3.6.3　塑料钢筋拉接件的作用与设置建议

　　夹心墙的连接件分为刚性连接件和柔性连接件。哈尔滨建筑大学曾做过夹心墙采用钢筋柔性连接与刚性连接方案的对比试验。试验表明,在反复荷载作用下,采用钢筋柔性连接件夹心墙变形能力和承载能力均较好。沈阳建筑大学曾做过夹心墙抗震构造措施与试验研究,对钢筋拉接件进行了研究,认为拉接件对改善墙体变形能力,有效地限制墙体裂缝宽度,可靠地传递内力,以及提高反复荷载作用下墙体的强度、刚度作用是不大的,但在大变形的情况下,对于保证已开裂墙体不至于脱落、倒塌有重要作用。

　　试验结果表明,现场发泡夹心墙采用塑料钢筋拉接件与钢筋混凝土挑耳相结合的连接措施对改善现场发泡夹心墙受力性能,加强其整体工作能力是有效的。从破坏现象看,部分塑料钢筋拉接件已弯曲变形,表明柔性连接件对协调内外叶墙共同工作的能力较弱。观察已剪切开裂的砂浆层,发现塑料钢筋拉接件与砂浆仍然牢固黏结,这说明塑料钢筋黏结锚固性能很好。当墙体严重破坏开裂时,塑料钢筋拉接件可以起到对分裂墙体支撑或拉接的作用,有效防止墙面倒塌掉落。另外,塑料钢筋拉接件对加强外叶墙平面外稳定性也起一定的作用。

　　合理的拉接件构造设置可以遏制已开裂墙体的脱落、倒塌。按照这个思路进行塑料钢筋拉接件设计,即考虑墙体在大震作用下开裂时墙体质量由塑料钢筋拉接件承受。单位面积墙面(内叶墙)质量 $G = 4.32\text{kN}$。塑料钢筋拉接件单肢拉力设计值 $N = fA = 2.6\text{kN}$(按钢筋直径 4mm,抗拉强度设计值 $f = 210\text{MPa}$ 计算);单肢压力设计值 $N = \varphi fA = 1.3\text{kN}$。其中影响系数 φ 按长细比 $\lambda = l_0/i = 120$ 查《钢结构设计规范》得 $\varphi = 0.494$。拉接件数量按受压控制,因此单位面积布置 $n = G/N = 4.32/1.3 = 3.3$ 根拉接件满足要求,即塑料钢筋拉接件水平和竖向最大间距可以满足分别不宜大于 800mm 和 300mm 的要求。

根据计算提出以下塑料钢筋拉接件构造参数建议:在 6 度区采用 Z 形塑料钢筋拉接件;在 7 度区采用 Z 形塑料钢筋拉接件或卷边 Z 形塑料钢筋拉接件,如保温层厚度较厚,考虑厚度增加带来的不利影响,采用卷边 Z 形塑料钢筋拉接件;在 8 度以上区采用卷边 Z 形塑料钢筋拉接件或环形塑料钢筋拉接件,如保温层厚度较厚,考虑厚度增加带来的不利影响,采用环形塑料钢筋拉接件。有抗震设防要求时,环形拉接件水平和竖向最大间距分别不宜大于 800mm 和 400mm,Z 形拉接件水平和竖向最大间距分别不宜大于 800mm 和 300mm,如保温层厚度较厚(＞100mm)环形拉接件水平和竖向最大间距分别不宜大于 800mm 和 300mm,Z 形拉接件水平和竖向最大间距分别不宜大于 600mm 和 300mm;对无抗震设防要求拉接件的水平和竖向最大间距分别不宜大于 800mm 和 600mm。

3.7　现场发泡夹心墙抗震抗剪承载力公式

3.7.1　墙片受剪破坏机理

当墙体受剪时,往往也有竖向荷载作用使墙体处于复合受力状态,关于复合受力状态下墙体破坏机理,主要有两种基本理论,主拉应力理论和剪摩理论。

主拉应力理论认为:当砌体截面主拉应力超过砌体的主拉应力强度时发生破坏,强度表达式为

$$f_V = f_{V0} \sqrt{1 + \frac{\sigma_0}{f_{V0}}} \qquad (3.1)$$

式中,f_V 为砌体抗剪强度;f_{V0} 为水平灰缝抗剪强度;σ_0 为竖向压应力。

按照剪摩理论,砌体的抗剪强度 f_V 是水平灰缝的抗剪强度 f_{V0} 与竖向压应力 σ_0 形成的摩阻力之和,即砌体的剪摩强度。当砌体的剪应力达到其剪摩强度时,砌体将沿剪切面发生剪切破坏,其强度表达式为

$$f_V = \alpha f_{V0} + \mu \sigma_0 \qquad (3.2)$$

试验中,墙体在竖向荷载和水平荷载作用下,初始阶段荷载-位移曲线基本为一直线,墙体刚度基本不变,处于弹性状态,初始裂缝在垂直和水平灰缝中同时出现,并沿着灰缝呈阶梯状向两侧斜向发展。通过这个现象,认为平面受力状态下砌体墙裂缝的产生和出现是由于主拉应力超过了墙体主拉应力强度的结果。主拉应力理论适用于各向同性的理想弹性体,因此,在墙体初裂强度的计算中,采用主拉应力理论是比较合适的。

试件主裂缝形成以后,仍能保持较高的抗侧能力,墙体并未立刻达到承载力

极限状态,主拉应力公式难以解释这一现象。实际上,灰缝开裂后,砌体并不是在垂直于主裂缝的方向上被拉开,而是沿着水平灰缝错动,试件能够继续抵抗水平荷载作用,直到沿主裂缝的水平灰缝黏结强度完全丧失,摩擦系数减小,砌体发生较大滑移,剪切摩擦机制逐渐破坏,构造柱被剪断,试件的极限荷载才出现。

以往研究表明,试件在反复荷载作用下的承载力通常要比在单调静力荷载下的承载力低 10% 左右。这主要是由于墙体在反复荷载作用下,墙体沿水平灰缝的反复相对错动使其摩擦表面被破坏,抵抗水平荷载的摩擦力降低,剪切摩擦机制逐渐被破坏,其抗侧能力被削弱,这也是试件的弹塑性极限状态特性的表现。在砖块之间呈现沿水平灰缝相对滑移的趋势时,作用在砖块边界上的应力有水平灰缝传来的剪应力和摩阻力、垂直压应力以及竖向灰缝传来的水平法向正应力。由于竖向灰缝不饱满,相当一部分水平法向正应力都是通过水平灰缝的剪应力传递到邻近的砖块的,砖处于复合应力状态,但是由于砖强度较高,一般不会先于砂浆发生破坏,砌体主要还是因为灰缝的破坏而失效。因此,用剪摩理论公式来解释试件的承载力极限状态是合理的。

由上述分析,可以认为主拉应力理论可以很好地解释砌体开裂以前以及开裂时的状态,剪摩理论则能很好地描述砌体开裂以后的承载力极限状态以及承载力退化阶段的现象。在计算中,根据相应的状态,分别采用这两个理论的计算公式。

3.7.2　抗震抗剪承载力计算公式推导

由现场发泡夹心墙拟静力试验结果和内外叶墙协同工作性能研究可知,现场发泡夹心墙抗震抗剪承载力计算考虑外叶墙的有利作用是比较合理的。现场发泡夹心墙抗剪承载力计算模型可以采用组合截面抗剪计算模式,即现场发泡夹心墙抗剪承载力等于内叶墙抗剪承载力 V_1 与外叶墙抗剪承载力 V_2 之和,即按式(3.3)计算。由于外叶墙参与抗剪的能力有限,因此将外叶墙承载力 V_2 乘以折减系数 γ。V_1 采用建筑抗震设计规范砖砌体与钢筋混凝土构造柱组合墙抗剪计算模型,即按式(3.4)计算,V_2 采用砖砌体抗剪计算模型,即按式(3.5)计算。根据试验结果回归得出外叶墙折减系数,即内外叶墙协同工作系数。

$$V = V_1 + \gamma V_2 \tag{3.3}$$

$$V_1 = \eta_c f_{V1}(A_1 - A_c) + \zeta f_t A_c + 0.08 f_y A_s \tag{3.4}$$

$$V_2 = f_{V2} A_2 \tag{3.5}$$

由于式(3.4)是中部有构造柱参与的钢筋混凝土构造柱组合墙抗剪计算模型,试验的现场发泡夹心墙试件为内叶墙两端有构造柱约束,考虑到砌体开裂时端部构造柱基本处于弹性阶段小变形,因此两端构造柱直接参与抗剪的能力不大,其作用主要体现在加强对砌体的约束以提高墙片抗剪承载力,即仅两端有构造柱的现场发泡夹心墙抗剪承载力按式(3.6)计算。

$$V = \eta_c f_{V1} A_1 + \gamma f_{V2} A_2 \tag{3.6}$$

式中,V 为现场发泡夹心墙抗剪承载力;γ 为外叶墙协同工作系数;η_c 为内叶墙墙体约束修正系数;f_{V1} 为内叶墙抗剪强度可按式(3.9)计算;f_{V2} 为外叶墙抗剪强度可按式(3.10)计算;A_1 为内叶墙横截面面积(包括端部构造柱);A_2 为外叶墙横截面面积。

对于砖砌体复合受力状态下抗剪强度根据其受力特点采用剪摩理论计算公式。根据已有的砌体强度计算公式,当砌体的摩擦系数为 μ 时,复合受力砌体抗剪强度可采用式(3.7)计算,砌体抗剪强度按式(3.8)计算。

$$f_V = f_{Vm} + \mu\sigma_0 \tag{3.7}$$

$$f_{Vm} = 0.125\sqrt{f_2} \tag{3.8}$$

上述式中,f_{Vm} 为砌体抗剪强度平均值;f_2 为实测砂浆抗压强度平均值。将现场发泡夹心墙试件所留砂浆试块基本力学性能试验测得的砌筑砂浆抗压强度 f_2 按式(3.7)、式(3.8)计算得到的砌体的抗剪强度列于表 3.7 中。

根据我国的试验与研究,取摩擦系数 $\mu = 0.4$,同时取剪力不均匀系数 $\zeta = 1.2$,采用此剪摩理论则内外叶墙抗震抗剪强度可分列采用式(3.9)和式(3.10)计算。

$$f_{V1} = \frac{1}{1.2}(f_{Vm} + 0.4\sigma_{01}) \tag{3.9}$$

$$f_{V2} = \frac{1}{1.2}(f_{Vm} + 0.4\sigma_{02}) \tag{3.10}$$

上述式中,σ_{01} 为对应于重力荷载代表值的内叶墙墙体截面平均压应力;σ_{02} 为对应于重力荷载代表值的外叶墙墙体截面平均压应力。

现场发泡夹心墙抗震抗剪承载力的计算是多遇地震作用下的承载力计算,采用弹性计算方法计算内力,以"小震不坏"为设防目标,其抗震抗剪承载力应与现场发泡夹心墙开裂荷载相当。现场发泡夹心墙内外叶墙水平截面面积 $A_1 = 2100 \times 240 = 0.504 \text{m}^2$,$A_2 = 2100 \times 120 = 0.252 \text{m}^2$,现场发泡夹心墙抗剪承载力取试件开裂荷载试验结果,进行系数 γ 和 η_c 的回归,得 $\gamma = 0.65$,$\eta_c = 1.2$,即现场发泡夹心墙抗震抗剪承载力计算公式按式(3.11)计算,计算结果与现场发泡夹心墙试件开裂荷载对比见表 3.8。

$$V = 1.2 f_{V1} A_1 + 0.65 f_{V2} A_2 \tag{3.11}$$

现场发泡夹心墙抗震抗剪承载力公式计算值与试件开裂荷载很接近,公式计算值与试验结果比值的平均值为 1.08,标准差为 0.08,变异系数为 0.074,可见,现场发泡夹心墙抗震抗剪承载力拟合公式与实际情况符合较好。

表 3.7　现场发泡夹心墙复合受力抗剪强度计算结果

试件编号	f_2/MPa	f_{Vm}/MPa	σ_{01}/MPa	f_{V1}/MPa	σ_{02}/MPa	f_{V2}/MPa
WH84-100-1	8.2	0.36	1.0	0.63	0.1	0.33
WH84-120-1	8.0	0.35	1.0	0.63	0.1	0.33
WH83-80-1	7.7	0.35	1.0	0.62	0.1	0.32
WH83-100-1	8.5	0.36	1.0	0.64	0.1	0.34
WH83-120-1	8.1	0.36	1.0	0.63	0.1	0.33
WH64-120-1	7.9	0.35	1.0	0.63	0.1	0.33
WH64-100-1	8.2	0.36	1.0	0.63	0.1	0.33
WH64-80-1	7.8	0.35	1.0	0.62	0.1	0.32
WZ83-120-1	8.4	0.36	1.0	0.64	0.1	0.34
WZ64-120-1	7.9	0.35	1.0	0.63	0.1	0.33
WZ64-120-0.7	7.7	0.35	0.7	0.52	0.07	0.31
WH64-120-0.5	7.7	0.35	0.5	0.46	0.05	0.31
WH64-120-0.5	7.5	0.34	0.3	0.39	0.03	0.30

表 3.8　计算值与试验实测值对比

试件编号	开裂荷载 P/kN	公式计算值 P_1/kN	P/P_1	试件编号	开裂荷载 P/kN	公式计算值 P_1/kN	P/P_1
WH84-100-1	484	436.32	1.11	WH64-80-1	428	430.66	0.99
WH84-120-1	452	433.51	1.04	WZ83-120-1	522	439.10	1.19
WH83-80-1	483	429.22	1.13	WZ64-120-1	423	432.09	0.98
WH83-100-1	553	440.48	1.26	WZ64-120-0.7	390	367.11	1.06
WH83-120-1	458	434.92	1.05	WH64-120-0.5	342	325.69	1.05
WH64-120-1	454	432.09	1.05	WH64-120-0.5	278	281.38	0.99
WH64-100-1	508	436.32	1.16				

3.7.3　抗震抗剪承载力计算公式

　　由以上现场发泡夹心墙抗震抗剪承载力公式推导结果,并参考《砌体结构设计规范》中砖砌体与钢筋混凝土构造柱组合墙抗震抗剪承载力计算公式,考虑到试验采用现场发泡夹心墙试件几何尺寸的尺寸效应,实际工程中现场发泡夹心墙两端构造柱间距要大于试验试件的构造柱间距,因此内叶墙墙体约束修正系数应适当降低,其取值应与《砌体结构设计规范》保持一致,由此得现场发泡夹心墙抗震抗剪承载力为

$$V \leqslant \eta_c f_{VE1}(A_1 - A_c) + \gamma f_{VE2}A_2 + \zeta f_t A_c + 0.08 f_y A_s \qquad (3.12)$$

式中，V 为现场发泡夹心墙体剪力设计值；γ 为内外叶墙协同工作系数，γ 取 0.65；η_c 为内叶墙墙体约束修正系数，一般情况取 1.0，构造柱间距不大于 2.8m 时，取 1.1；ζ 为中部构造柱参与工作系数，居中设一根时取 0.5，多于一根时取 0.4；f_t 为中部构造柱的混凝土抗拉强度设计值，应按现行国家标准《混凝土结构设计规范》采用；f_y 为构造柱钢筋抗拉强度设计值；A_1 为内叶墙横截面面积；A_c 为中部构造柱的截面面积；A_2 为外叶墙横截面面积；A_s 为中部构造柱的纵向钢筋总面积（配筋率不小于 0.6%，大于 1.4% 时，取 1.4%）；f_{VE1} 为内叶墙抗震抗剪强度设计值，可按式（3.13）计算；f_{VE2} 为外叶墙抗震抗剪强度设计值，可按式（3.14）计算。

$$f_{VE1} = \frac{1}{1.2}(f_{V0} + 0.4\sigma_{01}) \tag{3.13}$$

$$f_{VE2} = \frac{1}{1.2}(f_{V0} + 0.4\sigma_{02}) \tag{3.14}$$

式中，f_{V0} 为墙体抗剪强度设计值，应按现行国家标准《砌体结构设计规范》采用；σ_{01} 为对应于重力荷载代表值的内叶墙墙体截面平均压应力；σ_{02} 为对应于重力荷载代表值的外叶墙墙体截面平均压应力。

3.8　抗压承载力计算

砌体的抗压强度较高，而抗剪、抗拉强度很低，因此砌体作为受压构件具有良好的性能。砌体结构常用作受压构件，如墙、柱构件，抗压承载力计算是砌体结构设计的重要内容。

影响砌体抗压强度的因素主要有砖或砌块的抗压强度、砂浆强度、砂浆的弹塑性性质、砂浆铺砌时流动性、砌块尺寸大小和砌筑质量等。其中，砖和砂浆的强度是最主要的因素，砂浆的弹塑性性质也具有决定性的影响，这是因为在砌体受压时，砖由于砂浆的形变而处于弯、剪、压的复杂应力状态，如果砂浆的形变率很大，则砌体内的剪应力和横向变形引起的拉应力变大，砌体会更早开裂，强度降低。

现场发泡夹心墙抗压承载力也应考虑内外叶墙一定程度协同工作的实际情况，因此承载力计算应计入外叶墙的有利作用。但与抗剪承载力计算不同，受压时外叶墙的有利作用不是直接参与抗压，增大受压面积，而是通过连接件给予内叶墙支撑作用，减少内叶墙纵向弯曲程度，从而间接增大现场发泡夹心墙抗压承载力。

砌体结构在竖向荷载作用下，其计算单元为一竖向连续梁，而屋盖、楼盖及基础顶面为连续梁的支点。因为屋盖、楼盖的梁端或板端搁置于墙内，截面上能够传递的弯矩很小,所以,为简化计算,假定屋盖、楼盖为不连续的铰支承。而在基础顶面,轴向力远比弯矩的作用效应大,故亦假定墙体铰支于基础顶面。基于这些分析,可取墙体为两端铰支状态,于是,墙体被简化为两端铰支的竖向偏心受压构件。

国内外曾对砌体结构偏心受压构件的理论进行大量的研究,结果表明多数墙体属于偏心受压长柱。在竖向压力作用下,偏心受压长柱因纵向弯曲产生侧向变形,而侧向变形又成为一个附加偏心矩,使得荷载偏心矩增加,这样的相互作用加剧了墙体的破坏。偏心受压长柱的承载力计算方法大致有两种方法,一种是控制截面的极限转动曲率,依此作为参数的附加弯矩(或附加偏心矩)计算法;另一种为以截面刚度作为主要参数的扩大弯矩(或扩大偏心矩)计算法。《砌体结构设计规范》是以附加偏心矩来考虑它对承载力的影响。同实心墙一样,对于偏心受压的夹心墙体,影响其承载力的主要因素也是墙体的等效高厚比 β_s 和偏心矩 e。通过资料分析,目前对于偏心受压的夹心墙体的竖向承载力计算方法主要有以下三种:

1) 按内叶墙独立承受荷载

其承载力公式为

$$N \leqslant N_u = \varphi A f \tag{3.15}$$

式中,N 为荷载设计值产生的轴向力;N_u 为墙体极限承载力;φ 为高厚比 β 和偏心矩 e 对受压构件承载力的影响系数;A 为砌体截面面积;f 为砌体抗压强度设计值。

由于此种计算方法未考虑外叶墙对内叶墙的侧向支撑作用,故这种计算方法的结果偏于安全。

2) 按国际规范公式计算夹心墙承载力

砌体结构国际规范指出,荷载主要作用于内墙时,可按内叶墙单独承载计算,当能保证内外叶墙变形协调时,可取等效厚度进行计算,而荷载偏心矩仍按内叶墙计算。

$$h_s = \sqrt{h_1^2 + h_2^2} \tag{3.16}$$

式中,h_s 为墙体的等效厚度;h_1 为内叶墙厚度;h_2 为外叶墙厚度。

墙体极限承载力表达式为

$$N \leqslant N_u = \varphi A_1 f \tag{3.17}$$

式中,A_1 为内叶墙截面面积;f 为砌体抗压强度设计值。

当荷载主要作用在内叶墙时,可按此种方法计算墙体的极限承载力,其计算结果偏于安全,适用范围广。

3) 按组合截面计算

当墙体高厚比较小时,在偏心荷载作用下墙体产生的纵向弯曲很小,附加偏心矩对墙体的承载力影响也很小。如果所采取的一些构造措施当能保证内外叶墙体的协调变形时,可以按组合截面进行计算。

组合截面的折算厚度可按下式取:

$$h_T = \sqrt[3]{\frac{12I}{b}}$$
(3.18)

式中, h_T 为组合截面的折算厚度; I 为组合截面惯性矩; b 为墙体截面的宽度。

此时,墙体的偏心矩取对组合截面重心的偏心矩。墙体极限承载力表达式为

$$N \leqslant N_u = \varphi A f$$
(3.19)

式中, N 为荷载设计值产生的轴向力; N_u 为墙体极限承载力; φ 为高厚比 β 和偏心矩 e 对受压构件承载力的影响系数; A 为墙体截面面积, $A = A_1 + A_2$, A_2 为外叶墙截面面积; f 为砌体抗压强度设计值。

用此种方法计算墙体的极限承载力,其计算结果偏于安全,但须注意该方法的适用范围。

基于现场发泡夹心墙拟静力试验,展开对现场发泡夹心墙抗震承载力的研究,包括现场发泡夹心墙的抗震抗剪承载力验算,抗剪承载力影响因素分析,内外叶墙协同工作性能研究,抗剪受力机理研究,最后推导出现场发泡夹心墙抗震抗剪承载力公式。得出的主要结论如下:

(1) 通过现场发泡夹心墙的抗震抗剪承载力验算,保温层厚 80mm 和 100mm 的现场发泡夹心墙试件抗震抗剪承载力可以满足 9 度抗震设防烈度地区的抗震承载力要求,保温层厚 120mm 的现场发泡夹心墙试件抗震抗剪承载力可以满足 8 度抗震设防烈度地区的抗震承载力要求。试验采取的现场发泡夹心墙抗震措施比较有效,在实际工程中应用是可以满足抗震承载力要求的。

(2) 通过对现场发泡夹心墙的抗剪承载力影响因素分析可知,保温层厚度变化对抗剪承载力影响较小。保温层厚度达到 120mm 时,试件的抗剪承载力与保温层厚度为 100mm 时的开裂荷载仅下降 3%,极限荷载下降 6%。塑料钢筋拉接件形状参数对现场发泡夹心墙抗剪承载力影响较小,这说明拉接件对提高现场发泡夹心墙抗震抗剪承载力的作用较小,竖向压应力对抗剪承载力影响较大。随竖向压应力增加,现场发泡夹心墙开裂荷载和极限荷载均有较大提高。1.0MPa 试件、0.7MPa 试件、0.5MPa 试件、0.3MPa 试件的开裂荷载比例为 1 : 0.86 : 0.73 : 0.52,极限荷载比例为 1 : 0.85 : 0.74 : 0.66。

(3) 通过内外叶墙片位移差研究了现场发泡夹心墙协同工作性能。所有现场发泡夹心墙试件在开裂荷载阶段内外叶墙位移差均很小,接近于零。在接近极限荷载时内外叶墙位移差仍未超过 2mm,破坏阶段试件变形不协调开始明显且不同试件有所差别,竖向压力较大(1.0MPa)、空腔较厚(120mm)的试件内外叶墙变形不协调程度略大。以上结果表明试验采取的现场发泡夹心墙连接措

施比较有效,在实际工程中应用可以保证现场发泡夹心墙两叶墙有较好的整体工作性能。

（4）塑料钢筋拉接件与钢筋混凝土梁挑耳相比,在加强内外叶墙连接、可靠地传递内力方面后者起主要作用。但塑料钢筋拉接件在现场发泡夹心墙体大变形的情况下,对保证已开裂墙体不致脱落、倒塌起到了有效作用。试验表明塑料钢筋拉接件配合钢筋混凝土梁挑耳是合理的现场发泡夹心墙连接形式,但两者所承担的主要作用不同,因而基于上述原因提出了塑料钢筋拉接件的构造设置建议。

（5）根据内外叶墙协同工作性能研究可知,现场发泡夹心墙抗震抗剪承载力计算考虑外叶墙的有利作用是合理的。因此,现场发泡夹心墙抗剪承载力计算模型可以采用组合截面抗剪计算模式,根据试验结果回归得出内外叶墙协同工作系数,即得出现场发泡夹心墙抗震抗剪承载力计算公式。

综上所述,现场发泡夹心墙有较高的抗剪承载力和较好的整体性。保温层厚120mm的现场发泡夹心墙抗剪承载力降低不多,无需额外加强构造措施。

3.9　滞　回　曲　线

结构的变形性能,如结构的延性、耗能能力、恢复力模型等,是通过墙片的滞回曲线研究的。结构或构件在荷载作用下得到的荷载-变形曲线叫做滞回曲线,又称为恢复力曲线。墙体滞回曲线表示墙体的变形履历过程,也表示墙片在外荷载去除后恢复原来形状的能力。恢复力可以全面描述墙体的弹塑性性质和抗震耗能性能,是抗震性能计算的主要依据。恢复力特性研究包括滞回环、骨架曲线、强度、刚度、延性、阻尼比及能量损耗等方面。滞回曲线如图3.46～图3.59所示。

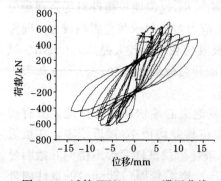

图 3.46　试件 WH84-100-1 滞回曲线

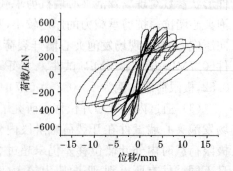

图 3.47　试件 WH84-120-1 滞回曲线

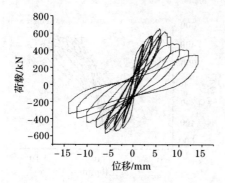

图 3.48 试件 WH83-80-1 滞回曲线

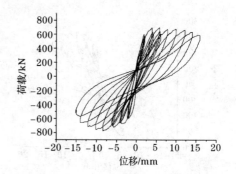

图 3.49 试件 WH83-100-1 滞回曲线

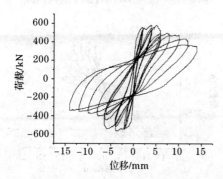

图 3.50 试件 WH83-120-1 滞回曲线

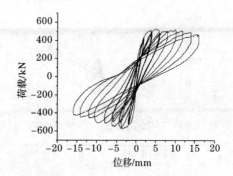

图 3.51 试件 WH64-120-1 滞回曲线

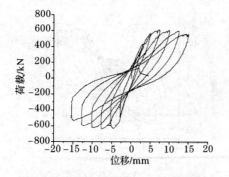

图 3.52 试件 WH64-100-1 滞回曲线

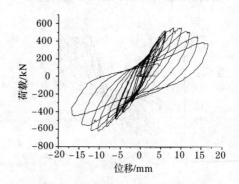

图 3.53 试件 WH64-80-1 滞回曲线

试件开裂前,所有试件的滞回面积极小,加载与卸载基本上重合,近似呈一条斜直线。当试件开裂后,滞回环面积显著增大,滞回环呈梭形,这说明墙体开裂后,墙片具有较大的吸能能力,这些能量主要耗散在裂缝的增加、扩展和裂缝两侧块体的摩擦上。当试件达到极限荷载后,承载力虽有下降但比较平缓,这说明当墙体开裂以至达到极限荷载后仍能承担一定的水平荷载,表现出砌体的滑移性质和边框对砌体的约束作用,可约束墙体在开裂后不倒塌,而这时构造柱才较充分参与变形,发挥作用。各试件的滞回环随着位移增加愈加丰满,图形存在一些

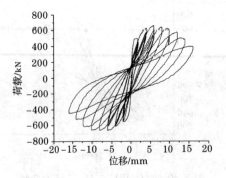

图 3.54　试件 WZ83-120-1 滞回曲线

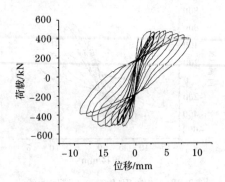

图 3.55　试件 WZ64-120-1 滞回曲线

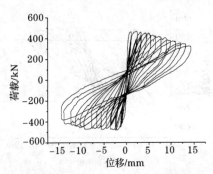

图 3.56　试件 WZ64-120-0.7 滞回曲线

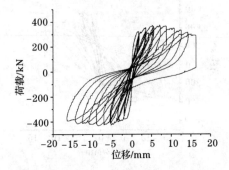

图 3.57　试件 WH64-120-0.5 滞回曲线

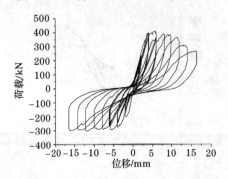

图 3.58　试件 WH83-120-0.3 滞回曲线

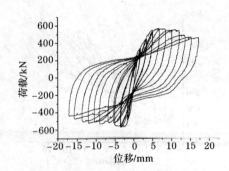

图 3.59　试件 W 滞回曲线

不对称,这是因为正反向加载时砌体开裂处的干摩擦效应是不对等的,正向和反向细微裂缝也是不对称的,而且加载过程中总有一个方向先达到更大的加载值。

　　比较各曲线,它们存在共同之处:在墙体开裂之前,墙体位移反应较小,其滞回曲线接近直线,表明墙体处于弹性阶段;墙体开裂后,滞回直线开始呈梭形,滞回环的面积均较小,墙体刚度明显降低;墙体开裂后,滞回环的面积也逐步增大,墙片的耗能能力明显增加,表明有构造柱和圈梁约束的现场发泡夹心墙很大程度上改变了纯砌体墙的脆性破坏特征,有较好的抗震性能。滞回曲线形状接近,表明保温层厚度与拉接件构造对现场发泡夹心墙破坏性质无影响,对抗震性能影响不大。现场发泡夹心墙滞回曲线与实心墙滞回曲线相比差别较小,表明现场发泡夹心墙与实心墙抗震性能较接近,试验设计的现场发泡夹心墙抗震构造措施比较有效。试件 WH83-120-0.3 的滞回曲线捏合较明显,弹塑性后期卸载后残余变形小,反映了压应力改变对墙体恢复力特性有一定影响,表明压应力较小时,墙体抗剪承载力有所降低,破坏时剪切滑移增大。

3.10　骨　架　曲　线

把荷载-变形滞回曲线中的每一级荷载的第一次循环的峰点所连接起来的外包络曲线叫骨架曲线,在多数情况下,骨架曲线与单调加载时的荷载-变形曲线十分接近。骨架曲线在研究非弹性地震反应是很重要的,它是每次循环的荷载-变形曲线达到最大峰值的轨迹,在任一时刻的运动中,峰点不能越出骨架曲线,只能在到达骨架曲线以后沿骨架曲线前进。骨架曲线可以定性的衡量墙片的抗震性能,确定出反映试件特征的关键量,如开裂荷载 P_c、开裂位移 Δ_c、极限荷载 P_u、极限位移 Δ_u 及荷载降至 $0.85P_u$ 时对应的位移 $\Delta_{0.85}$。图 3.60～图 3.73 所示为各个墙片的骨架曲线。

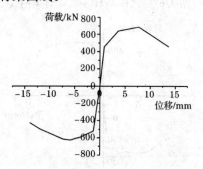

图 3.60　试件 WH84-100-1 骨架曲线

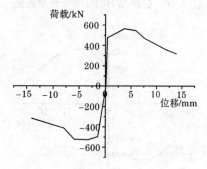

图 3.61　试件 WH84-120-1 骨架曲线

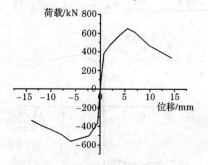

图 3.62　试件 WH83-80-1 骨架曲线

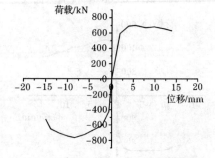

图 3.63　试件 WH83-100-1 骨架曲线

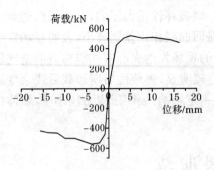

图 3.64　试件 WH83-120-1 骨架曲线

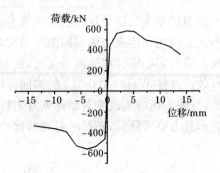

图 3.65　试件 WH64-120-1 骨架曲线

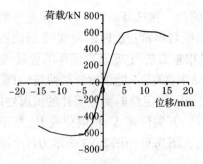

图 3.66　试件 WH64-100-1 骨架曲线

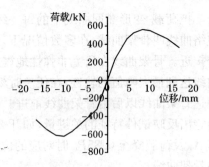

图 3.67　试件 WH64-80-1 骨架曲线

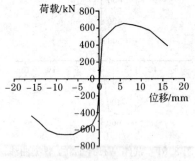

图 3.68　试件 WZ83-120-1 骨架曲线

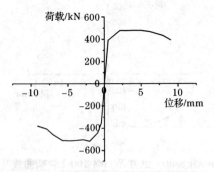

图 3.69　试件 WZ64-120-1 骨架曲线

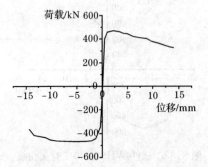

图 3.70　试件 WZ64-120-0.7 骨架曲线

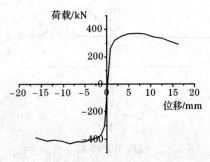

图 3.71　试件 WH64-120-0.5 骨架曲线

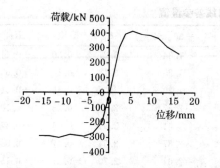

图 3.72　试件 WH83-120-0.3 骨架曲线

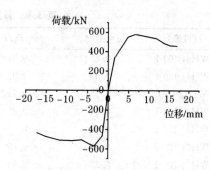

图 3.73　试件 W 骨架曲线

各骨架曲线形状有共同特点,各试件的骨架曲线基本相似,均经历弹性、弹塑性和破坏三个阶段。为便于比较分析,对骨架曲线采用简化的"三折线型"恢复力骨架曲线的替代模型。墙片在开裂之前,荷载和位移是接近线性增加的。连接开裂点和原点的直线的斜率为 K_c,进入弹塑性阶段连接开裂点与极限点直线的斜率为 K_1,超过极限荷载后连接极限点与破坏点直线斜率为 K_e,从而可采用此"三折线型"的曲线作为试件恢复力骨架曲线的简化模型。图 3.74 所示为骨架曲线的简化模型。其中,K_c 为简化后第一段直线斜率,$K_c = b/a$;K_1 为简化后第二段直线斜率,$K_1 = (1-b)/(1-a)$;K_2 为简化后第三段直线斜率,$K_2 = (1-0.85)/(c-1)$。

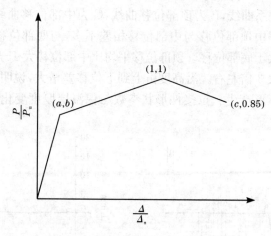

图 3.74　骨架曲线简化三折线模型

表 3.9 给出骨架曲线各参量值。K_c 在 2.03~3.75 范围内,平均值为 2.8,现场发泡夹心墙与实心墙 K_c 的比值在 0.86~1.8 范围内,有 85% 现场发泡夹心墙 K_c 值不低于实心墙。K_c 为墙体弹性阶段刚度与极限荷载时刚度的比值,K_c 值较大说明弹性阶段抗侧刚度较高。

表 3.9　骨架曲线各参量值

试件编号	$a=\Delta_c/\Delta_u$	$b=P_c/P_u$	$c=\Delta_{0.85}/\Delta_u$	K_c	K_1	K_2
WH84-100-1	0.26	0.85	1.34	3.27	0.20	−0.44
WH84-120-1	0.30	0.93	1.25	3.10	0.10	−0.60
WH83-80-1	0.35	0.71	1.29	2.03	0.45	−0.52
WH83-100-1	0.34	0.85	2.57	2.50	0.23	−0.10
WH83-120-1	0.33	0.97	1.41	2.94	0.04	−0.37
WH64-120-1	0.35	0.89	2.87	2.54	0.17	−0.08
WH64-100-1	0.30	0.81	2.01	2.70	0.27	−0.15
WH64-80-1	0.29	0.71	1.85	2.45	0.41	−0.18
WZ83-120-1	0.29	0.79	2.16	2.72	0.30	−0.13
WZ64-120-1	0.29	0.84	1.90	3.23	0.22	−0.17
WZ64-120-0.7	0.24	0.90	2.17	3.75	0.13	−0.13
WH64-120-0.5	0.28	0.88	1.91	3.14	0.17	−0.16
WH83-120-0.3	0.28	0.60	1.65	2.14	0.56	−0.23
W	0.30	0.71	2.71	2.37	0.41	−0.09

3.11　内叶墙不同高度位移时程曲线

　　图 3.75~图 3.80 表示内叶墙中轴线不同高度即顶部、中部、底部三个位置位移 Δ 随时间 t 的关系曲线,B 为顶部位移曲线,C 为中部位移曲线,D 为底部位移曲线。加载全过程中顶部位移与中部位移相差不多,与底部位移相差很多,顶部和中部位移明显大于底部位移。顶部位移平均比中部位移大 15% 左右,顶部位移平均比底部位移大 3 倍左右。沿高度由上到下位移差增大,说明试验的墙体试件位移主要由剪切变形产生。拉接件形状参数与保温层厚度变化对内叶墙位移沿高度分布影响很小。

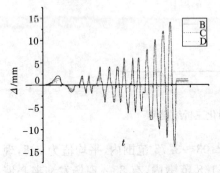

图 3.75　试件 WH83-120-1 内叶墙
不同高度处位移时程曲线

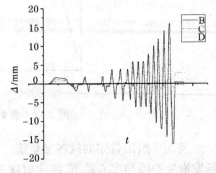

图 3.76　试件 WH64-100-1 内叶墙
不同高度处位移时程曲线

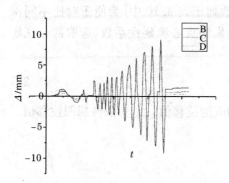

图 3.77　试件 WZ64-120-1 内叶墙
不同高度处位移时程曲线

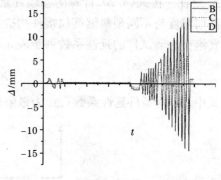

图 3.78　试件 WZ64-120-0.7 内叶墙
不同高度处位移时程曲线

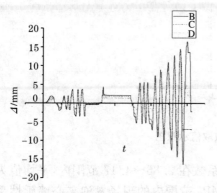

图 3.79　试件 WH64-120-0.5 内叶墙
不同高度处位移时程曲线

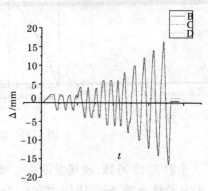

图 3.80　试件 WH83-120-0.3 内叶墙
不同高度处位移时程曲线

3.12　延　　性

　　所谓延性,可以分为材料、截面、构件或整个结构的延性。对于结构或构件来说,延性的意义是指在承载力没有显著下降的情况下的变形能力。或者说,延性的含义是破坏以前结构或构件能承受的后期变形,即为结构或构件在破坏前的非弹性变形能力。

　　一般评定结构或构件的延性,多数用延性系数,延性系数是结构抗震设计中的一个主要参数,是评价试件变形能力的特征之一。目前确定延性系数方法各不相同,各有特点。本章采用位移延性系数来表示延性的大小,位移延性系数定义为极限荷载相应的位移与开裂荷载相应的位移之比。对于砌体结构来说,采用目前常规的试验方法和检测手段,确定开裂荷载以及相应的位移值时存在许多人为因素,因此延性系数可采用条件延性系数来表示。如图 3.81 所示,根据输入总能量不变原理,结构或构件的延性系数 μ 等于极限荷载对应位移 Δ_u 与等效屈服位移

Δ_y 之比。按式(3.20)计算的各墙片延性系数列于表 3.10 中,为便于对比不同保温层厚度与不同塑料钢筋拉接件构造的现场发泡夹心墙延性系数,选取部分现场发泡夹心墙试件的延性系数列于表 3.11 中。

$$\mu_y = \frac{\Delta_u}{\Delta_y} \tag{3.20}$$

式中,μ_y 为条件延性系数;Δ_u 为极限荷载相应的位移值;Δ_y 为条件屈服位移值。

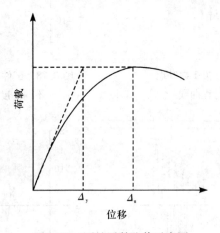

图 3.81　延性系数取值示意图

由表 3.10 可知,现场发泡夹心墙延性系数在 2.86~4.17 范围内,平均值为 3.4。从总体上看,竖向压应力在 0.3~0.7MPa 范围内的现场发泡夹心墙延性系数比竖向压应力为 1MPa 的现场发泡夹心墙延性系数稍大些。现场发泡夹心墙延性系数较高(平均值为 3.4),与同截面厚度(370mm)实心墙延性系数很接近,这表明现场发泡夹心墙变形性能较好,内叶墙构造柱有效地发挥了约束作用,改变了纯砌体的脆性破坏性质。钢筋混凝土梁挑耳和塑料钢筋拉接件有效地发挥了连接作用,内外叶墙整体变形能力较好。

表 3.10　墙片延性系数μ

试件编号	μ	试件编号	μ	试件编号	μ
WH84-100-1	3.89	WH64-120-1	3.19	WZ64-120-0.7	4.17
WH84-120-1	3.31	WH64-100-1	2.86	WH64-120-0.5	3.58
WH83-80-1	2.88	WH64-80-1	3.41	WH83-120-0.3	3.54
WH83-100-1	2.96	WZ83-120-1	3.46	W	3.38
WH83-120-1	3.06	WZ64-120-1	3.79		

由表 3.11 可知,保温层厚度在 80~120mm 范围内变化对现场发泡夹心墙延性影响很小,保温层厚 120mm 的夹心墙延性系数比较高,且塑料钢筋拉接件对夹

心墙延性影响很小。因此,保温层厚 120mm 的现场发泡夹心墙不额外加强连接构造措施也有较好的延性。

表 3.11　不同保温层厚度与不同拉接件形状参数的现场发泡夹心墙延性系数 μ 对比

保温层厚度/mm	采用环形拉接件延性系数 μ			采用卷边 Z 形拉接件延性系数 μ	
	600mm×400mm	800mm×300mm	800mm×400mm	600mm×400mm	800mm×300mm
80	2.86	2.96	—	—	—
100	3.41	2.88	3.89	—	3.06
120	3.19	3.06	3.31	3.19	—

3.13　耗　　能

试件的能量耗散能力是指试件在地震反复作用下吸收能量的大小,以荷载-变形曲线所包围的面积来衡量,它也是衡量试件抗震性能的一个特征。图 3.82 表示一个完整的滞回环,它包围的面积为 $S_{(ABC+CDA)}$,代表试件在加载一个循环过程中永久吸收的能量。面积 $S_{(ABE+CDF)}$ 代表一个循环的总变形能。如果试件在某个循环荷载阶段,能量耗散系数 E 值越大,说明试件循环一周所消耗的能量就越多,则试件的耗能性能和抗震性能越好。从滞回曲线看,随着位移的增大,滞回环越来越丰满,能量耗散系数越大,这是因为试件裂缝开展程度即试件破坏程度变大,因此试件的耗能积累是影响试件破坏程度的重要原因之一。

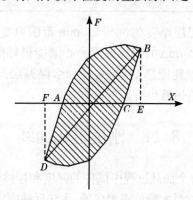

图 3.82　荷载-变形滞回曲线

根据《建筑抗震试验方法规程》,能量耗散系数按式(3.21)计算,结果列于表 3.12 中,为便于对比不同保温层厚度与不同塑料钢筋拉接件构造的现场发泡夹心墙耗能,选取部分现场发泡夹心墙试件的能量耗散系数列于表 3.13。

$$E = \frac{S_{(ABC+CDA)}}{S_{(ABE+CDF)}} \tag{3.21}$$

由表3.12可知,现场发泡夹心墙能量耗散系数在1.07~1.42范围内,平均值为1.25,平均值与同截面厚度(370mm)实心墙能量耗散系数相比降低不多(约10%)。这表明现场发泡夹心墙耗能能力较好,内叶墙构造柱有效地发挥了约束作用,增加了砌体结构大变形下摩擦耗能能力,钢筋混凝土梁挑耳和塑料钢筋拉接件有效地发挥了连接作用,内外叶墙整体耗能能力较好。

表 3.12　各墙片能量耗散系数

试件编号	能量耗散系数 E	试件编号	能量耗散系数 E	试件编号	能量耗散系数 E
WH84-100-1	1.29	WH64-120-1	1.22	WZ64-120-0.7	1.20
WH84-120-1	1.34	WH64-100-1	1.35	WH64-120-0.5	1.25
WH83-80-1	1.23	WH64-80-1	1.30	WH83-120-0.3	1.32
WH83-100-1	1.07	WZ83-120-1	1.14	W	1.40
WH83-120-1	1.42	WZ64-120-1	1.13		

表 3.13　不同保温层厚度与不同拉接件形状参数现场发泡夹心墙能量耗散系数对比

保温层 厚度/mm	环形拉接件墙片能量耗散系数 E			卷边 Z 形拉接件墙片能量耗散系数 E	
	600mm×400mm	800mm×300mm	800mm×400mm	600mm×400mm	800mm×300mm
80	1.35	1.07	—	—	—
100	1.30	1.23	1.29	—	1.14
120	1.22	1.42	1.34	1.13	—

由表3.13可知,保温层厚度在80~120mm范围内变化对现场发泡夹心墙耗能影响很小,保温层厚120mm的现场发泡夹心墙能量耗散系数较高,且塑料钢筋拉接件对现场发泡夹心墙耗能影响很小。因此,保温层厚120mm的现场发泡夹心墙不额外加强连接构造措施也有较好的耗能能力。

3.14　刚度退化曲线

骨架曲线能够反映整个加载过程中试件的强度和延性特征,但由于其轨迹是由每级荷载-变形曲线达到的最大峰值点组成的,无法反映固定位移幅值构件的刚度变化,因此必须引入刚度退化的概念来反映试件承载力的变化特征。所谓刚度退化是指在位移幅值不变的条件下,结构构件的刚度随反复加载的次数增加而降低的特征,现将循环荷载下每次循环顶点的割线刚度定义为等效刚度,其定义如下:

$$K_i = \frac{|P_i| + |-P_i|}{|\Delta_i| + |-\Delta_i|} \tag{3.22}$$

式中，P_i 为第 i 次正向水平荷载峰值，$-P_i$ 为第 i 次反向水平荷载峰值；Δ_i 为第 i 次正向水平荷载峰值对应的位移；$-\Delta_i$ 为第 i 次反向水平荷载峰值对应的位移。

　　由式(3.22)计算各试件的刚度，并将各试件的刚度退化随位移增长的关系用图表示出来，此刚度随位移增加而减小，这种现象称为骨架曲线刚度退化。图 3.83～图 3.96 所示为试件刚度退化曲线。试件在开裂之前，试件刚度接近 K_c，在开裂后，刚度随位移增大下降很快。此时，墙体刚度退化的原因是反复循环荷载作用下裂缝的开闭和开裂范围的扩展，造成墙体抗侧力机制的综合恶化。

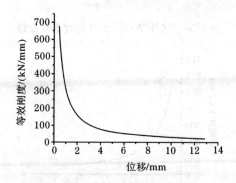

图 3.83　试件 WH84-100-1 刚度退化曲线

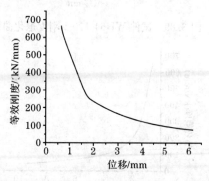

图 3.84　试件 WH84-120-1 刚度退化曲线

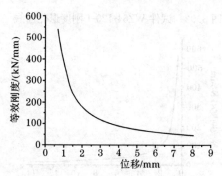

图 3.85　试件 WH83-80-1 刚度退化曲线

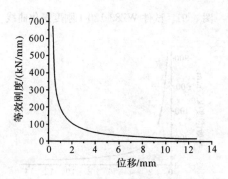

图 3.86　试件 WH83-100-1 刚度退化曲线

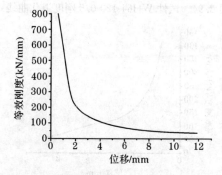

图 3.87　试件 WH83-120-1 刚度退化曲线

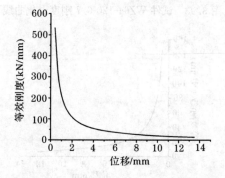

图 3.88　试件 WH64-120-1 刚度退化曲线

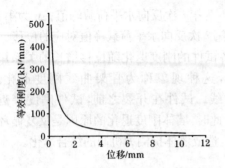

图 3.89　试件 WH64-100-1 刚度退化曲线

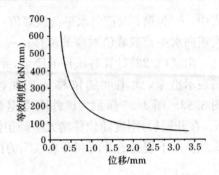

图 3.90　试件 WH64-80-1 刚度退化曲线

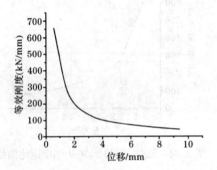

图 3.91　试件 WZ83-120-1 刚度退化曲线

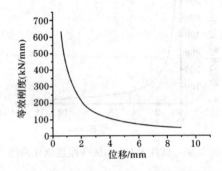

图 3.92　试件 WZ64-120-1 刚度退化曲线

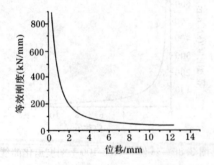

图 3.93　试件 WZ64-120-0.7 刚度退化曲线

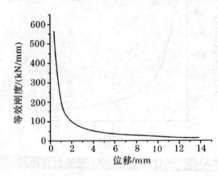

图 3.94　试件 WH64-120-0.5 刚度退化曲线

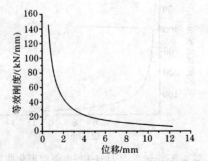

图 3.95　试件 WH83-120-0.3 刚度退化曲线

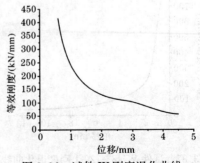

图 3.96　试件 W 刚度退化曲线

现场发泡夹心墙刚度在加载初期下降很快,在开裂前,刚度就已经下降较多。开裂后,刚度下降变慢,当墙体的变形表现出明显的滑移性质时,刚度下降又有所减慢。与实心墙相比现场发泡夹心墙刚度退化更快,这是因为进入弹塑性阶段以后,现场发泡夹心墙的内外叶墙变形不协调越来越明显,现场发泡夹心墙整体性变差,因此相对于实心墙刚度下降得快。弹性阶段现场发泡夹心墙抗侧刚度与实心墙刚度比较接近,说明钢筋混凝土梁挑耳和塑料钢筋拉接件有效地发挥了连接作用,内外叶墙整体工作性能较好。

3.15　恢复力模型

为了描述实际结构在各种状态下的抗侧力与侧移关系,需要将原有状态的恢复力特性曲线,即骨架曲线和滞回环进行简化,使之成为便于表达的曲线形式。通过骨架曲线和滞回环以及刚度退化规律可以组成多种模型。目前建筑结构中常用的恢复力模型有以下几种:双线型、Clough 型、Nielson 型、退化三线型、指向原点型、曲线型。对于结构本身的特性,采用近于本身的恢复力模型。由试验结果,试件骨架曲线可分弹性阶段、塑性阶段,卸载阶段三个阶段,故可采用如图 3.97 所示的退化三线型恢复力模型。恢复力模型是由两个滞回环组成,实线表示为骨架曲线简化的三折线,第一段为弹性阶段,刚度为 K_c,$K_c = P_c/\Delta_c$;第二段为开裂至极限荷载阶段,刚度为 K_1,$K_1 = P_u/\Delta_u$;第三段为极限荷载至破坏阶段,刚度为 K_2,$K_2 = P_{0.85}/\Delta_{0.85}$。将三折线恢复力模型各阶段刚度列于表 3.14,表中数据为现场发泡夹心墙弹塑性阶段计算分析提供试验依据。

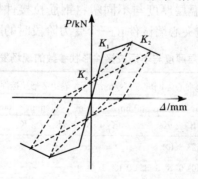

图 3.97　现场发泡夹心墙恢复力模型

由表 3.14 可知,现场发泡夹心墙在开裂时抗侧刚度平均值为 271.3kN/mm,与实心墙开裂时刚度相比仅低 6%,现场发泡夹心墙刚度较大说明连接构造措施有效地加强了两叶墙整体性,使墙片刚度有提高。与实心墙相比现场发泡夹心墙

表 3.14　三折线恢复力模型各阶段刚度

试件编号	P_c /kN	Δ_c /mm	P_u /kN	Δ_u /mm	$P_{0.85}$ /kN	$\Delta_{0.85}$ /mm	K_c /(kN/mm)	K_1 /(kN/mm)	K_2 /(kN/mm)
WH84-100-1	533	1.51	629	5.82	535	7.79	353.0	108.1	91.9
WH84-120-1	497	1.76	532	5.83	452	7.27	282.4	91.3	77.6
WH83-80-1	474	1.85	612	5.85	520	7.53	256.2	104.6	88.9
WH83-100-1	602	1.94	709	5.75	603	14.8	310.3	123.3	104.8
WH83-120-1	511	1.76	559	5.39	475	7.60	290.3	103.7	88.2
WH64-120-1	481	1.98	540	5.37	459	14.8	242.3	100.6	85.5
WH64-100-1	511	2.04	627	7.37	533	14.8	250.5	85.1	72.3
WH64-80-1	466	2.01	563	7.40	479	13.7	231.8	76.1	64.7
WZ83-120-1	524	1.73	661	5.98	562	12.9	302.9	110.5	94.0
WZ64-120-1	403	1.29	503	4.89	428	9.28	312.4	102.9	87.4
WZ64-120-0.7	412	1.04	459	4.34	390	9.40	396.2	105.8	89.9
WH64-120-0.5	349	1.83	398	6.56	338	12.5	190.7	60.7	51.6
WH83-120-0.3	214	1.99	356	7.05	303	11.6	107.5	50.5	42.9
W	450	1.56	586	4.76	476	14.3	288.5	123.1	90.2

刚度退化更快,现场发泡夹心墙在开裂荷载时刚度平均值与极限荷载时刚度平均值相比低 65%,实心墙在开裂荷载时刚度平均值与极限荷载时刚度平均值相比低 57%。极限荷载后刚度下降减缓,破坏时刚度比极限荷载时下降 15% 左右。

　　为便于对比不同保温层厚度与不同塑料钢筋拉接件构造的现场发泡夹心墙刚度,选取部分现场发泡夹心墙试件在三个受力阶段时的刚度列于表 3.15 中。

表 3.15　不同保温层厚度与不同拉接件形状参数的现场发泡夹心墙刚度对比

| 空腔厚度 /mm | 环形拉接件现场发泡夹心墙刚度/(kN/mm) | | | | | | | | | 卷边 Z 形拉接件现场发泡夹心墙刚度/(kN/mm) | | | | | |
| | 600mm×400mm | | | 800mm×300mm | | | 800mm×400mm | | | 600mm×400mm | | | 800mm×300mm | | |
	K_c	K_1	K_2	K_c	K_1	K_2	K_c	K_1	K_2	K_c	K_1	K_2	K_c	K_1	K_2
80	250.5	85.1	72.3	310.3	123.3	104.8	—	—	—	—	—	—	—	—	—
100	231.8	76.1	64.7	256.2	104.6	88.9	353.0	108.1	91.9	—	—	—	302.9	110.5	94.0
120	242.3	100.6	85.5	290.3	103.7	88.2	282.4	91.3	77.6	327.9	102.9	87.4	—	—	—

　　保温层厚度对现场发泡夹心墙刚度影响不大,保温层厚度为 80mm 的现场发泡夹心墙比保温层厚度分别为 100mm 和 120mm 的现场发泡夹心墙刚度大 5% 左右,而保温层厚度为 120mm 的现场发泡夹心墙刚度不低于保温层厚度为 100mm 的现场发泡夹心墙刚度。保温层厚度在 80～120mm 范围内变化对现场发泡夹心

墙刚度影响不大,保温层厚 120mm 的现场发泡夹心墙刚度较大,且塑料钢筋拉接件构造对现场发泡夹心墙刚度影响很小。因此,保温层厚 120mm 的现场发泡夹心墙不额外加强连接构造措施也有较高的刚度。

3.16　小　结

通过 13 片现场发泡夹心墙和 1 片实心墙的平面内抗震性能模型试验,得到的结论如下:

(1) 现场发泡夹心墙片比实心墙抗剪承载力相比降低不多,这说明其能够整体协调工作并有较高的抗震抗剪承载力。

(2) 墙体的开裂位移较小,极限位移较大,现场发泡夹心墙有较好的变形性能。

(3) 构造柱、塑料钢筋拉接件和钢筋混凝土梁挑耳在协同内外叶墙共同工作方面起到较好作用,总体上看,两叶墙协调性能较好。

(4) 钢筋混凝土梁挑耳有效地加强内外叶墙连接,可靠地传递内力,拉接件也具有一定的作用,并在现场发泡夹心墙体大变形的情况下,对保证开裂墙体不致脱落、倒塌起到有效作用。

(5) 骨架曲线参数表明现场发泡夹心墙具有较大的刚度,与实心墙相比刚度退化并无明显加快趋势,不需额外加强构造措施。

(6) 滞回环呈梭形且面积较大,具有较大的耗能能力。

(7) 现场发泡夹心墙延性系数较高,在 2.86~4.17 范围内(平均值为 3.4)。

(8) 现场发泡夹心墙能量耗散系数较高,在 1.07~1.42 范围内(平均值为 1.25)。

(9) 现场发泡夹心墙抗震抗剪承载力计算应考虑外叶墙的有利作用,并根据试验研究及剪摩理论得出现场发泡夹心墙抗震抗剪承载力计算公式。

(10) 通过分析研究得出现场发泡夹心墙受压承载力计算公式。

第4章 平面外抗震性能模型试验

4.1 试验目的

由于地震作用没有方向性,因此当地震来临时,整个建筑物都处在地震的摇晃中,墙体的平面内及平面外两个方向都有可能受到震动。墙体在地震作用或爆炸产生的平面外荷载作用下可能发生失效和倒塌,导致大量的财产损失和人员伤亡。

我国现行规范中对墙体平面内受力分析模式做了十分详细说明,而实际工程中一般也只考虑墙体的平面内受力性能,对其平面外的受力性能一般只在构造上予以考虑。然而墙体在承受平面内荷载的同时还可能承受由强风、地震等引起的平面外荷载。2003年的广深高速公路发生爆炸,导致附近约 $500m^2$ 的6间房屋倒塌;2004年的14号台风"云娜"造成浙江等省房屋倒塌4.3万间;2005年的"卡特里娜"飓风扫过,大面积的基础设施和民居被摧毁,密西西比州近90%的建筑遭到破坏或严重破坏。这些事实使人们不得不开始考虑墙体承受平面外荷载的性能。由于砌块及砂浆的抗拉强度非常低,砌块墙体在承受平面外荷载时墙体很快就会沿灰缝发生弯曲破坏,而墙体内设置的纵向钢筋主要集中在平面外截面受弯的中和轴附近,对抵抗平面外弯矩的贡献非常小。因此,对于需要考虑平面外受力的砌块墙体,只能采取其他方法从构造上保证,这样不仅影响美观及使用功能,而且面对强风和地震等引起的巨大的平面外荷载,这些措施也略显单薄。

目前对墙体平面外的抗震性能研究较少。我国现行规范中,对墙体平面外承载力也没有给出具体规定,仅定性提出应尽量减少平面外弯矩对墙体的影响,相关的研究十分匮乏。因此,对墙体进行平面外抗震性能研究是非常必要的。

4.2 试验概况

4.2.1 试件设计

试验共设计7片现场发泡夹心墙试件,1片实心墙。按以下不同参数分组:拉接件形状、塑料拉接件间距、保温层厚度、竖向压应力 σ_0、砂浆设计强度 f_1、砂浆实测强度 f_2，见表 4.1。试件几何尺寸（不计构造柱和压梁尺寸）墙体高 1400mm，宽 1740mm，高宽比 $h/b = 0.8$，墙厚为原型尺寸，内叶墙厚 240mm，外内叶墙厚 120mm，实心墙厚 370mm。试件设计同第 3 章，现场发泡夹心墙试件施工图如图 3.3 所示。

表 4.1　试件参数及分组

试件编号	塑料钢筋拉接件形状： 间距（水平×竖向）/mm	保温层 厚度/mm	σ_0 /MPa	f_1 /MPa	f_2 /MPa
WH64-80-0.5	环形：600×400	80	0.5	10	8.9
WH64-100-1		100	1.0	10	8.1
WH83-80-0.5	环形：800×300	80	0.5	10	8.7
WH83-120-0.7		120	0.7	10	8.4
WH84-100-0.3	环形：800×400	100	0.3	10	8.4
WH84-120-0.3		120	0.3	10	8.9
WZ83-120-0.5	Z 形：800×300	120	0.5	10	9.0
W	实心墙	0	0.5	10	8.3

4.2.2　材料选取

多孔砖、砂浆、混凝土、钢筋和拉接件的选取同第 3 章。

4.2.3　试件制作

试件制作的具体要求同第 3 章。

4.2.4　材料的基本力学性能

现场发泡夹心墙体材料的基本力学性能测试要求同第 3 章。

4.2.5　试验装置

试验加载装置采用有均布竖向荷载的悬臂式装置如图 4.1 所示。竖向通过压梁上钢分配梁在内叶墙上施加竖向均布荷载，在竖向千斤顶与横梁间设置滑板，作用是保证墙体在受载时尽量无约束滑移。水平推拉反复荷载由 MTS 拟动力加载设备提供，通过 MTS 成套设备联机操作实现力或位移加载控制方式，并自动记录试验数据。按照前述试验方案，竖向荷载、水平荷载作用点位于内叶墙顶部形心线,与现场发泡夹心墙实际受力情况较符合。

图 4.1　加载装置图

4.2.6　加载方案与加载制度

　　试验采用变力变位移加载方案。试验前,首先施加竖向荷载,将竖向荷载一次加至要求值,并恒载 15min,在整个试验中,竖向荷载值保持不变。竖向荷载施加完后,检查测试仪表和试件均正常,则开始施加水平荷载。按《建筑抗震试验方法规程》的要求,先进行预加反复荷载试验二次,取开裂荷载的 20%,试验预估为20kN。然后开始正式加载,采用荷载和位移双控制方式。以荷载增量控制加载阶段,一次性加正向荷载至内叶墙体开裂,然后再加负向荷载至外叶墙开裂,循环三次;墙体开裂后,以位移增量控制加载,以墙体开裂荷载对应的位移 Δ_c 进行位移控制,分别以 $1\Delta_c$ 为级差控制加载,前三级循环三次,第四级及以上每级循环一次。当试件裂缝急剧扩展和增多,荷载明显下降时,即认为试件丧失承载能力而达到破坏状态。

4.2.7　量测内容及测点布置

　　测点布置图如图 4.2 所示,1-1、1-2 为力-位移传感器,主要量测试件的滞回曲线。2-1~2-3 为位移传感器,表架固定在试件底梁上,目的是消除底座移动的影响,所测位移为墙体相对底座的位移,主要测量不同高度处的水平位移。2-4~2-6为位移传感器,主要量测内外叶墙相对侧移。3-1~3-8 为电阻应变片,主要量测拉接件应变值。

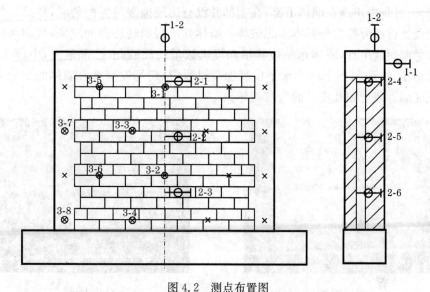

图 4.2　测点布置图

4.3　试验现象分析

夹心墙的内外叶墙破坏图如图 4.3～图 4.9 所示,在平面外水平反复荷载过程中,首先按一定的速度持续施加正向荷载。当夹心墙的水平正向荷载达到 67.93～111.82kN 时,内叶墙混凝土构造柱底部首先出现细微裂缝,在墙体即将开裂时,墙体发出咔咔的响声。内叶墙体底部 1～3 皮砖砂浆层首先出现肉眼可见的水平细微短裂缝,但不明显。卸载并再持续施加水平反向荷载,当水平反向荷载达到 44.2～63.41kN 时,外叶墙在墙体底部第一与第二皮砖砂浆层出现肉眼可见的水平细微裂缝,但不明显。循环三次,裂缝逐渐发展。墙体开裂后按位移控制,以开裂位移 Δ_c 为级差控制加载,以正向加载一次、卸载再反向加载一次、卸载为一循环,$1\Delta_c$～$3\Delta_c$ 循环三次,$4\Delta_c$ 开始循环一次。随着荷载进一步增大,原有裂缝逐渐加宽加深。多数试件在 $3\Delta_c$ 时,底部第一皮砖与构造柱紧连的两块砖局部掉角,并形成局部斜裂缝使墙体底部裂缝与混凝土构造柱底部裂缝贯通。当水平反复正向荷载分别增大到 97.88～120.52kN 时,试件达到正向极限承载力,并不再增加,此时内叶墙底部裂缝宽度达 5～10mm。直至试件破坏,内叶墙除底部原有裂缝外,无新的裂缝出现,只是原有裂缝加宽加深。当水平反复荷载达到 55.95～96.97kN 时,试件达到反向极限承载力,外叶墙在墙体底部第一与第二皮砖砂浆层出现贯通裂缝,裂缝宽度为 7～10mm,以后循环再无新的裂缝出现,只是原有的裂缝加宽加深,直至试件破坏。从总体来看,墙体裂缝基本都出现在水平灰缝处,且集中出现在墙体下部,在上部并没有出现肉眼可见的裂缝,砖除与构造柱连接处有部分掉角外基本上无破坏。墙体并没有出现压碎的现象,竖向灰缝处没有竖向裂缝出现,墙体水平位移沿高度大致呈线性变化,顶部最大,中部次之,底部最小,这说明在平面外水平反复加载过程中,现场发泡夹心墙体的变形主要是其底部砂浆层和几皮砖的弯拉破坏。

(a) 内叶墙　　　　　　　　　　　　　　　　　(b) 外叶墙

图 4.3　试件 WH64-80-0.5 内外叶墙破坏图

(a) 内叶墙　　　　　　　　　　　　　　　　　(b) 外叶墙

图 4.4　试件 WH64-100-1 内外叶墙破坏图

(a) 内叶墙　　　　　　　　　　　　　　　　　(b) 外叶墙

图 4.5　试件 WH83-80-0.5 内外叶墙破坏图

（a）内叶墙　　　　　　　　　　　　　（b）外叶墙

图 4.6　试件 WH83-120-0.7 内外叶墙破坏图

（a）内叶墙　　　　　　　　　　　　　（b）外叶墙

图 4.7　试件 WH84-100-0.3 内外叶墙破坏图

（a）内叶墙　　　　　　　　　　　　　（b）外叶墙

图 4.8　试件 WH84-120-0.3 内外叶墙破坏图

（a）内叶墙　　　　　　　　　　　　　（b）外叶墙

图 4.9　试件 WZ83-120-0.5 内外叶墙破坏图

（a）内侧　　　　　　　　　　　　　　（b）外侧

图 4.10　实心墙破坏图

　　实心墙的破坏图如图 4.10 所示，实心墙试件采用 370mm 厚墙体作为现场发泡夹心墙的对比试件，在平面外水平反复荷载过程中，仍需按一定的速度持续施加荷载。与现场发泡夹心墙的开裂过程相似，在墙体即将开裂时，墙体发出咔咔的响声。当水平反复正向荷载加载至 141.11kN 时，首先在内侧墙面（定义水平荷载加载面为内侧墙面，对称面为外侧墙面）构造柱底部首先出现细微裂缝，墙体底部第一皮砖与底座连接处出现肉眼可见的水平细微短裂缝。然后卸载，再持续施加水平反向荷载，当水平反向荷载达到 60.5kN 时，外侧墙面底部第一皮砖与底座连接处出现水平细微裂缝，但不明显。循环三次，裂缝逐渐发展并成为通长裂缝。墙体开裂后按位移控制，以开裂位移 Δ_c 为级差控制加载，随着荷载进一步增大，原有裂缝逐渐加宽加深，$3\Delta_c$ 时，墙体中部出现竖向裂缝，部分多孔转破坏。当水平反复正向荷载进一步增大到 178.56kN 时，试件达到正向极限承载力，并不再增加，此时内侧墙面底部裂缝宽度达 7mm 左右。直至试件破坏，内侧墙面除底部原有裂缝外无新的裂缝出现，只是原有裂缝加宽加深。当水平反复反向荷载达到 71.29kN 时，试件达到反向极限承载力,外侧墙面在墙体底部第一皮砖与底座连接处出现贯通裂缝,裂缝宽度为8mm左右,在以后循环再无新的裂缝出现,只是原有的裂缝加宽加深,直至试件破坏。与现场发泡夹心墙相同,实心墙体在墙体底部出现水平通裂缝,且集中出现在墙体下部,但与现场发泡夹心墙不同的是在实心墙体中间部位出现竖向裂缝,砖也有部分破坏。墙体并没有出现压碎的现象,墙体水平位移沿高度大致呈线性变化,顶部最大,中部次之,底部最小,这说明在平面外水平反复加载过程中,实心墙体的变形主要是其底部砂浆层和几皮砖的弯拉破坏。

　　不同保温层厚度墙体破坏形式基本相同,但随着保温层厚度的增大,保温层厚度大的现场发泡夹心墙外叶墙裂缝要比保温层厚度小的现场发泡夹心墙外叶墙裂缝发展要快,且裂缝宽度也比保温层厚度小的现场发泡夹心墙裂缝宽度要大,不同保温层厚度现场发泡夹心墙内叶墙裂缝差异不大。墙体的裂缝均出现在墙体底部的水平灰缝处,这说明平面外加载时,现场发泡夹心墙体呈现弯曲破坏,由水平灰缝抵抗弯矩,而砌块本身对抗弯的贡献不大,表现为现场发泡夹心墙多孔砖除部分局部掉角外,基本无破坏。实心墙体的裂缝除在墙体的底部出现通长裂缝外,在墙体中间部位出现竖向裂缝。从破坏过程来看,墙体开裂前荷载较小,基本处于弹性阶段,墙体整体受力比较均匀,顶部位移较小,现场发泡夹心墙能够协同内外叶墙变形,其相对位移很小,水平荷载和墙体位移基本呈线性关系,滞回环成稳定的梭形,刚度基本无退化,此时不同保温层厚度墙体无明显差别。从墙体开裂至达到极限荷载前为弹塑性阶段,墙体开裂时,曲线的坡度与开裂前相比略有下降,有明显的残余变形,随着荷载的进一步增大,刚度明显退化,内外叶墙体先后开裂且裂缝不断发展,相对位移增大。在这一阶段,不同保温层厚度墙体表现出不同的特点,保温层厚度越大,其曲线的坡度下降得越多,残余变形也越大,刚度退化也比较迅速,且随着荷载的进一步增大,这种差别越来越明显。当墙体进入弹塑性阶段后,水平荷载和墙体位移转变为曲线关系且曲率逐渐加大,墙体刚度减小,裂缝逐渐向墙体两角端发展,位移发展较快,部分砌块局部掉角,最终形成墙体底部通长裂缝,墙体丧失承载能力,墙体呈现弯曲破坏。保温层厚度大的现场发泡夹心墙外叶墙要比保温层厚度小的现场发泡夹心墙外叶墙破坏现象要明显,内叶墙差别不大。

　　在水平反复荷载作用下,无论是拉接件类型不同或是其间距变化,各试件都是首先在墙体根部砂浆层连接处出现水平微裂缝,随着荷载的增加,裂缝逐渐延伸成通长裂缝并最终破坏,不同拉接件间距的现场发泡夹心墙破坏形式基本相同,但对于不同拉接件间距折算密度的现场发泡夹心墙,拉接件间距折算密度小的现场发泡夹心墙外叶墙裂缝要比拉接件间距折算密度大的现场发泡夹心墙外叶墙裂缝发展要快,且裂缝宽度也比拉接件间距折算密度大的现场发泡夹心墙裂缝宽度要大,不同拉接件间距折算密度现场发泡夹心墙的内叶墙裂缝差异不大。从墙体开裂到达到极限荷载前为弹塑性阶段,墙体开裂时,曲线的坡度与开裂前相比开始有所下降,有明显的残余变形,随着荷载的进一步增大,刚度明显退化,内外叶墙体先后开裂且裂缝不断发展,相对位移增大。在这一阶段,不同拉接件间距折算密度的现场发泡夹心墙表现出不同的特点,卷边 Z 形拉接件及间距折算密度小的现场发泡夹心墙,其曲线的坡度下降得较多,残余变形也越大,刚度退化迅速,且随着荷载的进一步增大,这种差别越来越明显。当墙体进入弹塑性阶段后,水平荷载和墙体位移转变为曲线关系且曲率逐渐加大,墙体刚度减小,裂缝逐渐向墙体两角端发展,位移发展较快,部分砌块局部掉角,最终形成墙体底部通长裂缝,墙体丧失承载能力,墙体呈现弯曲破坏。拉接件间距折算密度小的现场发泡夹心墙外叶墙要比拉接件间距折算密度大的现场发泡夹心墙外叶墙破坏现象要明显,内叶墙差别不大。

在水平反复荷载作用下,现场发泡夹心墙试件都是首先在墙体根部砂浆层连接处出现水平微裂缝,随着荷载的增加,裂缝逐渐延伸成通长裂缝并最终破坏,不同竖向压应力的现场发泡夹心墙破坏形式基本相同,但对于不同竖向压应力的现场发泡夹心墙,竖向压应力小的现场发泡夹心墙外叶墙裂缝要比竖向压应力大的现场发泡夹心墙外叶墙裂缝发展要快,且裂缝宽度也比竖向压应力大的现场发泡夹心墙裂缝宽度要大,不同竖向压应力现场发泡夹心墙内叶墙裂缝差异不大。不同竖向压应力的现场发泡夹心墙无明显差别。从墙体开裂至达到极限荷载前为弹塑性阶段,墙体开裂时,曲线的坡度与开裂前相比略有下降,有明显的残余变形,随着荷载的进一步增大,刚度明显退化,内外叶墙体先后开裂且裂缝不断发展,相对位移增大。在这一阶段,不同竖向压应力的现场发泡夹心墙表现出不同的特点,竖向压应力越小,其曲线的坡度下降的越多,残余变形也越大,刚度退化也比较迅速,且随着荷载的进一步增大,这种差别越来越明显。当墙体进入弹塑性阶段后,水平荷载和墙体位移转变为曲线关系且曲率逐渐加大,墙体刚度减小,裂缝逐渐向墙体两角端发展,位移发展较快,部分砌块局部掉角,最终形成墙体底部通长裂缝,墙体丧失承载能力,墙体呈现弯曲破坏。竖向压应力小的现场发泡夹心墙外叶墙要比竖向压应力大的现场发泡夹心墙外叶墙破坏现象要明显,内叶墙差别不大。

4.4　试验结果与分析

4.4.1　试验结果

试验试件由 1 片实心墙及 7 片现场发泡夹心墙组成,拉接件采用环形和卷边 Z 形两种,间距布置有 600mm×400mm、800mm×300mm、800mm×400mm 三种,现场发泡夹心墙保温层厚度在 80～120mm 范围内,竖向压应力分别为 0.7MPa、0.5MPa、0.3MPa。试件在水平反复荷载作用下,各阶段墙体承载力实测值及平均值列于表 4.2 中,其相应位移实测值列于表 4.3 中。表中 P_c 为实测墙体水平开裂荷载(开裂荷载均指首次加载开裂时荷载),P_u 为实测墙体极限水平荷载,P_d 为墙体破坏时的最终水平荷载。实测位移为内叶墙体中线顶点相对于试件底座垂直于墙体方向的水平位移。其中 Δ_c 为与墙体水平开裂荷载 P_c 相对应的开裂位移,Δ_u 为与墙体极限荷载 P_u 相对应的位移,Δ_d 为加载过程中与 P_d 相对应的墙体最终破坏时的最大位移。开裂荷载与极限荷载分别取两个方向的平均值,开裂位移与极限位移分别取两个方向的平均值。

表 4.2　试件受力各阶段荷载实测值

| 试件编号 | 荷载 P | | | | | | | | |
| | P_c/kN | | | P_u/kN | | | P_d/kN | | |
	正向	负向	水平	正向	负向	水平	正向	负向	水平
WH64-80-0.5	87.81	50.77	69.29	97.88	55.95	76.92	97.19	55.66	76.42
WH64-100-1	75.22	63.41	69.32	108.19	96.97	102.58	94.67	93.76	94.21
WH83-80-0.5	75.46	52.69	64.08	105.12	58.65	81.89	90.04	32.7	61.37
WH83-120-0.7	111.82	61.51	86.67	116.1	65.15	90.63	109.57	55.82	82.69
WH84-100-0.3	67.93	63.17	65.55	101.43	78.79	90.11	93.53	75.42	84.47
WH84-120-0.3	105.97	44.2	75.09	120.52	60.3	90.41	117.95	52.61	85.28
WZ83-120-0.5	68.34	54.18	61.26	93.6	76.34	84.97	90.27	72.85	81.56
W	141.11	60.5	100.8	178.56	71.29	124.93	167.66	62.46	115.06

表 4.3　试件受力各阶段相应位移实测值

| 试件编号 | 内叶墙位移 Δ | | | | | | | | |
| | Δ_c/mm | | | Δ_u/mm | | | Δ_d/mm | | |
	正向	负向	平均	正向	负向	平均	正向	负向	平均
WH64-80-0.5	2.1	1.1	1.6	18.1	18.9	18.5	21	21.4	21.2
WH64-100-1	1.7	1.7	1.7	5.7	16.6	11.2	21.1	19.74	20.4
WH83-80-0.5	1.1	0.8	0.95	4.7	15.5	10.1	17.6	17.7	17.6
WH83-120-0.7	3.3	1.6	2.45	9.6	9.2	9.4	25.5	25.1	25.3
WH84-100-0.3	1.2	0.8	1	18.5	15.9	17.2	21	21	21
WH84-120-0.3	1	0.9	0.95	9.3	6.8	8.05	17.6	17.6	17.6
WZ83-120-0.5	1.8	1.5	1.65	14.5	11	12.7	15.3	14.9	15.1
W	1.4	0.6	1	9.8	9.3	9.55	30.5	31.1	30.8

4.4.2　试验结果分析

试验结果表明：

（1）除实心墙外各现场发泡夹心墙实测开裂荷载在 61.26～86.67kN 范围内，极限荷载在 76.92～102.58kN 范围内，开裂荷载与极限荷载之比 P_c/P_u 范围为 68%～96%。实心墙开裂荷载平均值为 100.8kN，极限荷载平均值为 124.93kN。开裂荷载与极限荷载之比 P_c/P_u 为 80.7%。当压应力相同时，现场发泡夹心墙与实心墙相比极限承载力有一定降低，实测现场发泡夹心墙极限荷载与实心墙相比降低 17%～38%。通过试件极限荷载对比，从总体来看，压应力变化、拉接件形状参数（包括拉接件形状与布局的变化）及保温层变化（80～120mm）对现场发泡夹心墙极限荷载影响较小。

（2）由于构造柱的约束作用，墙体能够产生的弹性位移有一定程度的提高，实测墙体开裂位移在 0.95～2.45mm 范围内，极限位移在 4.9～18.5mm 范围内。如对墙体进行多遇地震作用下的抗震变形验算，其楼层内最大的弹性位移角限值为 1/1000。由于结构的水平荷载基本上由横向墙体承担，外纵墙在平面外方向不考虑横向水平荷载作用，只需满足楼层整体的弹性变形要求。以楼层层高 3m 为例，楼层内的弹性层间位移在 1/857～1/2105 范围内，80% 以上的试件在楼层内产生最大弹性层间位移时仍处于弹性阶段。破坏时墙体位移在 15.1～30.8mm 范围内，是开裂位移 13 倍左右，这说明现场发泡夹心墙具有一定的弹塑性变形能力，在发生大的弹塑性变形情况下仍能保持墙体具有一定的承载能力及整体变形能力。

4.5　抗震抗剪承载力对比分析

4.5.1　不同保温层厚度墙体的承载力与位移分析

在正向加载阶段，由于外叶墙对内叶墙起到支撑的作用，间接地提高了现场发泡夹心墙的正向承载力。在平面外加载工况下各组不同保温层厚度现场发泡夹心墙正向、负向及平均承载力如图 4.11～图 4.19 所示。

在正向加载阶段，不同保温层厚度现场发泡夹心墙的正向极限承载能力略有差异，但不明显。在竖向压应力不同时，保温层厚度大的现场发泡夹心墙正向极限承载能力反而比保温层厚度小的现场发泡夹心墙正向极限承载能力略有提高，说明保温层厚度对现场发泡夹心墙的正向极限承载力影响较小，在影响现场发泡夹心墙正向极限承载力的因素中占次要地位。现场发泡夹心墙正向极限承载力比实心墙正向极限承载力降低了约 41%，现场发泡夹心墙开裂荷载和开裂位移基本相同，极限位移及最大位移也基本一致，这说明现场发泡夹心墙的延性性能大致相同。在负向加载阶段,外叶墙处于受拉状态。前两组试件除保温层厚度不同外,竖向压应力均不同。保温层厚度大的现场发泡夹心墙反向极限承载力要比保温层厚度小的现场发泡夹心墙反向极限承载力要大,与实心墙的反向极限承载力基本上相同。这说明保温层厚度对现场发泡夹心墙的反向极限承载力的影响与竖

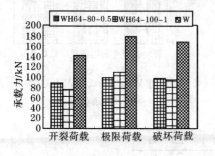

图 4.11　试件 WH64-80-0.5、WH64-100-1 及
W 正向承载力

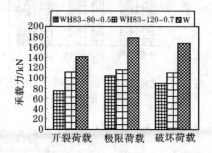

图 4.12　试件 WH83-80-0.5、WH83-120-0.7 及
W 正向承载力

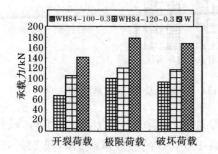

图 4.13　试件 WH84-100-0.3、WH84-120-0.3 及
W 正向承载力

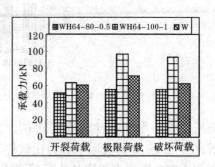

图 4.14　试件 WH64-80-0.5、WH64-100-1 及
W 负向承载力

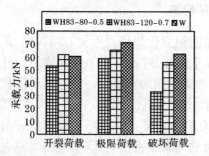

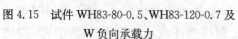

图 4.15　试件 WH83-80-0.5、WH83-120-0.7 及
W 负向承载力

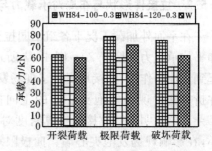

图 4.16　试件 WH84-100-0.3、WH84-120-0.3 及
W 负向承载力

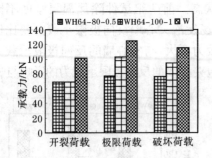

图 4.17　试件 WH64-80-0.5、WH64-100-1 及
　　　　　W 平均承载力

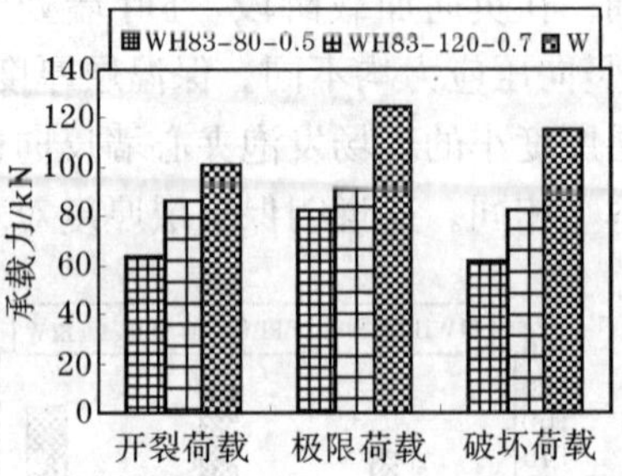

图 4.18　试件 WH83-80-0.5、WH83-120-0.7 及
　　　　　W 平均承载力

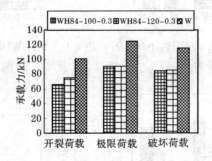

图 4.19　试件 WH84-100-0.3、WH84-120-0.3 及 W 平均承载力

向压应力的影响相比占次要地位。现场发泡夹心墙的竖向压应力相同,试件
WH84-120-0.3 的极限承载力比试件 WH84-100-0.3 的极限承载力降低 24%,这
说明在竖向压应力相同条件下,保温层厚度大的现场发泡夹心墙极限承载力比保
温层厚度小的现场发泡夹心墙极限承载力小。

4.5.2　拉接件形状与布局对承载力与位移的影响

在平面外加载工况下各组不同拉接件及间距变化现场发泡夹心墙正向、负向
和平均承载力如图 4.20～图 4.31 所示。在正向加载阶段,由于外叶墙对内叶墙
起到支撑的作用,间接地提高了现场发泡夹心墙的正向承载力。前三组不同拉接
件折算密度现场发泡夹心墙的正向极限承载能力基本相同,比实心墙降低约
35%。这说明不同拉接件折算密度对现场发泡夹心墙正向极限承载能力影响较
小,在影响现场发泡夹心墙正向极限承载力的因素中占次要地位,现场发泡夹心
墙开裂荷载和开裂位移基本相同,极限位移及最大位移也基本一致,这说明现场
发泡夹心墙的延性性能大致相同。卷边 Z 形拉接件现场发泡夹心墙比环形拉接
件现场发泡夹心墙极限承载力略小,降低约 20%,这说明环形拉接件能比卷边 Z

形拉接件更好地提高现场发泡夹心墙的极限承载力。在负向加载阶段,外叶墙处于受拉状态。不同拉接件折算密度现场发泡夹心墙的负向极限承载能力基本相同,这说明不同拉接件折算密度对现场发泡夹心墙负向极限承载能力影响较小,内叶墙通过拉接件对外叶墙的约束作用相差不大。现场发泡夹心墙开裂荷载和开裂位移基本相同,极限位移及最大位移也基本一致,这说明现场发泡夹心墙的延

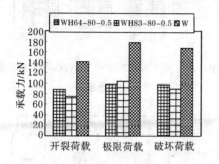

图 4.20 试件 WH64-80-0.5、WH83-80-0.5 及 W 正向承载力

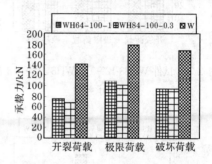

图 4.21 试件 WH64-100-1、WH84-100-0.3 及 W 正向承载力

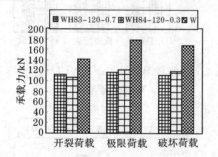

图 4.22 试件 WH83-120-0.7、WH84-120-0.3 及 W 正向承载力

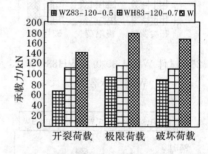

图 4.23 试件 WZ83-120-0.5、WH83-120-0.7 及 W 正向承载力

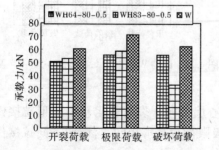

图 4.24 试件 WH64-80-0.5、WH83-80-0.5 及 W 负向承载力

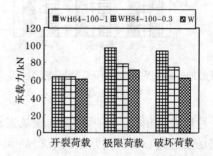

图 4.25 试件 WH64-100-1、WH84-100-0.3 及 W 负向承载力

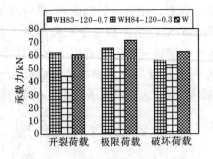

图 4.26　试件 WH83-120-0.7、WH84-120-0.3 及
W 负向承载力

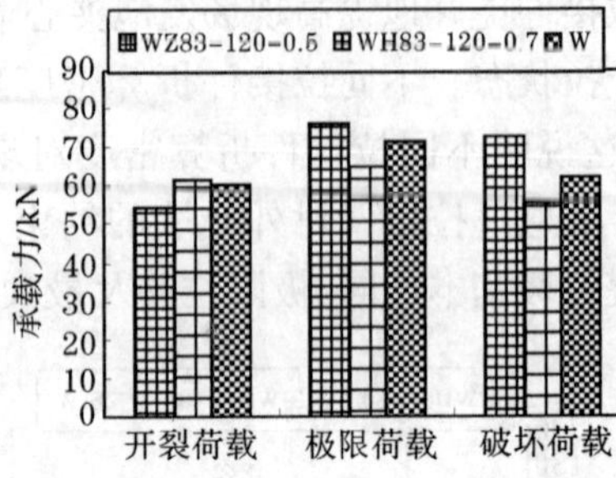

图 4.27　试件 WZ83-120-0.5、WH83-120-0.7 及
W 负向承载力

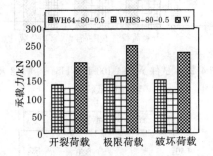
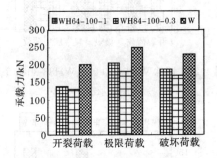

图 4.28　试件 WH64-80-0.5、WH83-80-0.5 及
W 平均承载力

图 4.29　试件 WH64-100-1、WH84-100-0.3 及
W 平均承载力

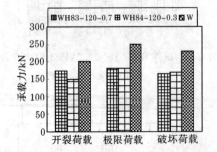
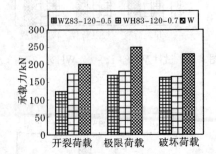

图 4.30　试件 WH83-120-0.7、WH84-120-0.3 及
W 平均承载力

图 4.31　试件 WZ83-120-0.5、WH83-120-0.7 及
W 平均承载力

性性能大致相同。环形拉接件现场发泡夹心墙负向开裂荷载比卷边 Z 形拉接件现场发泡夹心墙负向开裂荷载提高 38%,极限荷载基本相同,这说明不同拉接件类型对现场发泡夹心墙负向承载力影响不大。

4.5.3 竖向压应力对承载力与位移的影响

在正向加载阶段,由于外叶墙对内叶墙起到支撑的作用,间接地提高了现场发泡夹心墙的正向承载力。平面外工况下各组不同竖向压应力现场发泡夹心墙正向、负向和平均承载力如图 4.32～图 4.37 所示。

不同竖向压应力现场发泡夹心墙的正向极限承载能力存在一定的规律性,在拉接件折算密度相同条件下,竖向压应力越大,其现场发泡夹心墙正向极限承载能力就越高,这说明竖向压应力对现场发泡夹心墙的正向极限承载力影响较大,在影响现场发泡夹心墙正向极限承载力的因素中占主要地位。在负向加载阶段,外叶墙处于受拉状态。在第一组对比件中,试件 WH64-100-1 的极限承载力比试件 WH64-80-0.5 提高 42%,较为明显。第二组中,试件 WH83-120-0.7 也比试件 WH83-80-0.5 提高 10%。竖向压应力越大,其现场发泡夹心墙负向极限承载能力也随之提高,这说明竖向压应力对现场发泡夹心墙的负向极限承载力也有较大影响。

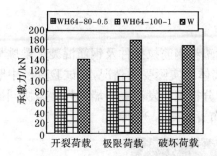

图 4.32 试件 WH64-80-0.5、WH64-100-1 及 W 正向承载力

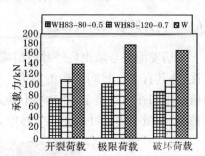

图 4.33 试件 WH83-80-0.5、WH83-120-0.7 及 W 正向承载力

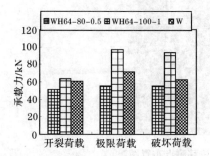

图 4.34 试件 WH64-80-0.5、WH64-100-1 及 W 负向承载力

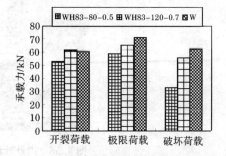

图 4.35 试件 WH83-80-0.5、WH83-120-0.7 及 W 负向承载力

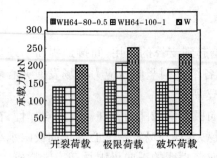

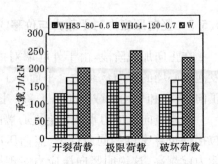

图 4.36　试件 WH64-80-0.5、WH64-100-1 及 W 平均承载力　　　图 4.37　试件 WH83-80-0.5、WH83-120-0.7 及 W 平均承载力

4.6　内外叶墙协同工作性能研究

4.6.1　内外叶墙相对位移差

现场发泡夹心墙由内外叶墙组成,通过塑料钢筋拉接件及钢筋混凝土梁挑耳连接,使其有一定共同工作的能力。模拟墙体的实际受力情况,在试验过程中竖向荷载施加在内叶墙上,外叶墙不受力。为分析现场发泡夹心墙内外叶墙协同工作情况,测量了内外叶墙相对位移值,测点布置如图 4.38 所示。

图 4.38　内外叶墙相对位移测点布置图

外叶墙受力是通过梁挑耳和拉接件传递的,所以相对位移值可反映内外叶墙协同工作情况以及梁挑耳和拉接件所起的作用。在墙体开裂前的弹性阶段,内外叶墙基本无相对位移,作为整体共同工作。由于梁挑耳刚度远大于拉接件,此时

主要由梁挑耳协同内外叶墙工作,拉接件基本上不起作用,表现为在弹性阶段拉接件的应变值很小。墙体开裂后,内外叶墙变形开始不协调,出现位移差,外叶墙位移滞后。随墙体弹塑性变形加大及裂缝的发展,变形不协调越来越明显,这说明在墙体开裂后,梁挑耳由于开裂或变形,协同工作的能力有所减弱,拉接件所起的作用逐渐增大。但由于塑料钢筋拉接件是柔性的,其刚度较差,容易发生弯曲变形,表现在墙体开裂后随荷载的增加内外叶墙相对位移差逐渐加大。内外叶墙相对位移差见表 4.4,各试件相对位移差在 0.17~0.22 范围内。塑料钢筋拉接件的构造形式、间距布置、保温层厚度变化及竖向压应力的不同对内外叶墙协同工作影响不大。

表 4.4　相对位移差 δ/Δ

试件编号	δ/mm	Δ/mm	δ/Δ
WH64-80-0.5	3.1	18.5	0.17
WH64-100-1	2.0	11.2	0.18
WH83-80-0.5	2.1	10.1	0.21
WH83-120 0.7	1.9	9.4	0.20
WH84-100-0.3	3.2	17.2	0.19
WH84-120-0.3	1.8	8.05	0.22
WZ83-120-0.5	2.1	12.7	0.17

注:表中数据为试验值。

4.6.2　拉接件的应变值

试验采用塑料钢筋柔性拉接件,设计为环形和卷边 Z 形两种机械锚固形式,不同间距布置。《砌体结构设计规范》规定有抗震设防要求时,环形或 Z 形拉接件水平和竖向最大间距分别不宜大于 800mm 和 400mm;折算成拉接件密度 1m² 不少于 3.2 根。试验塑料钢筋拉接件的间距折算成密度 1m² 为 3.2 根或 4.2 根。试验结果表明塑料钢筋拉接件能正常发挥作用,试验设计的几种拉接件形状参数均能保证夹心墙在大变形情况下外叶墙裂而不倒,提高了墙体的变形能力及平面外的稳定性,因此塑料钢筋拉接件抗震构造措施是有效的。

塑料钢筋拉接件应变实测值见表 4.5,拉接件在各个阶段的受力和对墙体协同工作的作用是不一样的,不同位置的拉接件受力也有较大差别。在弹性阶段开裂之前,由于梁挑耳比拉接件刚度大得多,主要是压梁及挑耳协调内外叶墙共同工作,拉接件应变值很小。开裂之后,墙体进入塑性状态,墙体位移增大且裂缝发展延伸,内外叶墙间相对位移增大,表现出明显的变形不协调,此时拉接件作用增大,对协调墙体变形、提高墙体的整体性及延性均起到一定作用。从破坏现象看,部分拉接件已弯曲变形,因此柔性连接件对协调内外叶墙共同工作的能力有限。观察试件破坏后拉接件与砂浆层的锚固情况,可以看出,塑料钢筋拉接件与砂浆层连接完好并没有破坏,拉接件与砂浆仍然牢固黏结,这说明塑料钢筋拉接件黏结锚固性能较好。当墙体严重破坏开裂时,塑料钢筋拉接件可以起到对开裂墙体支撑或拉接的作用,有效防止墙面倒塌掉落。另外塑料钢筋拉接件起一定水平支撑的作用,可以提高墙体平面外稳定性。

表 4.5　塑料钢筋拉接件应变实测值

试件编号	荷载类型	拉接件应变实测值							
		2-1	2-2	2-3	2-4	2-5	2-6	2-7	2-8
WH84-100-0.3	P_c	−26	11	0	0	22	0	0	2256
	P_u	0	−39	0	0	−69	0	0	18790
WH84-120-0.3	P_c	−46	−152	−26	−442	54	0	−50	−28
	P_u	屈服	987	屈服	160	570	0	645	−528
WH83-80-0.5	P_c	93	−155	2668	374	286	0	20	0
	P_u	屈服	屈服	2592	1494	2089	0	209	屈服
WH83-120-0.7	P_c	286	445	101	−32	5566	0	−130	−89
	P_u	屈服	1049	65	屈服	屈服	0	220	−476
WH64-80-0.5	P_c	308	−380	2654	200	8	0	5	0
	P_u	屈服	−783	屈服	63	932	0	129	屈服
WH64-100-1	P_c	0	−167	195	231072	39	16	167440	0
	P_u	−40	169	−258446	−130	−101	−2810	0	5
WZ83-120-0.5	P_c	21	37	−20	53	4	66	38	0
	P_u	964	854	−95	274	屈服	屈服	−328	0

4.7　滞回曲线

通过墙片的滞回曲线来研究地震作用下结构或构件的承载力及结构的变形性能,如结构的延性、耗能能力、恢复力模型等。在恢复力模型研究中往往采用单环增位移加载图,以便给出简化的表达式,而在抗震规范条文研究中为建立强度公式和研究构件的破坏机制,往往采用多环增位移步加载,以便判别强度、刚度退化情况。试验在内叶墙开裂后 $\Delta_c \sim 3\Delta_c$ 范围每级位移循环三次加载,以反映墙体耗能情况;$4\Delta_c$ 以后采用单环增位移加荷,以反映弹塑性阶段后期强度、刚度退化情况。滞回曲线如图 4.39~图 4.46 所示。

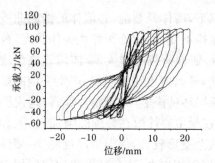

图 4.39　试件 WH64-80-0.5 滞回曲线

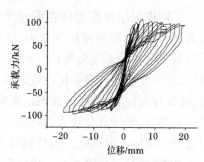

图 4.40　试件 WH64-100-1 滞回曲线

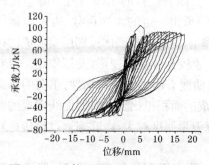

图 4.41　试件 WH83-80-0.5 滞回曲线

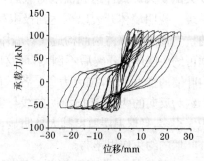

图 4.42　试件 WH83-120-0.7 滞回曲线

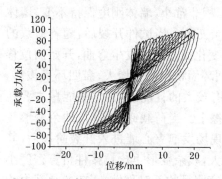

图 4.43　试件 WH84-100-0.3 滞回曲线

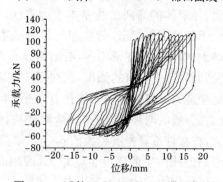

图 4.44　试件 WH84-120-0.3 滞回曲线

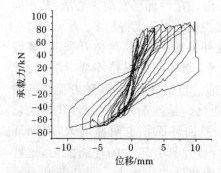

图 4.45　试件 WZ83-120-0.5 滞回曲线

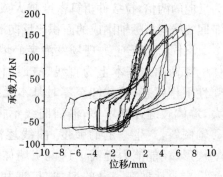

图 4.46　实心墙滞回曲线

　　不同保温层厚度墙体在平面外加载工况下，墙体开裂前，各墙体的滞回曲线基本上为直线，滞回面积非常小，墙体刚度保持不变，墙体处于弹性工作状态，荷载卸至零时基本无残余变形。当试件开裂后，随着荷载的增大，墙体裂缝逐渐增多，滞回曲线不再直线变化而是逐渐发生弯曲，开始向位移轴倾斜，产生一定的弧度，曲线逐渐饱满，滞回环面积也明显增大，滞回环呈梭形，耗能能力提高，这说明墙体开裂后，墙片具有较大的耗能能力，这些能量主要耗散在裂缝的增加、扩展和裂缝两侧块体的摩擦上。当荷载卸至零时，残余变形较大，保温层厚度越小，墙体进入开裂阶段后，其滞回曲线也就越圆滑，滞回面积更大，残余变形也比保温层厚度大的要大。试件达到极限荷载后，试件承载力随着位移的增加虽有下降但比较平缓。说明墙体开裂以至达到极限荷载后仍能承担一定的水平荷载，表现出砌体的抗弯能力及墙体两侧构造柱对墙体的约束作用，构造柱与墙体顶部压梁形成的边框可约束墙体在开裂后不倒塌，而这时构造柱才较充分参与变形，发挥作用。以对内叶墙的推力为正，拉力为负。各试件的滞回曲线有明显的不对称性，正向的承载力约为反向的两倍，正向滞回曲线与坐标轴围成的面积也比反向滞回曲线围成的面积大得多，且保温层厚度越大越明显，这说明保温层厚度越大，内叶墙通过拉接件对外叶墙的约束作用越弱。

　　不同拉接件类型及间距的现场发泡夹心墙在平面外加载工况下，墙体开裂前，各墙体的滞回曲线基本上为直线，滞回面积非常小，墙体刚度保持不变，墙体处于弹性工作状态，荷载卸至零时基本无残余变形。当试件开裂后，随着荷载的增大，墙体裂缝逐渐增多，滞回曲线不再直线变化而是逐渐发生弯曲，开始向位移轴倾斜，产生一定的弧度，曲线逐渐饱满，滞回环面积也明显增大，滞回环呈梭形，耗能能力提高。这说明墙体开裂后，墙片具有较大的耗能能力，这些能量主要耗散在裂缝的增加、扩展和裂缝两侧块体的摩擦上。当荷载卸至零时，残余变形较大，拉接件折算密度越大或卷边 Z 形拉接件现场发泡夹心墙进入开裂阶段后，其滞回曲线产生的弧度也就越大，滞回面积更大，残余变形也比拉接件折算密度小或环形拉接件的现场发泡夹心墙要大。图形有明显的不对称性，正向的承载力约为反向的两倍，拉接件折算密度越大或卷边 Z 形拉接件现场发泡夹心墙，其正向滞回曲线与坐标轴围成的面积比反向滞回曲线围成的面积大得越多。

　　不同竖向压应力现场发泡夹心墙在平面外加载工况下，墙体开裂前，各墙体的滞回曲线基本上为直线，滞回面积非常小，墙体刚度保持不变，墙体处于弹性工作状态，荷载卸至零时基本无残余变形。当试件开裂后，随着荷载的增大，墙体裂缝逐渐增多，滞回曲线不再直线变化而是逐渐发生弯曲，开始向位移轴倾斜，产生一定的弧度，曲线逐渐饱满，滞回环面积也明显增大，滞回环呈梭形，耗能能力提高。这说明墙体开裂后，墙片具有较大的耗能能力，这些能量主要耗散在裂缝的增加、扩展和裂缝两侧块体的摩擦上。当荷载卸至零时,残余变形较大,竖向压应力越小,墙体进入开裂阶段后,其滞回曲线产生的弧度也就越大,滞回面积更大,残余变形也比保温层厚度小的要大。

4.8　骨 架 曲 线

试验各试件的骨架曲线如图 4.47～图 4.54 所示。

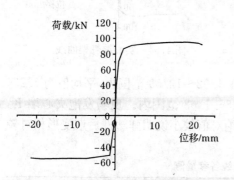

图 4.47　试件 WH64-80-0.5 骨架曲线

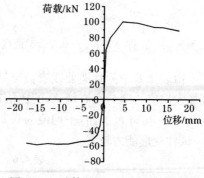

图 4.48　试件 WH64-100-1 骨架曲线

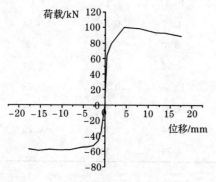

图 4.49　试件 WH83-80-0.5 骨架曲线

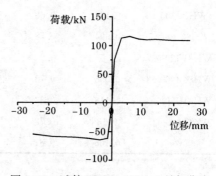

图 4.50　试件 WH83-120-0.7 骨架曲线

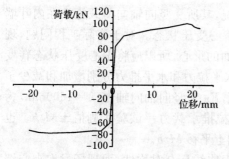

图 4.51　试件 WH84-100-0.3 骨架曲线

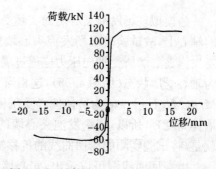

图 4.52　试件 WH84-120-0.3 骨架曲线

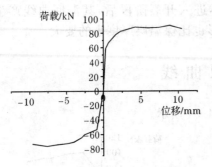

图 4.53　试件 WZ83-120-0.5 骨架曲线

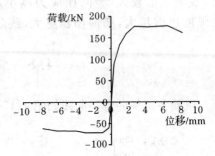

图 4.54　实心墙骨架曲线

由表 4.6 中的骨架曲线参数可见，K_c 在 1.92~12.59 范围内，平均值为 7.25，现场发泡夹心墙与实心墙 K_c 的比值在 0.25~1.63 范围内。现场发泡夹心墙 K_2 在 0.08~0.38 范围内，平均值为 0.23，K_2 绝对值较小说明弹塑性后期变形相对较大，试件变形能力较强。

表 4.6　骨架曲线各参量值

试件编号	$a=\Delta_c/\Delta_u$	$b=P_c/P_u$	$c=\Delta_d/\Delta_u$	K_c	K_1	K_2
WH64-80-0.5	0.086	0.90	1.15	10.47	0.11	−1
WH64-100-1	0.152	0.68	1.82	4.47	0.38	−0.18
WH83-80-0.5	0.094	0.78	1.74	8.3	0.24	−0.2
WH83-120-0.7	0.5	0.96	5.16	1.92	0.08	−0.04
WH84-100-0.3	0.058	0.73	1.22	12.59	0.29	−0.68
WH84-120-0.3	0.118	0.83	2.19	7.03	0.19	−0.13
WZ83-120-0.5	0.13	0.72	1.19	5.54	0.32	−0.79
W	0.105	0.81	3.23	7.71	0.21	−0.07

4.8.1　不同保温层厚度墙体骨架曲线分析

为模拟现场发泡夹心墙的实际受力情况，其所受竖向轴向荷载施加在内叶墙的轴心上，故试验时现场发泡夹心墙处于偏心受压状态。对于实际工程问题，现场发泡夹心墙所受轴向压力应通过墙体截面的形心，所以应将偏心受压状态转变为轴心受压状态(见图 4.55)，这相当于将水平拉力和水平推力分别增加和减少了 M/h($M=F_{ZL}\times e$，e 为墙体偏心受压偏心距，F_{ZL} 为竖向轴向轴力；$h=1600$mm，为墙体高度)。所以，现场发泡夹心墙的真实拉推承载力＝试验实测值±M/h。也就是，将试验实测的滞回曲线的位移轴向向上平移 M/h。

由滞回曲线图可以看出，实心墙的滞回曲线具有对称性，而现场发泡夹心墙的滞回曲线具有明显的不对称性，其原因在于实心墙平面外抗弯刚度在拉、推

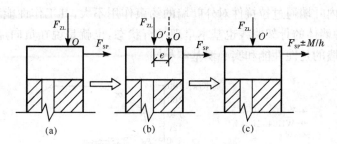

图 4.55　墙体偏心受力简化图

两个方向是基本相同的,而对于现场发泡夹心墙,推时外叶墙的支撑作用明显,抗弯刚度比实心墙大,拉时外叶墙作用较小,抗弯刚度基本与实心墙相同。经修正后试件 WH64-80-0.5、WH64-100-1 及 W 位移轴分别向上平移17.25kN、9.49kN 及 5.61kN,各试件受压参数值及修正值分别见表 4.7 和表 4.8。

表 4.7　试件 WH64-80-0.5、WH64-100-1 及 W 偏心受压参数值

试件编号	F_{ZL}/kN	e/mm	h/mm	M/h
WH64-80-0.5	138	100	1600	8.63
WH64-100-1	276	110	1600	18.98
W	138	65	1600	5.61

表 4.8　试件 WH64-80-0.5、WH64-100-1 及 W 各阶段受力修正值

试件编号	P_c/kN		P_u/kN		P_d/kN	
	正向	负向	正向	负向	正向	负向
WH64-80-0.5	79.18	59.4	89.25	64.58	88.56	64.29
WH64-100-1	56.24	82.39	89.21	115.95	75.69	112.74
W	135.5	66.11	172.95	76.9	162.05	68.07

图 4.56 所示为试件 WH64-80-0.5、WH64-100-1 及 W 的骨架曲线,3 个骨架曲线具有一些共同特征,即墙体开裂前,骨架曲线基本为直线,开裂后墙体骨架曲线开始发生弯曲,虽然荷载继续上升,但上升的幅度不是很大,主要是位移增长较快,达到极限荷载后,曲线开始下降,承载力及刚度出现退化现象。通过分析骨架曲线可知,在正向加载阶段由于外叶墙的支撑作用,提高了现场发泡夹心墙的正向承载能力,延缓了墙体的开裂,试件 WH64-80-0.5 的骨架曲线要比试件 WH64-100-1 的骨架曲线更为圆滑。在弹性工作阶段,两种现场发泡夹心墙的工作性能基本相同,开裂后,两种现场发泡夹心墙的骨架曲线基本呈平行状态,这说明两种墙体的延性性能相差不多,仅极限承载力不同。在负向加载阶段,试件 WH64-80-0.5 和试件 WH64-100-1 的骨架曲线基本重合,这说明此时不同保温层厚度现场

发泡夹心墙内叶墙通过拉接件对外叶墙的约束作用不大,其工作性能和实心墙基本相同,三种墙体的骨架曲线也基本呈现平行状态,也就是说在负向加载阶段,现场发泡夹心墙的延性性能和实心墙基本相同。

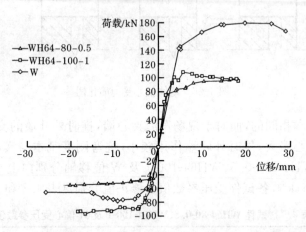

图 4.56　试件 WH64-80-0.5、WH64-100-1 及 W 骨架曲线

　　由滞回曲线图可以看出,经修正后试件 WH83-80-0.5、WH83-120-0.7 及 W位移轴分别向上平移 8.63kN、14.48kN 及 5.61kN,各试件受压参数值及修正值分别见表 4.9 和表 4.10。

表 4.9　试件 WH83-80-0.5、WH83-120-0.7 及 W 偏心受压参数值

试件编号	F_{ZL}/kN	e/mm	h/mm	M/h
WH83-80-0.5	138	100	1600	8.63
WH83-120-0.7	193	120	1600	14.48
W	138	65	1600	5.61

表 4.10　试件 WH83-80-0.5、WH83-120-0.7 及 W 各阶段受力修正值

试件编号	P_c/kN		P_u/kN		P_d/kN	
	正向	负向	正向	负向	正向	负向
WH83-80-0.5	66.83	61.32	96.49	67.28	81.41	41.33
WH83-120-0.7	97.34	75.99	101.62	79.63	95.09	70.3
W	135.5	66.11	172.95	76.9	162.05	68.07

　　图 4.57 所示为试件 WH83-80-0.5、WH83-120-0.7 及 W 骨架曲线,墙体开裂前,骨架曲线基本为直线,开裂后墙体骨架曲线开始发生弯曲,虽然荷载继续上升,但上升的幅度不是很大,主要是位移增长较快,达到极限荷载后,曲线开始下降,承载力及刚度出现退化现象。通过分析骨架曲线得到,在正向加载阶段由于外叶墙的支撑作用,提高了现场发泡夹心墙的正向承载能力,延缓了墙体的开裂。

试件 WH83-80-0.5 的骨架曲线要比试件 WH83 120-0.7 圆滑一些。在弹性工作
阶段,两种现场发泡夹心墙的工作性能基本相同。开裂后,两种现场发泡夹心墙
的骨架曲线基本呈平行状态,这说明两种墙体的延性性能相差不多,仅极限承载
力不同。在负向加载阶段,试件 WH83-80-0.5 和试件 WH83-120-0.7 的骨架曲线
基本重合,这说明此时不同保温层厚度现场发泡夹心墙内叶墙通过拉接件对外叶
墙的约束作用不大,其工作性能和实心墙基本相同,三种墙体的骨架曲线也是基
本呈现平行状态,也就是说在负向加载阶段,现场发泡夹心墙的延性性能和实心
墙基本相同。

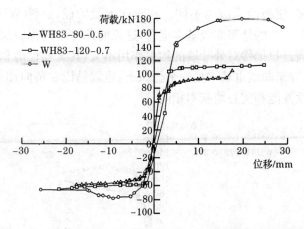

图 4.57　试件 WH83-80-0.5、WH83-120-0.7 及 W 骨架曲线

由滞回曲线图可以看出,经修正后试件 WH84-100-0.3、WH84-120-0.3 及 W
位移轴分别向上平移 5.69kN、6.21kN 及 5.61kN,各试件受压参数值及修正值分
别见表 4.11 和表 4.12。图 4.58 所示为相应的骨架曲线。

表 4.11　试件 WH84-100-0.3、WH84-120-0.3 及 W 偏心受压参数值

试件编号	F_{ZL}/kN	e/mm	h/mm	M/h
WH84-100-0.3	82.8	110	1600	5.69
WH84-120-0.3	82.8	120	1600	6.21
W	138	65	1600	5.61

表 4.12　试件 WH84-100-0.3、WH84-120-0.3 及 W 各阶段受力修正值

试件编号	P_c/kN		P_u/kN		P_d/kN	
	正向	负向	正向	负向	正向	负向
WH84-100-0.3	62.24	68.86	95.74	84.48	87.84	81.11
WH84-120-0.3	99.76	50.41	114.31	66.51	111.74	58.82
W	135.5	66.11	172.95	76.9	162.05	68.07

从图 4.58 可以看出,试件 WH84-100-0.3、WH84-120-0.3 及 W 骨架曲线具有一些共同特征,即墙体开裂前,骨架曲线基本为直线,开裂后墙体骨架曲线开始发生弯曲,虽然荷载继续上升,但上升的幅度不是很大,主要是位移增长较快,达到极限荷载后,曲线开始下降,承载力及刚度出现退化现象。通过分析骨架曲线得到,在正向加载阶段由于外叶墙的支撑作用,提高了现场发泡夹心墙的正向承载能力,延缓了墙体的开裂,试件 WH84-100-0.3 的骨架曲线要比试件 WH84-120-0.3 圆滑一些。在弹性工作阶段,两种现场发泡夹心墙的工作性能基本相同,开裂后,两种现场发泡夹心墙的骨架曲线基本呈平行状态,这说明两种墙体的延性性能相差不多,仅极限承载力不同。在负向加载阶段,试件 WH84-100-0.3 和试件 WH84-120-0.3 的骨架曲线基本重合,这说明此时不同保温层厚度现场发泡夹心墙内叶墙通过拉接件对外叶墙的约束作用不大,其工作性能和实心墙基本相同,三种墙体的骨架曲线也基本呈现平行状态,也就是说在负向加载阶段,现场发泡夹心墙的延性性能和实心墙基本相同。

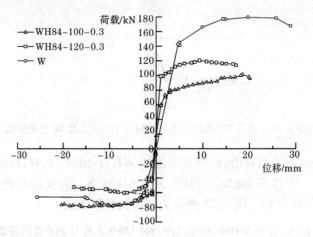

图 4.58　试件 WH84-100-0.3、WH84-120-0.3 及 W 骨架曲线

4.8.2　拉接件形状与布局对骨架曲线的影响

现场发泡夹心墙拉接件采用环形和卷边 Z 形两种,拉接件间距分别有 600mm×400mm,800mm×300mm 和 800mm×400mm。

由滞回曲线图可以看出,实心墙的滞回曲线具有对称性,而现场发泡夹心墙的滞回曲线具有明显的不对称性,抗弯刚度比实心墙大,拉时外叶墙作用较小,抗弯刚度基本与实心墙相同。经修正后试件 WH64-80-0.5、WH83-80-0.5 及 W 位移轴分别向上平移 8.63kN、8.63kN 及 5.61kN,各试件受压参数值及修正值分别见表 4.13 和表 4.14。图 4.59 所示为相应的骨架曲线。

表 4.13　试件 WH64-80-0.5、WH83-80-0.5 及 W 偏心受压参数值

试件编号	F_{ZL}/kN	e/mm	h/mm	M/h
WH64-80-0.5	138	100	1600	8.63
WH83-80-0.5	138	100	1600	8.63
W	138	65	1600	5.61

表 4.14　试件 WH64-80-0.5、WH83-80-0.5 及 W 各阶段受力修正值

试件编号	P_c/kN		P_u/kN		P_d/kN	
	正向	负向	正向	负向	正向	负向
WH64-80-0.5	79.18	59.4	89.25	64.58	88.56	64.29
WH83-80-0.5	66.83	61.32	96.49	67.28	81.41	41.33
W	135.5	66.11	172.95	76.9	162.05	68.07

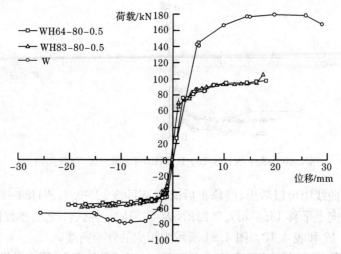

图 4.59　试件 WH64-80-0.5、WH83-80-0.5 及 W 骨架曲线

　　由滞回曲线图可以看出,经修正后试件 WH64-100-1、WH84-100-0.3 及 W 位移轴分别向上平移 18.98kN、5.69kN 及 5.61kN,各试件受压参数值及修正值分别见表 4.15 和表 4.16。图 4.60 所示为相应的骨架曲线。

表 4.15　试件 WH64-100-1、WH84-100-0.3 及 W 偏心受压参数值

试件编号	F_{ZL}/kN	e/mm	h/mm	M/h
WH64-100-1	276	110	1600	18.98
WH84-100-0.3	82.8	110	1600	5.69
W	138	65	1600	5.61

表 4.16　试件 WH64-100-1、WH84-100-0.3 及 W 各阶段受力修正值

试件编号	P_c/kN		P_u/kN		P_d/kN	
	正向	负向	正向	负向	正向	负向
WH64-100-1	56.24	82.39	89.21	115.95	75.69	112.74
WH84-100-0.3	62.24	68.86	95.74	84.48	87.84	81.11
W	135.5	66.11	172.95	76.9	162.05	68.07

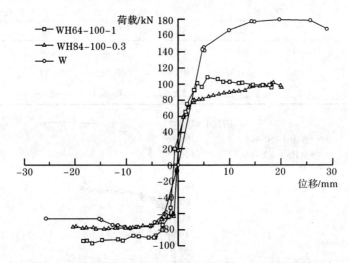

图 4.60　试件 WH64-100-1、WH84-100-0.3 及 W 骨架曲线

　　从滞回曲线图可以看出，经修正后试件 WH83-120-0.7、WH84-120-0.3 及 W 位移轴分别向上平移 14.48kN、6.21kN 及 5.61kN，各试件受压参数值及修正值分别见表 4.17 和表 4.18。图 4.61 所示为相应的骨架曲线。

表 4.17　试件 WH83-120-0.7、WH84-120-0.3 及 W 偏心受压参数值

试件编号	F_{ZL}/kN	e/mm	h/mm	M/h
WH83-120-0.7	193	120	1600	14.48
WH84-120-0.3	82.8	120	1600	6.21
W	138	65	1600	5.61

表 4.18　试件 WH83-120-0.7、WH84-120-0.3 及 W 各阶段受力修正值

试件编号	P_c/kN		P_u/kN		P_d/kN	
	正向	负向	正向	负向	正向	负向
WH83-120-0.7	97.34	75.99	101.62	79.63	95.09	70.3
WH84-120-0.3	99.76	50.41	114.31	66.51	111.74	58.82
W	135.5	66.11	172.95	76.9	162.05	68.07

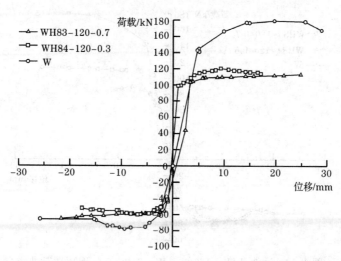

图 4.61 试件 WH83-120-0.7、WH84-120-0.3 及 W 骨架曲线

从滞回曲线图可以看出,经修正后试件 WH83-120-0.7、WZ83-120-0.5 及 W 位移轴分别向上平移 14.48kN、10.35kN 及 5.61kN,各试件受压参数值及修正值分别见表 4.19 和表 4.20。图 4.62 所示为相应的骨架曲线。

表 4.19 试件 WH83-120-0.7、WZ83-120-0.5 及 W 偏心受压参数值

试件编号	F_{ZL}/kN	e/mm	h/mm	M/h
WH83-120-0.7	193	120	1600	14.48
WZ83-120-0.5	138	120	1600	10.35
W	138	65	1600	5.61

表 4.20 试件 WH83-120-0.7、WZ83-120-0.5 及 W 各阶段受力修正值

试件编号	P_c/kN		P_u/kN		P_d/kN	
	正向	负向	正向	负向	正向	负向
WH83-120-0.7	97.34	75.99	101.62	79.63	95.09	70.3
WZ83-120-0.5	57.99	64.53	83.25	86.69	79.92	83.2
W	135.5	66.11	172.95	76.9	162.05	68.07

不同拉接件及折算密度的现场发泡夹心墙骨架曲线具有一些共同特征,即墙体开裂前,骨架曲线基本为直线,开裂后墙体骨架曲线开始发生弯曲,虽然荷载继续上升,但上升的幅度不是很大,主要是位移增长较快,达到极限荷载后,曲线开始下降,承载力及刚度出现退化现象。通过分析骨架曲线可知,在正向加载阶段

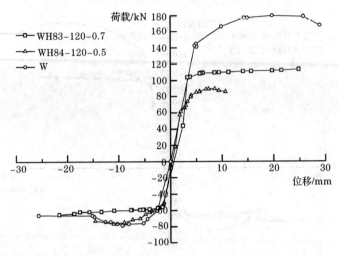

图 4.62　试件 WH83-120-0.7、WZ83-120-0.5 及 W 骨架曲线

由于外叶墙的支撑作用,提高了现场发泡夹心墙的正向承载能力,延缓了墙体的开裂。在保温层厚度条件相同条件下,不同拉接件及折算密度的现场发泡夹心墙效果基本相同。开裂后,现场发泡夹心墙的骨架曲线基本呈平行状态,这说明墙体的延性性能相差不多,仅极限承载力不同。在负向加载阶段,现场发泡夹心墙的骨架曲线基本重合,这说明此时现场发泡夹心墙内叶墙通过拉接件对外叶墙的约束作用不大,其工作性能和实心墙基本相同,三种墙体的骨架曲线也基本呈现平行状态,也就是说在负向加载阶段,现场发泡夹心墙的延性性能和实心墙基本相同。

4.8.3　竖向压应力对骨架曲线的影响

试验现场发泡夹心墙的竖向压应力分别为 1MPa、0.7MPa、0.5MPa 和 0.3MPa。

由滞回曲线图可以看出,经修正后试件 WH64-80-0.5、WH64-100-1 及 W 位移轴分别向上平移 8.63kN、18.98kN 及 5.61kN,各试件受压参数值及修正值分别见表 4.21 和表 4.22。图 4.63 所示为相应的骨架曲线。

表 4.21　试件 WH64-80-0.5、WH64-100-1 及 W 偏心受压参数值

试件编号	F_{ZL}/kN	e/mm	h/mm	M/h
WH64-80-0.5	138	100	1600	8.63
WH64-100-1	276	110	1600	18.98
W	138	65	1600	5.61

表 4. 22 试件 WH64-80-0. 5、WH64-100-1 及 W 各阶段受力修正值

试件编号	P_c/kN		P_u/kN		P_d/kN	
	正向	负向	正向	负向	正向	负向
WH64-80-0. 5	79. 18	59. 4	89. 25	64. 58	88. 56	64. 29
WH64-100-1	56. 24	82. 39	89. 21	115. 95	75. 69	112. 74
W	135. 5	66. 11	172. 95	76. 9	162. 05	68. 07

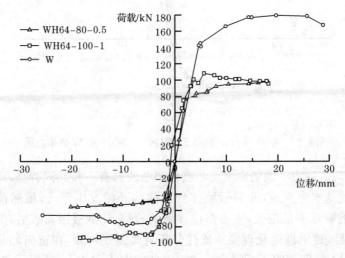

图 4.63 试件 WH64-80-0. 5、WH64-100-1 及 W 骨架曲线

由滞回曲线图可以看出,经修正后试件 WH83-80-0. 5、WH83-120-0. 7 及 W 位移轴分别向上平移 8. 63kN、14. 48kN 及 5. 61kN,各试件受压参数值及修正值分别见表 4. 23 和表 4. 24。图 4. 64 所示为相应的骨架曲线。

表 4. 23 试件 WH83-80-0. 5、WH83-120-0. 7 及 W 偏心受压参数值

试件编号	F_{ZL}/kN	e/mm	h/mm	M/h
WH83-80-0. 5	138	100	1600	8. 63
WH83-120-0. 7	193	120	1600	14. 48
W	138	65	1600	5. 61

表 4. 24 试件 WH83-80-0. 5、WH83-120-0. 7 及 W 各阶段受力修正值

试件编号	P_c/kN		P_u/kN		P_d/kN	
	正向	负向	正向	负向	正向	负向
WH83-80-0. 5	66. 83	61. 32	96. 49	67. 28	81. 41	41. 33
WH83-120-0. 7	97. 34	75. 99	101. 62	79. 63	95. 09	70. 3
W	135. 5	66. 11	172. 95	76. 9	162. 05	68. 07

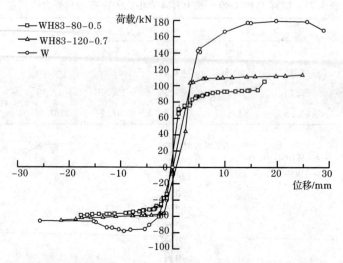

图 4.64　试件 WH83-80-0.5、WH83-120-0.7 及 W 骨架曲线

　　不同竖向压应力下现场发泡夹心墙骨架曲线具有一些共同特征,即墙体开裂前,骨架曲线基本为直线,开裂后墙体骨架曲线开始发生弯曲,虽然荷载继续上升,但上升的幅度不是很大,主要是位移增长较快,达到极限荷载后,曲线开始下降,承载力及刚度出现退化现象。通过分析骨架曲线可知,在正向加载阶段由于外叶墙的支撑作用,提高了现场发泡夹心墙的正向承载能力,延缓了墙体的开裂。在其他情况相同条件下,竖向压应力小的现场发泡夹心墙要比竖向压应力大的现场发泡夹心墙效果要好。在弹性工作阶段,现场发泡夹心墙的工作性能基本相同,开裂后,现场发泡夹心墙的骨架曲线基本呈平行状态,这说明墙体的延性性能相差不多,仅极限承载力不同。

4.9　延　　性

　　试件受力各阶段相应位移及延性系数实测平均值见表 4.25。

表 4.25　试件受力各阶段相应位移及延性系数实测平均值

试件编号	Δ_u/Δ_c	试件编号	Δ_u/Δ_c
WH64-80-0.5	11.56	WH84-100-0.3	17.2
WH64-100-1	6.59	WH84-120-0.3	8.47
WH83-80-0.5	10.63	WZ83-120-0.5	7.69
WH83-120-0.7	2	W	9.55

4.9.1　保温层厚度对延性的影响

　　试验现场发泡夹心墙保温层厚度分别为 80mm、100mm 及 120mm。在平面外加载工况下几组不同保温层厚度墙体的延性对比如图 4.65～图 4.67 所示。正向加载阶段,在每组不同保温层厚度现场发泡夹心墙的延性对比中,保温层厚度大的比保温层厚度小的延性要差,每组对比件相差幅度大致相同。试件 WH64-80-0.5 的延性系数比试件 WH64-100-1 的延性系数高约 60%,与实心墙相比提高约 18%。试件 WH64-100-1 的延性系数小于实心墙延性系数。试件 WH83-80-0.5 的延性系数比试件 WH83-120-0.7 提高约 60%,但却略小于实心墙的延性系数。试件 WH84-100-0.3 的延性系数比试件 WH84-120-0.3 提高约 40%,比实心墙提高 55%。在负向加载阶段,现场发泡夹心墙随保温层厚度的增大延性降低得更为明显。由这几组试件对比结果可知,现场发泡夹心墙保温层厚度对现场发泡夹心墙的延性性能影响比较明显。在相同条件下,由于存在外叶墙的支撑作用,现场发泡夹心墙正向加载阶段的延性性能明显优于实心墙,而在负向加载阶段,现场发泡夹心墙和实心墙的延性基本一致,个别要低于实心墙。

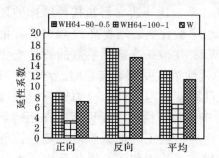

图 4.65　试件 WH64-80-0.5、WH64-100-1
及 W 的延性

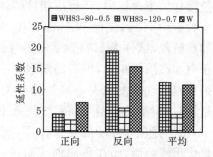

图 4.66　试件 WH83-80-0.5、WH83-120-0.7
及 W 的延性

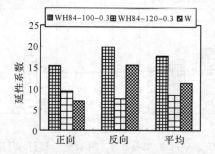

图 4.67　试件 WH84-100-0.3、WH84-120-0.3 及 W 的延性

4.9.2 拉接件形状与布局对延性的影响

试验现场发泡夹心墙拉接件采用环形和卷边 Z 形两种形式。拉接件间距分别为 $600mm \times 400mm$、$800mm \times 300mm$ 及 $800mm \times 400mm$。在平面外加载工况下,不同拉接件类型及拉接件间距变化的各个墙体的延性对比如图 4.68～图 4.71。在第一组对比试件中,正向加载阶段试件 WH64-80-0.5 的延性系数比试件 WH83-80-0.5 的延性系数高约 50%,与实心墙相比提高约 18%。试件 WH83-80-0.5 的延性系数小于实心墙延性系数。在反向加载阶段,试件 WH64-80-0.5 的延性系数反而比试件 WH83-80-0.5 的延性系数降低约 11%,表现出一定的不规则性。在第二组对比试件中,由于竖向压应力的不同,试件 WH64-100-1 的延性系数要比试件 WH84-100-0.3 降低约 77%,试件 WH84-100-0.3 的延性系数比实心墙提高 55%。反向加载阶段与正向加载阶段试件差异相同。在第三组对比试件中,同样由于竖向压应力的不同,试件 WH83-120-0.7 的延性系数比试件 WH84-120-0.3 降低约 80%,试件 WH84-120-0.3 的延性系数比实心墙提高 25%。在负向加载阶段,两种现场发泡夹心墙的延性系数要比实心墙低。在不同拉接件类型对比中,环形拉接件墙体的延性系数比卷边 Z 形拉接件墙体的延性系数低约 79%,试件 WZ83-120-0.5 的延性系数比实心墙提高约 14%。在负向加载阶段,试件 WH83-120-0.7 与试件 WZ83-120-0.5 延性系数的差异变化与正向加载阶段相同,但现场发泡夹心墙的延性系数要低于实心墙。对比件对比结果说明现场发泡夹心墙拉接件类型及间距变化与竖向压应力同时影响墙体延性时,拉接件类型及间距变化并不是影响墙体延性的主要因素。在相同条件下,由于存在外叶墙的支撑作用,现场发泡夹心墙正向加载阶段的延性性能明显优于实心墙,而在负向加载阶段,现场发泡夹心墙和实心墙的延性基本一致,个别要低于实心墙。

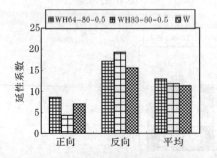

图 4.68 试件 WH64-80-0.5、WH83-80-0.5 及 W 的延性

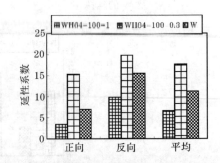

图 4.69 试件 WH64-100-1、WH84-100-0.3 及 W 的延性

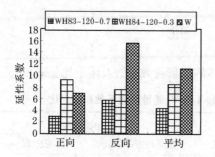

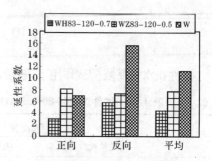

图 4.70 试件 WH83-120-0.7、WH84-120-0.3 及 W 的延性

图 4.71 试件 WH83-120-0.7、WZ83-120-0.5 及 W 的延性

4.9.3 竖向压应力对延性的影响

在平面外加载工况下不同竖向压应力各试件的延性对比如图 4.72 和图 4.73 所示。在第一组对比试件中,正向加载阶段,试件 WH64-100-1 的延性系数比试件 WH84-100-0.3 的延性系数低约 78%,与实心墙 W 相比降低约 51%。试件 WH84-100-0.3 的延性系数比实心墙的延性系数提高 54%。在负向加载阶段,试件 WH64-100-1、WH84-100-0.3 及 W 的延性系数变化差异与正向加载阶段基本相同,表现出一定的规律性。在第二组对比试件中,试件 WH83-120-0.7 的延性系数要比试件 WH84-120-0.3 降低约 82%,试件 WH84-120-0.3 的延性系数比实心墙 W 的延性系数提高 25%。负向加载阶段试件 WH83-120-0.7、WH84-120-0.3 与正向加载阶段试件变化差异基本相同,但均小于实心墙 W。两组试件对比结果表明现场发泡夹心墙的延性系数与墙体的竖向压应力直接相关,竖向压应力越大则其墙框刚度比越大,墙体的延性系数越小,延性越差。

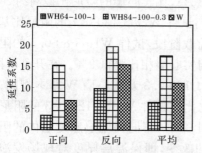

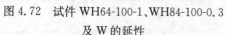

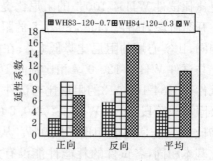

图 4.72 试件 WH64-100-1、WH84-100-0.3 及 W 的延性

图 4.73 试件 WH83-120-0.7、WH84-120-0.3 及 W 的延性

4.10 耗　　能

试件在水平反复荷载作用下,各阶段墙体的能量耗散系数及阻尼比见表4.26。

表 4.26　试件 WH64-80-0.5、WH64-100-1 及 W 能量耗散系数和阻尼比

试件编号	屈服荷载		极限荷载	
	能量耗散系数 β_e	阻尼比 H_e	能量耗散系数 β_e	阻尼比 H_e
WH64-80-0.5	0.66	0.105	0.83	0.132
WH64-100-1	0.47	0.075	0.53	0.084
WH83-80-0.5	0.62	0.099	0.74	0.118
WH83-120-0.7	0.63	0.100	0.62	0.099
WH84-100-0.3	0.65	0.104	0.74	0.118
WH84-120-0.3	0.66	0.105	0.79	0.126
WZ83-120-0.5	0.68	0.108	0.55	0.088
W	0.66	0.105	0.81	0.129

4.10.1　保温层厚度对耗能的影响

图 4.74～图 4.79 所示分别为不同保温层厚度下现场发泡夹心墙和实心墙的能量耗散系数和阻尼比对比。现场发泡夹心墙的阻尼比基本上相同,也就是说平面外受力后不同保温层厚度的现场发泡夹心墙的耗能性能基本上相同。在试件开裂阶段,试件 WH64-80-0.5 的阻尼比与试件 WH64-100-1 的阻尼比相比提高约 28%,与实心墙完全相同;在极限荷载阶段,试件 WH64-80-0.5 的阻尼比比试件 WH64-100-1 的阻尼比提高约 36%,比实心墙的阻尼比提高约 2%。在开裂阶段,试件 WH83-80-0.5 的阻尼比与试件 WH83-120-0.7 的阻尼比基本相同,比实心墙的阻尼比降低 6%;在极限荷载阶段,试件 WH83-80-0.5 的阻尼比与试件 WH83-120-0.7 相比提高 16%,与实心墙相比降低 9%。在开裂阶段,试件 WH84-100-0.3 的阻尼比与试件 WH84-120-0.3 及实心墙 W 基本相同;在极限荷载阶段,试件 WH84-100-0.3 的阻尼比比试件 WH84-120-0.3 的阻尼比降低 6%,与实心墙相比降低 9%。从总体上来看,不同保温层厚度墙体的阻尼比基本相同,各试件的耗能性能没有太大的改变,即保温层厚度对现场发泡夹心墙的耗能性能影响不大。

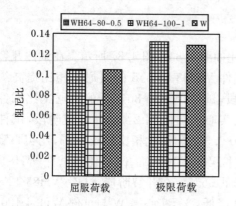

图 4.74　试件 WH64-80-0.5、WH64-100-1
及 W 的阻尼比

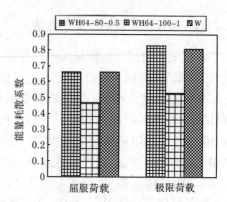

图 4.75　试件 WH64-80-0.5、WH64-100-1
及 W 的能量耗散系数

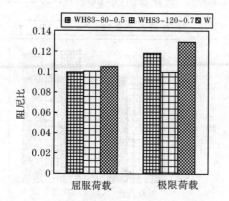

图 4.76　试件 WH83-80-0.5、WH83-120-0.7
及 W 的阻尼比

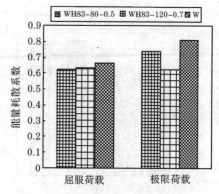

图 4.77　试件 WH83-80-0.5、WH83-120-0.7
及 W 的能量耗散系数

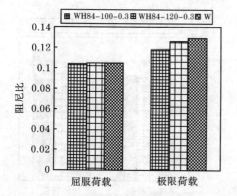

图 4.78　试件 WH84-100-0.3、WH84-120-0.3
及 W 的阻尼比

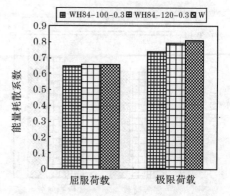

图 4.79　试件 WH84-100-0.3、WH84-120-0.3
及 W 的能量耗散系数

4.10.2　拉接件间距对耗能的影响

各组试件阻尼比及能量耗散系数对比如图 4.80～图 4.87 所示。在试件开裂阶段,试件 WH64-80-0.5 的阻尼比与试件 WH83-80-0.5 的阻尼比相比提高约6%,与实心墙完全相同;在极限荷载阶段,试件 WH64-80-0.5 的阻尼比比试件WH83-80-0.5 的阻尼比提高约 11%,比实心墙提高约 2%。在开裂阶段,试件WH64-100-1 的阻尼比与试件 WH84-100-0.3 的阻尼比相比降低 28%,比实心墙的阻尼比降低 3%;在极限荷载阶段,试件 WH64-100-1 的阻尼比与试件 WH84-100-0.3 相比降低 29%,与实心墙相比降低 35%。在开裂阶段,试件 WH83-120-0.7 的阻尼比与试件 WH84-120-0.3 相比降低 5%,实心墙 W 与试件 WH84-120-0.3 基本相同;在极限荷载阶段,试件 WH83-120-0.7 的阻尼比比试件 WH84-120-0.3 的阻尼比降低 21%,与实心墙相比降低 23%。在开裂阶段,试件 WH83-120-0.7

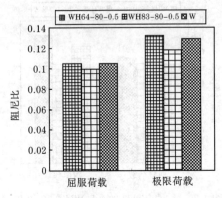

图 4.80　试件 WH64-80-0.5、WH83-80-0.5 及 W 的阻尼比

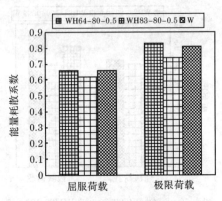

图 4.81　试件 WH64-80-0.5、WH83-80-0.5 及 W 的能量耗散系数

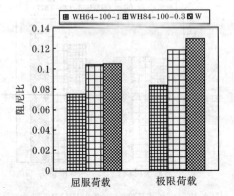

图 4.82　试件 WH64-100-1、WH84-100-0.3 及 W 的阻尼比

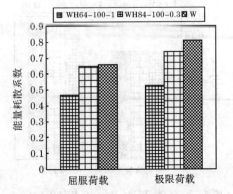

图 4.83　试件 WH64-100-1、WH84-100-0.3 及 W 的能量耗散系数

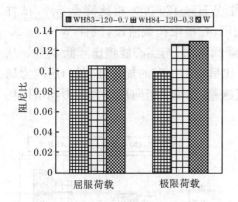

图 4.84　试件 WH83-120-0.7、WH84-120-0.3
及 W 的阻尼比

图 4.85　试件 WH83-120-0.7、WH84-120-0.3
及 W 的能量耗散系数

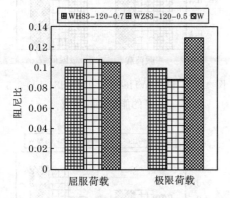

图 4.86　试件 WH83-120-0.7、WZ83-120-0.5
及 W 的阻尼比

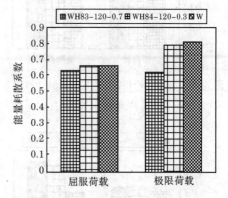

图 4.87　试件 WH83-120-0.7、WZ83-120-0.5
及 W 的能量耗散系数

的阻尼比与试件 WZ83-120-0.5 相比降低 7％,与实心墙相比降低 5％;在极限荷载阶段,试件 WH83-120-0.7 的阻尼比比试件 WZ83-120-0.5 的阻尼比提高 11％,与实心墙相比降低 23％。从总体上来看,不同拉接件类型及间距变化墙体的阻尼比基本相同,各试件的耗能性能没有太大的改变,即拉接件类型、间距变化对现场发泡夹心墙的耗能性能影响不大。

4.10.3　竖向压应力对耗能的影响

各组试件的阻尼比及能量耗散系数对比如图 4.88～图 4.91 所示。在试件开裂阶段,试件 WH64-100-1 的阻尼比与试件 WH84-100-0.3 相比降低约 28％,与实心墙 W 相比降低 29％;在极限荷载阶段,试件 WH64-100-1 的阻尼比比试件 WH84-100-0.3 的阻尼比降低约 29％,比实心墙的阻尼比降低约 35％。在开裂阶段,试件 WH83-120-0.7 的阻尼比与试件 WH84-120-0.3 相比降低 5％,试件 WH84-120-0.3 与实心墙的阻尼比基本相同;在极限荷载阶段,试件 WH83-120-0.7 的阻尼比与试件 WH84-120-0.3 相比降低 21％,与实心墙相比降低 23％。从总体上来看,不同竖向压应力墙体的阻尼比呈现出一定的规律性,竖向压应力越大,则墙体的阻尼比越小,试件的耗能性能越差,这说明竖向压应力是影响墙体耗能性能的主要因素之一。

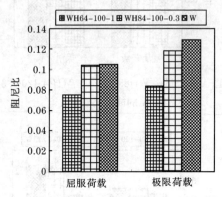

图 4.88　试件 WH64-100-1、WH84-100-0.3
　　　　 及 W 的阻尼比

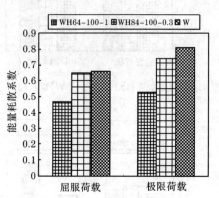

图 4.89　试件 WH64-100-1、WH84-100-0.3
　　　　 及 W 的能量耗散系数

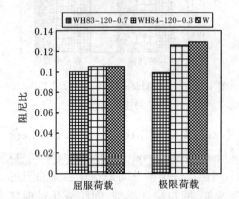

图 4.90　试件 WH83-120-0.7、WH84-120-0.3
　　　　 及 W 的阻尼比

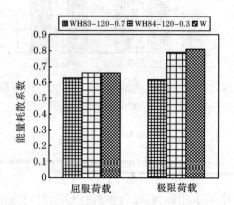

图 4.91　试件 WH83-120-0.7、WH84-120-0.3
　　　　 及 W 的能量耗散系数

4.11　刚度退化曲线

图 4.92～图 4.99 所示为试件刚度退化曲线。试件在开裂之前,试件刚度基本近于 K_c,在开裂后,刚度随位移增大下降很快。此时,墙体刚度退化是因为反复

循环荷载作用下裂缝的开闭和开裂范围的扩展,造成墙体抗侧力机制的综合恶化。

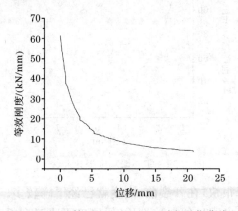

图 4.92 试件 WH64-80-0.5 刚度退化曲线

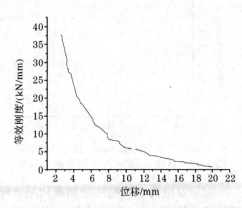

图 4.93 试件 WH64-100-1 刚度退化曲线

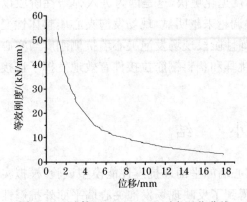

图 4.94 试件 WH83-100-1 刚度退化曲线

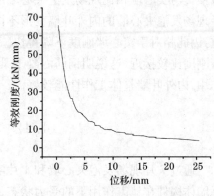

图 4.95 试件 WH83-120-0.7 刚度退化曲线

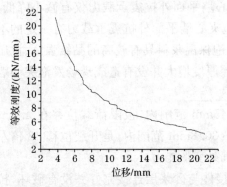

图 4.96 试件 WH84-100-0.3 刚度退化曲线

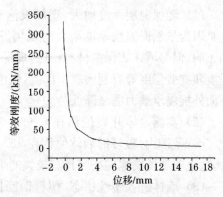

图 4.97 试件 WH84-120-0.3 刚度退化曲线

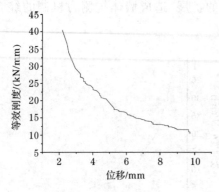

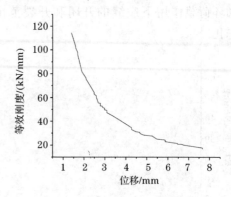

图 4.98　试件 WZ83-120-1 刚度退化曲线　　　　图 4.99　实心墙刚度退化曲线

现场发泡夹心墙刚度在加载初期下降很快,在开裂前,刚度就已经下降较多。开裂后刚度下降变慢;当墙体的变形表现出明显的滑移性质时,刚度下降又有所减慢。与实心墙相比现场发泡夹心墙刚度退化更快,这是因为进入弹塑性阶段以后现场发泡夹心墙的内外叶墙变形不协调越来越明显,现场发泡夹心墙整体性变差,因此相对于实心墙刚度下降得快。弹性阶段现场发泡夹心墙抗侧刚度与实心墙刚度比较接近,这说明钢筋混凝土梁挑耳和塑料钢筋拉接件有效地发挥了连接作用,内外叶墙整体工作性能较好。

4.12　小　　结

通过 7 片现场发泡夹心墙和 1 片实心墙的平面外抗震性能模型试验,模拟实际墙体构件在地震作用下的受力状态,得到了反映现场发泡夹心墙平面外抗震性能的荷载-位移关系曲线、现场发泡夹心墙的破坏现象与破坏特征等。结论如下:

(1) 随保温层厚度增大,现场发泡夹心墙平面外抗震承载力仅有微小降低,这是因为虽然保温层厚度增大对现场发泡夹心墙平面外抗震承载力有一定的不利影响,但与填充式保温材料相比,现场发泡保温浆料具有较高的黏结强度、抗压强度和抗剪强度等有利因素。因此,保温层厚度增大并没有造成现场发泡夹心墙平面外抗震承载力明显降低。

(2) 实测墙体开裂位移在 0.95～2.45mm 范围内,极限荷载位移在 4.9～18.5mm 范围内,破坏时墙体位移在 15.1～30.8mm 范围内,是开裂位移 13 倍左右,这说明现场发泡夹心墙具有较大的平面外变形能力。

(3) 墙体进入塑性状态,塑料钢筋拉接件与砂浆层连接完好并没有破坏,拉接件与砂浆仍然牢固黏结,这说明塑料钢筋拉接件黏结锚固性能较好。当墙体严重破坏开裂时,塑料钢筋拉接件可以起到对开裂墙体支撑或拉结的作用,有效防止墙面倒塌掉落。另外,塑料钢筋拉接件也起一定水平支撑的作用,可以提高墙体平面外稳定性。

(4) 外叶墙受力是通过梁挑耳和拉接件传递的,因此相对位移值可反映内外叶墙协同工作情况以及梁挑耳和拉接件所起的作用。在墙体开裂前弹性阶段,内外叶墙基本无相对位移,作为整体共同工作。墙体开裂后,内外叶墙变形开始不协调,出现位移差,外叶墙位移滞后。随墙体弹塑性变形加大及裂缝的发展延伸,变形不协调越来越明显,但梁挑耳和拉接件对内外叶墙的协调变形能力仍然明显。

(5) 不同保温层厚度的现场发泡夹心墙的滞回环呈梭形且面积均较大,表明耗能能力较大。

(6) 不同保温层厚度的现场发泡夹心墙的延性系数较高,均满足规范要求。

第5章　平面内抗震性能数值试验

5.1　材料本构关系简述

现场发泡夹心墙结构的有限元模型主要包括构造柱、砌块、砂浆、底梁、顶梁和拉接件。为了简化计算,将砌块和砂浆对有限元模型的贡献综合在砌体中考虑。

5.1.1　砌体结构的本构关系

1. 砌体结构的应力-应变曲线

砌体应力-应变关系是砌体结构中的一项基本力学性能,是砌体结构内力分析,强度计算以及进行有限元分析的重要基础。国内外研究者在试验研究的基础上,提出了砌体受压时应力-应变曲线的不同表达式。有的本构关系中无下降段曲线表达式。一般来说,包括上升段和下降段的受压应力-应变全曲线对砌体和砌体结构的抗震设计和非线性有限元分析更有价值[29]。

图 5.1 所示为砌体的应力-应变全曲线,可分为四个明显不同的阶段[30]。

(1) 初始阶段[$\sigma \leqslant (45\% \sim 50\%)\sigma_{max}$],荷载作用下弹性应变能不足以使砖砌体内的局部裂缝扩展,砌体主要处于弹性阶段,应力-应变可以近似为线性关系,因此可取应力 $\sigma = 0.43\sigma_{max}$ 时的割线模量作为弹性模量的取值。此阶段特征点为比例极限点 A。

(2) 继续加载至应力峰值点之前,砌体内裂缝不断发展延伸,砌体应力-应变曲线呈现较大的非线性,此阶段的特征点为应力峰值点 B。

(3) 当荷载达到峰值以后,随着变形的增加,砌体内储蓄的能量不断以新的裂缝面能形式释放出来,承载能力迅速下降,应力随应变的增加而降低,应力-应变曲线也由凹向应变轴变为凸向应变轴,此时曲线上出现一反弯点,标志着砌体已经基本上丧失承载能力,此阶段的特征点为反弯点 C。

(4) 随着应变的进一步增加,应力降低的幅度减缓,应力-应变曲线趋向于水平,最后至极限压应变,此为残余强度阶段。所谓残余强度,事实上为破碎砌体间的胶合力和摩擦力。四川省建筑科学研究院和西安建筑科技大学的研究表明,极限压应变 ε_u 为 ε_0 的 $2 \sim 3$ 倍。国外常取极限压应变 ε_u 为应力峰值对应压应变 ε_0 的 3 倍以上[31]。

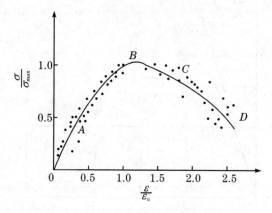

图 5.1　砌体应力-应变曲线

国外许多学者对砌体的本构关系进行了描述,如 Wang 等[32]简化的四阶段式本构关系模型较好地描述了上述四个阶段,如图 5.2 所示。还有采用一段曲线来反映上升段,即曲线加直线三段式砌体受压应力-应变曲线来描述上述的四阶段[33],如图 5.3 所示。

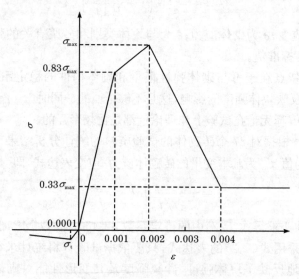

图 5.2　Wang 的本构模型

砌体受压本构关系是描述砌体受压应力-应变的数学表达式,由于得出砌体受压本构关系过程带有一定的经验性和某些假定,不同的研究人员可能会得到不同的本构关系。多年来,国内外学者在这方面做了大量的工作,提出了许多本构关系表达式,其中包括直线型、对数函数型、指数型、多项式型等。

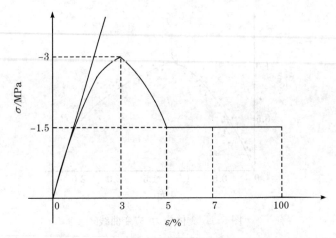

图 5.3　Bemardini 等提出的三段式本构模型

1) 对数函数型本构关系

19 世纪 30 年代前苏联学者提出了对数型的表达式,即

$$\varepsilon = -\frac{1.1}{\xi}\ln\left(1 - \frac{\sigma}{1.1 f_k}\right) \tag{5.1}$$

式中,ε 为砌体应变;σ 为砌体应力;ξ 为与块体类别和砂浆有关的弹性特征值;f_k 为砌体抗压强度标准值。

式(5.1)的特点在于可与砌体弹性模量和砌体构件的稳定系数建立一定关系,但式中 ξ 未反映块体强度的影响,这是不够全面的。同时 $1.1 f_k$ 定义为砌体的条件屈服,这种解释无论在试验上和理论上都是比较牵强的。

施楚贤等[34]根据对 87 个砖砌体的试验资料的统计分析结果,提出了以砌体抗压强度的平均值 f_m 为基本变量的砖砌体应力-应变表达式,即

$$\varepsilon = -\frac{1}{\xi\sqrt{f_m}}\ln\left(1 - \frac{\sigma}{f_m}\right) \tag{5.2}$$

按最小二乘法求得式(5.2)中的待定系数 $\xi = 460$(f_m 以 MPa 计)。对其他种类的砌体,均可采用式(5.2)的表达式,只要依据试验资料统计求得相应的 ξ 值。式(5.2)较全面地反映了块体强度,砂浆强度及其变形性能对砌体变形的影响。砌体受压时的应变随应力的增大而增大,但随着砌体抗压强度的增大而减小。它有如下的特点:

(1) 利用该公式分析、推导方便,除了能够轻易地导出弹性模量和稳定系数外,还被广泛的应用于砌体受压、局压、受弯、变形和砌体结构的有限元分析。

(2) 关系式中的主要参数具有明确的物理意义,只有一个待定参数 ξ,砌体的

应变随弹性模量特征值 ξ 的加大而降低。

式(5.2)是一个较好的砌体受压本构关系模型,目前在国内得到广泛的应用。遗憾的是,该式仅能表示应力-应变曲线的上升段,且当 σ 趋近 f_m 时,ε 趋近于∞,这与事实不符。另外,最大压应力对应的压应变、下降段的斜率以及砌体的极限压应变对配筋砌体和砌体结构的抗震设计有着重要的作用,因而该式在砌体,尤其是在配筋砌体非线性有限元分析中的应用受到一定的影响。

1989 年,Naraine 等[35]提出了一个指数函数形式的本构关系模型,即

$$\frac{\sigma}{\sigma_\mathrm{o}} = \frac{\varepsilon}{\varepsilon_\mathrm{o}} \mathrm{e}^{1-\frac{\varepsilon}{\varepsilon_\mathrm{o}}} \tag{5.3}$$

1997 年,Mendola[36]在此本构关系上做了改进,用砌体极限压应变 ε_m 和相应的 σ_m 来描述,即

$$\varepsilon_\mathrm{m} = \alpha\varepsilon_\mathrm{o} \tag{5.4}$$

$$\sigma_\mathrm{m} = \alpha\sigma_\mathrm{o}\mathrm{e}^{1-\alpha} \tag{5.5}$$

$$\frac{\sigma}{\sigma_\mathrm{m}} = \frac{\varepsilon}{\varepsilon_\mathrm{m}} \alpha \mathrm{e}^{1-\frac{\varepsilon}{\varepsilon_\mathrm{m}}} \tag{5.6}$$

式中,α 为非线性本构关系系数。当 $\alpha=1$ 时,式(5.5)代表了一个线性本构关系,反映了完全弹性阶段;当 $0 \leqslant \alpha < 1$ 时,应变随着应力单调增加直到破坏,即只具有上升段;当 $\alpha > 1$ 时,式(5.5)代表的本构关系能反映试验曲线所表现出的软化段。

Sinha 等[37]研究了在反复荷载作用下砌体的受压性能,提出包络曲线的关系式用指数形式表示较合适。

$$\sigma = \frac{\beta\varepsilon\mathrm{e}^{1-\frac{\varepsilon}{\alpha}}}{\alpha} \tag{5.7}$$

式中,α 与 β 为常量。

2) 两段式本构关系

同济大学朱伯龙[38]提出了两段式本构关系的表达式,即

$$\frac{\sigma}{f_\mathrm{m}} = \frac{\dfrac{\varepsilon}{\varepsilon_\mathrm{o}}}{0.2 + \dfrac{0.8\varepsilon}{\varepsilon_\mathrm{o}}} \tag{5.8}$$

$$\frac{\sigma}{f_\mathrm{m}} = 1.2 - 0.2\frac{\varepsilon}{\varepsilon_\mathrm{o}} \tag{5.9}$$

式中,f_m 为砌体的抗压强度;ε_o 为对应于 f_m 的应变。

式(5.8)和式(5.9)是非常简单的本构关系表达式,但在有限元分析中,本构关系并不是越简单越好,而是在贴近实际应力-应变曲线的同时,曲线越圆滑越好,这样在全过程分析中才能避免出现不收敛点。

庄一舟[39]提出的两段式为

$$y = \frac{1.52x - 0.279x^2}{1 - 0.483 + 0.724x^2} \tag{5.10}$$

$$y = \frac{3.4x - 0.279x^2}{1 + 1.4x - 0.13x^2} \tag{5.11}$$

式中，$y = \dfrac{\varepsilon}{\varepsilon_0}$；$x = \dfrac{\sigma}{\sigma_0}$，$\sigma$ 为应力峰值。

式(5.10)和式(5.11)在 $\varepsilon = \varepsilon_0$ 处光滑连续，但利用起来比较麻烦，推导不方便，而且下降段没有拐点。

3）抛物线型本构关系

Turnsek 等[40]根据试验结果，提出了如下的抛物线的应力-应变表达式：

$$\frac{\sigma}{\sigma_{\max}} = 6.4\,\frac{\varepsilon}{\varepsilon_0} - 5.4\left(\frac{\varepsilon}{\varepsilon_0}\right)^{1.17} \tag{5.12}$$

Powell 等[41]采用了与此式类似的形式，即

$$\frac{\sigma}{\sigma_{\max}} = 2\,\frac{\varepsilon}{\varepsilon_0} - \left(\frac{\varepsilon}{\varepsilon_0}\right)^2 \tag{5.13}$$

上述式中，$\sigma_{\max}$ 为砌体的抗压强度；ε_0 为对应于 $\sigma_{\max}$ 的应变。

式(5.12)和式(5.13)便于砌体结构的受力全过程非线性有限元分析，应用较广泛，事实上它的形式完全与混凝土材料的本构关系相同，对于混凝土强度小于等于 C50，《混凝土结构设计规范》就是采用了此公式，只是各自的参数不同而已。

2. 砌体结构的破坏准则

国内外对砌体墙的破坏准则研究表明[42]，砌体是一种非匀质材料，它可能发生的破坏有许多种类型，且砂浆的黏结破坏是主要的破坏类型之一。同时，由于砂浆相当于一个薄弱平面，砌体表现出明显的方向性，破坏可能仅发生在砂浆处，也可能发生砂浆和砌体都破坏的组合破坏形式。根据带多层薄弱平面的岩石材料中的模型提出的灰缝模型比较符合砌体墙体的破坏规律[43]。但是，现场发泡夹心墙体由于是由两片墙体通过梁挑耳和拉接件连接而使两片墙体的受力不同，从而也使得它的破坏形式更为复杂。要确立完整并且准确的砌体破坏准则有很大的难度[44]。

1）砌体单轴受力

砌体在单轴受压时，以砌体的压应变达到其极限压应变作为控制条件，即

$$\varepsilon_c = \varepsilon_{\mathrm{ult}} \tag{5.14}$$

单轴受拉时，以砌体的拉应变达到抗拉强度作为控制条件，即

$$\sigma_t = f_{t,m} \tag{5.15}$$

2）砌体双轴受拉

砌体双轴受拉时，按最大拉应力理论，以主拉应力达到单轴抗拉强度为破坏

准则,即

$$\sigma_1 = f_{t,m} \text{ 或 } \sigma_{2l} = f_{t,m} \tag{5.16}$$

3) 砌体一轴受拉、一轴受压

砌体在一轴受拉、一轴受压时,采用莫尔-库仑定律,其破坏准则为[45]

$$\frac{\sigma_1}{f_{t,m}} - \frac{\sigma_2}{f_m} = 1 \tag{5.17}$$

取 $\sigma_{1max} = \left(1 + \dfrac{\sigma_2}{f_m}\right) f_{t,m}$,$\sigma_{2max} = \left(\dfrac{\sigma_1}{f_{t,m}} - 1\right) f_m$。当 $\sigma_1 = \sigma_{1max}$ 时,砌体沿着垂直 σ_1 方向受拉破坏;当 $\varepsilon_c = \varepsilon_{ult}$ 时,砌体受压破坏。

4) 砌体双轴受压

Naraine 等[46]提出了砖砌体在水平灰缝法向和切向同时作用压应力时的破坏准则,即

$$c\left(\frac{\sigma_n - \sigma_p}{\beta}\right)^2 + (1-c)\left(\frac{\sigma_n + \sigma_p}{\beta}\right) + c\frac{\sigma_n \sigma_p}{\beta^2} = 1 \tag{5.18}$$

式中,$\sigma_n = f_n/f_{n,m}$,$\sigma_p = f_p/f_{p,m}$,其中,f_n、f_p 分别为砌体沿水平灰缝法向和切向的压应力,$f_{n,m}$、$f_{p,m}$ 分别为砌体沿水平灰缝法向和切向的平均抗压强度;c 为系数,取 1.6;β 为系数,反映一定应力比(f_n/f_p)时峰值应力的变化,当一次加载时取 $\beta = 1.0$,当反复加-卸载时取 $\beta = 0.85$,当周期荷载作用下取 $\beta = 0.67$。

根据以上结论,依据破坏准则来判断砌体结构的开裂值。主要采用的是混凝土的强度准则,一旦某方向砌体受拉达到开裂应变条件,则认为垂直于该方向出现裂缝,此后取其抗拉能力为零;当受压达到开裂应变条件时,砌体开始出现受压裂缝,但裂缝没有发展延伸,此时不考虑对抗拉能力的影响;当砌体受压达到极限应变时,认为受压裂缝形成并得到发展延伸,此后不再考虑其抗压能力。

5.1.2　混凝土结构的本构关系

1. 混凝土结构应力-应变曲线及其本构关系

钢筋混凝土结构在循环、反复荷载作用下,混凝土单元承受加载与卸载的反复作用,截面开裂后又可能重新受压或受拉,由于裂面的骨料咬合作用,要产生裂面效应并传递压应力或拉应力,在循环、反复荷载下混凝土的应力-应变关系方程应考虑以上因素,并兼顾强度下降、刚度退化等问题。

对于重复荷载下单轴受压的混凝土应力-应变关系模型,各国学者做了不少试验,并提出了不同的曲线模型,而对于重复荷载下单轴受拉的应力-应变曲线的研究则很少。已有的各种模型都只是在一定条件或某一范围内适用。1987 年,Yankelevsky 等[47]和 Reinhardt 等[48]在大量的反复循环拉压试验结果的基础上,提出了"焦点模型"(focal points model),该模型反映了反复拉和压荷载下混凝土

性能的基本特征,计算较方便,但未能包括反复荷载下所有的加载路径,故还不算是一个完整的反复荷载下的应力-应变关系模型。

本书主要采用简化修正后的反复荷载下混凝土的应力-应变关系曲线模型。该模型假定:①反复荷载下的混凝土应力-应变曲线包络线与单调加载时的应力-应变全曲线重合;②卸载和再加载曲线与此之前的加载无关,如图 5.4 所示[49]。

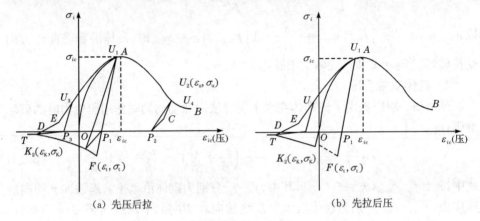

(a) 先压后拉　　　　　　　　　　　　　(b) 先拉后压

图 5.4　反复荷载下混凝土的应力-应变曲线

具体方程如下:

OA、AB 段。单轴受压应力-应变曲线上升段、下降段。采用单调荷载下混凝土应力-应变全曲线公式。

$U_1 F$ 段。混凝土破坏前受压卸载、再加载曲线。采用公式如下:

$$\sigma = E_{c0}(\varepsilon - \varepsilon_u) + \sigma_u \tag{5.19}$$

式中,E_{c0} 为混凝土初始弹性模量;σ_u、ε_u 分别为卸载点 U_1 的应力、应变。

FT 段。混凝土受拉开裂下降段。采用公式如下:

$$\sigma = \sigma_t e^{\beta(\varepsilon_t - \varepsilon)} \tag{5.20}$$

式中,σ_t、ε_t 分别为受拉峰值点对应的应力、应变;β 为材料常量,一般取 $1.0 \times 10^4 \sim 2.0 \times 10^4$。

$U_2 C$、CP_2 段。混凝土破坏后受压卸载段,采用双折线段。其方程分别为

$U_2 C$ 段

$$\sigma = (\sigma_u - \sigma_c)(\varepsilon - \varepsilon_u)/(\varepsilon_u - \varepsilon_c) + \sigma_k \tag{5.21}$$

CP_2 段

$$\sigma = (\sigma_c - \sigma_{P_2})(\varepsilon - \varepsilon_c)/(\varepsilon_c - \varepsilon_{P_2}) + \sigma_c \tag{5.22}$$

上述式中,$\sigma_{P_2} = 0.0$;$\varepsilon_{P_2} = (f_c \varepsilon_u - \sigma_u \varepsilon_0 / E_{c0})/(\sigma_u + f_c)$;$\sigma_c = 0.2 f_c (\varepsilon_c - \varepsilon_{P_2})/(\varepsilon_{P_2} + 0.2 \varepsilon_0 / E_{c0})$;$\varepsilon_c = [3b\varepsilon_D - 0.2a\varepsilon_{P_2} + 3b\varepsilon_0(3 - c)/E_{c0}]/(bc - 0.2a)$;$\sigma_D = 0.75 f_c (\varepsilon_u - \varepsilon_{P_2})/(\varepsilon_{P_2} + 0.75\varepsilon_0 / E_{c0})$。其中,$\varepsilon_D = \varepsilon_u$,$a = E_{c0}\varepsilon_D + 3\varepsilon_0$,$b = E_{c0}\varepsilon_{P_2} + 0.2\varepsilon_0$,$c = \sigma_D / f_c$

$+3$, f_c 为单轴抗压强度，ε_c 为单轴峰值压应力对应的应变，E_{c0} 为混凝土初始弹性模量。

P_2U_4 段。混凝土破坏后受压再加载段。采用公式如下：

$$\sigma = (\sigma_{P_2} - \sigma_{U_4})(\varepsilon - \varepsilon_{P_2})/(\varepsilon_{P_2} - \varepsilon_{U_4}) + \sigma_{P_2} \tag{5.23}$$

式中，$\sigma_{U_4} = 0.9\sigma_u$；$\varepsilon_{U_4} = 1.1\varepsilon_u$。

K_2D、DE、EU_3 段。混凝土开裂后受压再加载段，考虑裂面效应。其方程分别为

K_2D 段

$$\sigma = (\sigma_D - \sigma_{K_2})(\varepsilon - \varepsilon_{K_2})/(\varepsilon_D - \varepsilon_{K_2}) + \sigma_{K_2} \tag{5.24}$$

DE 段

$$\sigma = (\sigma_E - \sigma_D)(\varepsilon - \varepsilon_D)/(\varepsilon_E - \varepsilon_D) + \sigma_D \tag{5.25}$$

EU_3 段

$$\sigma = (\sigma_{U_3} - \sigma_E)(\varepsilon - \varepsilon_E)/(\varepsilon_{U_3} - \varepsilon_E) + \sigma_E \tag{5.26}$$

上述式中，$\varepsilon_D = (f_t\varepsilon_{K_2} - f_t\sigma_{K_2})/(\sigma_{K_2} + f_t)$；$\sigma_D = 0.0$；$\varepsilon_D = 8\varepsilon_D/3 - 5\varepsilon_{K_2}/6$；$\sigma_E = -0.125f_t$；$\varepsilon_{U_3} = 0.475\varepsilon_E - 0.943f_t/E_{c0}$；$\sigma_{U_3} = -f_t$，其中，$f_t$ 为单轴抗拉强度。

U_3A 段。混凝土开裂后受压再加载曲线段，考虑裂面效应，采用公式如下[50]：

$$\sigma = \sigma_{c0}(1 - \varepsilon/\varepsilon_c) + 2\varepsilon\sigma_c/(\varepsilon + \varepsilon_c) \tag{5.27}$$

式中，$\sigma_{c0} = 0.3\sigma_c[2 + (\varepsilon_D/\varepsilon_c - 4)/(\varepsilon_D/\varepsilon_c + 2)]$，为当 $\varepsilon = 0$ 时对应的裂缝所传递的压应力；ε_D 为 σ_D 点对应的应变。

U_3P_3 段。混凝土开裂后受压卸载段。采用公式如下：

$$\sigma = E_{c0}(\varepsilon - \varepsilon_{U_3}) + \sigma_{U_3} \tag{5.28}$$

式中，σ_{U_3}、ε_{U_3} 分别为卸载点 U_3 对应的应力、应变。

P_3K_3 段。混凝土开裂后受拉再加载段。采用公式如下：

$$\sigma = \sigma_{K_2}(\varepsilon - \varepsilon_{P_3})/(\varepsilon_{K_2} - \varepsilon_{P_3}) \tag{5.29}$$

式中，σ_{K_2}、ε_{K_2} 分别为 K_2 点对应的应力、应变；ε_{P_3} 为 P_3 点对应的应变。

K_1U_1 段。混凝土开裂后受压再加载段。

$$\sigma = (\sigma_{K_1} - \sigma_{U_1})(\varepsilon - \varepsilon_{K_1})/(\varepsilon_{K_1} - \varepsilon_{U_1}) + \sigma_{K_1} \tag{5.30}$$

式中，σ_{K_1}、ε_{K_1} 分别为 K_1 点对应的应力、应变；σ_{U_1}、ε_{U_1} 分别为 U_1 点对应的应力、应变。

P_1K_1 段。混凝土开裂后受拉再加载段。采用公式如下：

$$\sigma = (\sigma_{K_1} - \sigma_{P_1})(\varepsilon - \varepsilon_{K_1})/(\varepsilon_{K_1} - \varepsilon_{P_1}) + \sigma_{K_1} \tag{5.31}$$

式中，σ_{P_1}、ε_{P_1} 分别为 P_1 点对应的应力、应变。

2. 混凝土结构的破坏准则

迄今为止，国内外研究者提出的混凝土破坏准则不下数十个。它们的来源分

成三类：①借用古典强度理论的观点和计算式；②以混凝土多轴强度试验材料为基础的经验回归式；③以包络曲面的几何形状特征为依据的纯数学推导式，参数值由若干特征强度指标定。目前对于混凝土多轴强度问题采用经验方法，即集中大量的混凝土三轴强度试验资料，描绘出主应力空间的破坏包络曲面，然后根据曲面的几何特征，用适当的数学式表达，称之为混凝土的破坏准则。

1）破坏包络面

将试验中得到的强度数据$(\sigma_{1f}, \sigma_{2f}, \sigma_{3f})$标在主应力坐标空间上，相邻各点以光滑曲线相连，就可以得到混凝土的破坏包络面。破坏面上任何一点的坐标$(\sigma_1, \sigma_2, \sigma_3)$改为由 3 个参数$(\xi, \gamma, \theta)$来表示，其换算关系为

静水压力

$$\xi = \frac{1}{\sqrt{3}}(\sigma_1 + \sigma_2 + \sigma_3) = \sqrt{3}\sigma_{\text{oct}} \tag{5.32}$$

偏平面应力

$$\gamma = \frac{1}{\sqrt{3}}\left[(\sigma_1 - \sigma_2)^2 + (\sigma_2 - \sigma_3)^2 + (\sigma_3 - \sigma_1)^2\right]^{1/2} = \sqrt{3}\tau_{\text{oct}} \tag{5.33}$$

偏平面夹角

$$\cos\theta = \frac{2\sigma_1 - \sigma_2 - \sigma_3}{\sqrt{6}\gamma} \tag{5.34}$$

式中，σ_{oct}和τ_{oct}分别为八面体正应力和剪应力，是 3 个主应力在其作用面的等斜面上法向和切向合应力。

2）破坏准则

混凝土的破坏包络曲面形状相当复杂，用数学式准确地拟合曲面的全部几何特征有一定的难度，采用幂函数数学模型作为混凝土破坏准则，可取得较好的拟合效果。5 参数幂函数准则是较常用的一种。其具体公式为

$$\tau_{\text{o}} = a\left(\frac{b - \sigma_{\text{o}}}{c - \sigma_{\text{o}}}\right)^d \tag{5.35}$$

$$c = c_{\text{o}}(\cos 1.5\theta)^\alpha + c_{\text{c}}(\sin 1.5\theta)^\beta \tag{5.36}$$

式中

$$\sigma_{\text{o}} = \frac{\sigma_{\text{oct}}}{f_{\text{t}}} = \frac{1}{3f_{\text{c}}}(\sigma_{1f} + \sigma_{2f} + \sigma_{3f}) \tag{5.37}$$

$$\tau_{\text{o}} = \frac{\tau_{\text{oct}}}{f_{\text{t}}} = \frac{1}{3f_{\text{c}}}\left[(\sigma_{1f} - \sigma_{2f})^2 + (\sigma_{2f} - \sigma_{3f})^2 + (\sigma_{3f} - \sigma_{1f})^2\right]^{1/2} \tag{5.38}$$

这一准则中包含的 5 个参数分别为a、b、c_{t}、c_{o}和d。

5.1.3　钢筋的本构关系

单向重复荷载下钢筋的应力-应变关系一般分为弹性段、屈服平台段和强化

段。对于反复荷载下的结构,钢筋可能在反复拉压的大变形下工作,当钢筋进入屈服台阶后,如果卸载后又反向再加载,将会出现 Baushinger 效应,即反向再加载时不再出现屈服台阶而成为曲线,所以,在反向荷载下,钢筋的应力 应变关系必须考虑 Baushinger 效应。对此许多学者提出了不同的模型,如 Kato 模型、Ramberg-Osgood 模型等。其中,较有代表性的是 Kato 模型,该模型物理概念清楚,经验系数少,但对于软化段之间的反复加载等情况难以直接用公式描述。为了得到能反映实际情况的钢筋本构模型,同时考虑计算的简便,经大量计算比较分析,表明考虑 Baushinger 效应的钢筋应力-应变关系模型(见图 5.5)最为合理而有效[51]。其中,f_y 为钢筋的抗拉强度;E_s 为钢筋的弹性模量;E_{sh} 为钢筋强化阶段弹性模量。

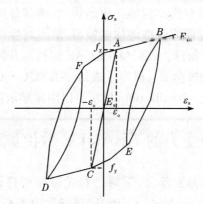

图 5.5　反复荷载下钢筋的应力-应变关系模型

5.1.4　非线性分析和有限元软件 ABAQUS

按照非线性引起的原因,非线性问题大致可以分为几何非线性、材料非线性、边界条件和荷载的非线性三类。本章主要从材料的非线性来研究带有构造柱的现场发泡夹心墙的抗震性能,弹塑性是最常见的材料非线性行为。描述超出线弹性范围的材料行为的塑性理论由以下几部分组成:首先是屈服准则,它确定一个给定的应力状态是在弹性范围内还是发生了塑性流动;其次是流动法则,它描述塑性应变张量增加与当前应力状态的关系并以此形成弹塑性本构关系表达式;最后是强化定律,它确定随着变形的发展屈服准则的变化。

ABAQUS 是功能强大的通用有限元软件,其解决问题的范围从相对简单的线性分析到许多复杂的非线性问题。ABAQUS 被认为是功能最强的非线性 CAE 软件,它拥有丰富的单元库和与之相应的材料模型库,可以用于模拟多种材料的复杂结构的力学、热学和声学等方面的问题。目前在国外已经广泛应用于航空航天、汽车、军事、船舶、土木工程、材料加工等行业。近年来,ABAQUS 在钢管混凝土、钢筋混凝土、砌块砌体墙等方面的数值试验研究也越来越广泛,应用的技术、技巧也越来越娴熟。

ABAQUS 主要由两部分组成：ABAQUS/Standard 和 ABAQUS/Explicit。其中在 ABAQUS/standard 中还附加了三个特殊用途的分析模块：ABAQUS/Aqua、ABAQUS/Desi 和 ABAQUS/Foundation。另外，ABAQUS 还分别为 Moldflow 和MSC. ADAMS 提供了 Moldflow 接口和 Admas/Flex 接口。Standard 是一个通用分析模块，它能够求解领域广泛的线性和非线性问题，包括静力、动力、构件的热和电响应的问题等。

ABAQUS/CAE 是集成的 ABAQUS 工作环境，它包括了建模、交互式作业和监控运算过程，以及结果评估（即后处理）。CAE 是 ABAQUS 的交互式图形环境，通过生成或输入将要分析结构的几何形状，并将其分解为便于网格划分的若干区域，用户应用它可方便而快捷地构造模型，然后对生成的几何体赋予物理和材料特性、载荷以及边界条件。ABAQUS/CAE 包括对几何体剖分网格的强大功能，并可检验所形成的分析模型。模型生成后，ABAQUS/CAE 可以提交、监视和控制分析作业，而可视化（visualization）模块可以用来显示得到的结果。

5.2　平面内受力的 ABAQUS 数值试验模型建立

数值试验研究共分为五部分：①对已有试验模型进行数值试验对比分析；②对 8 种不同竖向压应力（0.1～0.8MPa）的现场发泡夹心墙进行数值试验研究；③对 6 种不同空间厚度（70～120mm）的现场发泡夹心墙进行数值试验研究；④对 3 种不同拉接件形状（环形、卷边 Z 形和 Z 形）的现场发泡夹心墙进行数值试验研究；⑤对 6 种不同拉接件布局（800mm×400mm、800mm×300mm、600mm×400mm、700mm×300mm、700mm×400mm、500mm×500mm）的现场发泡夹心墙进行数值试验研究。

5.2.1　单元类型的选择

1. 应用壳单元

在 ABAQUS 中具有两种壳单元，常规壳单元和基于连续体的壳单元。通过定义单元的平面尺寸、法向和初始曲率，常规的壳单元对参考面进行离散。但是，常规壳单元的节点不能定义壳的厚度，因此还需要通过截面性质定义壳的厚度。另一方面，基于连续体的壳单元类似于三维实体单元，能够对整个三维物体进行离散化处理并建立数学描述，其动力学和本构行为类似于常规壳单元。对于模拟接触问题，基于连续体的壳单元比常规的壳单元更精确，这是因为它在双面接触时可考虑厚度的变化。然而，对于薄壳问题，常规的壳单元可以提供更优良的性能。

2. 应用梁单元

ABAQUS 中所有梁单元都是梁柱类单元,可以产生轴向变形、弯曲变形和扭转变形。B21 和 B31(线性梁单元)以及 B22 和 B32 单元(二次梁单元)是考虑剪切变形的 Timoshenko 梁单元,既可以用于深梁,又可以用于细长梁。三次单元 B23 和 B33 为 Euler-Bemoulli 梁单元,没有考虑剪切变形,仅适合于模拟细长的构件。因此,任何包含接触的问题都应使用 B21 或 B31 单元[52]。

3. 应用实体单元

ABAQUS/Standard 的三维实体单元库包括一阶插值单元和二阶插值单元,它们应用完全积分或者减缩积分,还有杂交和非协调模式的单元。

1) 完全积分单元

完全积分是指单元具有规则形状时,全部高斯积分点的数目足以对单元刚度矩阵中的多项式进行精确积分。完全积分的线性单元在每个方向上采用两个积分点,完全积分的二次单元则在每个方向采用 3 个积分点。

完全积分的线性单元在模型中产生的弯曲很小时,才能使用,否则将产生剪力自锁,导致单元过硬,总的挠度过小,造成误差。在复杂应力状态下,完全积分的二次单元也可能发生自锁。因此,在进行大变形的非线性计算时,这两种单元都不适合。

2) 减缩积分单元

只有四边形和六面体单元才能用减缩积分,减缩积分单元在各个方向上比完全积分单元在每个方向少用一个积分点。线性减缩单元只在单元的中心有一个积分点,由于本身所谓的沙漏数值问题而过于柔软。ABAQUS 为此引入一个小量的人工“沙漏刚度”以限制沙漏模式的扩展。

线性减缩积分单元能够很好的承受扭曲变形,因此,在任何扭曲变形很大的模拟中都可以采用网格细化的这类单元。二次减缩积分单元也有沙漏模式,即使在复杂的应力状态下,对自锁也不敏感,是绝大多数应力/位移模拟的最佳选择,但也不能用于包含大应变的大位移模拟和某些类型的接触分析。

3) 非协调单元

非协调单元的目的是克服完全积分单元、一阶单元中的剪力自锁问题。剪力自锁是因单元的位移场不能模拟与弯曲相关的变形而引起的,所以在一阶单元中引入了一个增强单元变形梯度的附加自由度,允许变形梯度在一阶单元的单元域上有一个线性变化,如图 5.6(a)所示,而标准的单元数学公式在单元中只能得到一个常数变形梯度,如图 5.6(b)所示。

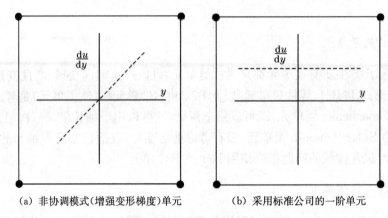

（a）非协调模式（增强变形梯度）单元　　　　（b）采用标准公司的一阶单元

图 5.6　变形梯度的变化

在弯曲问题中，在厚度方向只需要一个单元，非协调单元可能产生与二次单元相当的结果，但是计算成本却大大降低。如果应用得当，可以以很低的成本获得较高的精度。缺点是对单元的扭曲很敏感，在对几何体进行划分网格时，要尽可能地减小网格扭曲。

本章中砌体部分以及混凝土梁柱部分的模拟按实际情况采用完全积分单元（C3D8）。

4．应用桁架单元

桁架单元可用来模拟在平面或空间里只承受轴向力作用的线状结构，不考虑弯矩或竖向荷载的作用。ABAQUS 提供了两类基本的桁架单元：一类是二节点直线桁架（2-node straight truss），对于位置和位移采用线性内插法，沿单元的应力为常量，典型单元有平面单元（T2D2）和空间单元（T3D2）；另一类是三节点曲线桁架（3-node curved truss），对于位置和位移采用两次插值法，沿单元的应变呈线性变化，典型单元有平面单元（T2D3）和空间单元（T3D3）。对于拉接件的模拟，本章中采用空间桁架单元（T3D2）来离散。

5.2.2　砌体的本构模型选用

在前文中介绍了砌体的多种应力-应变表达式，但由于砌体是一种复合材料且离散性较大，有必要对其应力-应变全曲线作进一步研究，包括曲线的形式和其特征点的取值，以便提出一种适用于各类砌体的本构关系并方便于对砌体结构受力全过程的非线性分析。

数值试验根据实际情况，即砌体墙片受竖向的压应力的作用较小，因此在数值试验中砌体应力-应变关系采用砌体受拉时的应力-应变关系。

砌体受拉时是一种脆性材料。由于砌体砌块与块体之间的黏结强度较低,从本质上来说是不适合受拉的。砌体的轴心抗拉强度按其破坏特征分为沿灰缝截面破坏和沿块体截面破坏两种情况分别与砂浆或块体强度对应。目前,对砌体单轴受拉应力-应变曲线的研究很有限。研究表明,砌体单轴受拉应力-应变近似呈线性关系(见图 5.7)。在有限的资料中,本书采用下列表达式:

上升段

$$\sigma = E\varepsilon \quad (0 \leqslant \varepsilon \leqslant \varepsilon_t) \tag{5.39}$$

下降段

$$\sigma = \frac{\alpha\varepsilon_t - \varepsilon}{(\alpha - 1)\varepsilon_t} f_t \quad (\varepsilon_t \leqslant \varepsilon \leqslant \alpha\varepsilon_t) \tag{5.40}$$

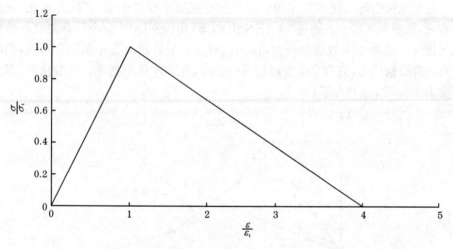

图 5.7　砌体单轴受拉应力-应变曲线

5.2.3　混凝土的本构模型选用

ABAQUS 提供了两种混凝土材料本构模型,一种是弥散裂缝模型(smeared crack model),另一种是损伤塑性模型(damage plasticity model)[53]。

1) 弥散裂缝模型

ABAQUS 的弥散裂缝模型利用定向损伤弹性以及各向等压塑性的概念来描述混凝土的非弹性行为。在 ABAQUS 中,使用"＊CONCRETE"命令行来定义受压区混凝土的应力-塑性应变关系。混凝土的开裂是其最重要的特性,当混凝土应力达到"裂缝探测面"的失效面时,裂缝开始出现,如图 5.8 所示。裂缝一旦被检测到,它的方位就为随后的计算所储存,随后出现的在同一点处的裂缝方位与之正交。对于三维实体单元,同一积分点处的裂缝不超过 3 条(2 条为平面应力状况,1 条为单轴应力状况)。

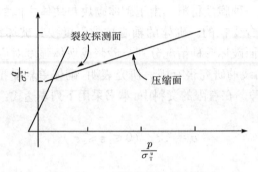

图 5.8　p-q 平面的屈服和破坏面

混凝土和钢筋之间相互作用效应通过在混凝土模型中引入"拉伸强化"来近似实现,如图 5.9 所示。通过"∗TENSION STIFFENING"命令行来定义。拉伸强化定义了混凝土实效后续行为,认为混凝土开裂后拉应力并未完全释放,仍滞留有一部分拉应力,只有当应变超过某一值时,应力才减小到零。一般认为,当全应变为 10^{-3} 时,应力为零。

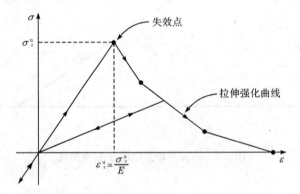

图 5.9　拉伸强化模型

用"∗FAILURE RATIOS"命令定义混凝土的抗拉强度,定义的数据值为混凝土抗拉强度与抗压强度的比值。

由于弥散裂缝模型不必增加新结点,便于连续运算,这种裂缝模型已被广泛接受并用以分析多种混凝土结构,本章采用该模型。

2）混凝土损伤塑性模型

混凝土损伤塑性模型是一个基于塑性的连续介质损伤模型,它使用各向同性损伤弹性结合各向同性拉伸和压缩塑性的模式来表示混凝土的非弹性行为。它假定混凝土材料的两个主要失效机制是拉伸开裂和压缩破碎。屈服面的演化通过拉伸等效塑性应变和压缩等效塑性应变来控制。与弥散裂缝模型相比,混凝土损伤塑性模型可以用于单向加载、循环加载以及动态加载等,并且收敛性好,但是机制比较复杂,损伤因子确定比较麻烦,因此本章不采用。

5.2.4　整体建模

由于砌体墙体是由砖块和砂浆砌成的,而砖块的两面甚至三面都被砂浆包裹,为了方便建模,这里用 ABAQUS 中"Cutting Cell"命令剖分出砖块和砂浆并分别赋予不同的材料属性,此剖分就可省去"＊INTERACTION"步骤中砖与砂浆之间连接的定义。这是因为过于繁琐的面与面的接触定义,不仅会给后期的计算处理带来很大麻烦,更会造成计算无法进行。内外叶墙片及拉接件模型如图 5.10 所示。

图 5.10　内外叶墙片及拉接件模型

按空间位置把这 6 个构件组装在一起。各模型根据形状、尺寸等参数不同,分别做出相应构件的改变或各构件间组装间距的调整。构件组装后模型图如图5.11 所示。

建立约束关系数值试验模拟各构件之间的连接。底梁、顶梁分别与内外叶墙片、左右柱的底面和顶面,以及墙片与柱的侧面之间,连接面处分别面对面地黏结在一起。

拉接件与砖砌体之间采用嵌入的形式,对于内外叶墙片之间连接的拉接件数值试验方法,定义 REBAR 和使用嵌入单元(与定义钢筋嵌入混凝土是一样的)。

1) 在砖砌体中定义 REBAR

REBAR 本身不是单元,因为它没有尺度,但是它的作用相当于基于一维应变理论的杆单元,可以单个或者成批地定义在某一平面内。这种方法中砖砌体的行为和 REBAR 之间可以认为是相互独立的。REBAR 和砖砌体之间的相互作用,例如捆绑滑移等,都是通过在砌体中引入一些"拉伸强化"来近似实现,从而允许通过 REBAR 穿越裂纹传递一定的载荷。

2) 在主体单元中定义嵌入单元

使用"＊EMBEDDED ELEMENT"选项可以在模型中某一主体单元定义单个或者成组的嵌入单元。定义嵌入后,程序在计算的时候将搜索嵌入单元的节点和主体单元之间的几何关系。如果一个嵌入单元的某一节点位于一个主体单元之内,这个节点的自由度将被约束,从而这个节点成为主体单元的嵌入节点。嵌入节点的自由度将由主体节点自由度的插值得到。程序能够自动搜索,从而判断嵌入单元附近的单元是否是包含嵌入节点。

　　本章采用这种嵌入式模型,不考虑钢筋和砖砌体的相对滑移,视为刚性连接。在 ABAQUS 中,将拉接件单元嵌入到砖砌体单元中,如图 5.12 所示。建立分析步骤,选择求解器,并根据分析目的选择输出变量。

　　对于建立实体单元模型,尤其是构件较多,结构较复杂模型而言,单元的合理划分将成为能否得到合理结果的关键性问题,本章对现场发泡夹心墙做出如下单元划分,如图 5.13～图 5.16 所示。内外叶墙片、底梁、顶梁和构造柱的形状较规则,采用六面体单元形式进行单元划分,而拉接件由于形状相对不规则而采用四面体单元进行单元划分。

图 5.11　整体模型

图 5.12　拉接件与墙片的连接

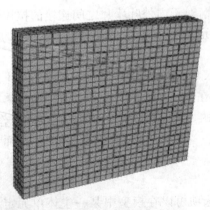

图 5.13　内叶墙片单元划分

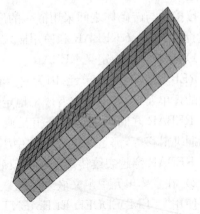

图 5.14　柱单元划分

图 5.15 拉接件单元划分

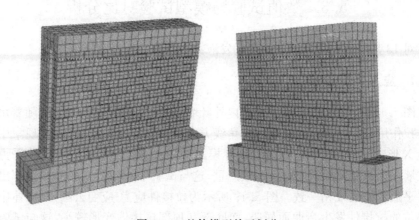

图 5.16 整体模型单元划分

5.2.5 基本假定

模型基本假定为

（1）试件中底梁只起固定作用，且在试验过程中无转角及位移；

（2）钢筋混凝土构件及砌体均为均质材料，且各向同性；

（3）砌体与钢筋混凝土构件之间紧密连接；拉接件与砌体之间紧密连接，破坏前无滑移出现。Hamid 等[54]研究表明，轴向荷载作用下砌块与砂浆灰缝之间的剪应力远小于正应力所引起的摩擦阻力，这也证明假设成立。

5.2.6 模型参数选择

在现场发泡夹心墙各构件材料参数如弹性模量、泊松比和材料密度等的选择上，完全按照试验情况：构造柱采用 C20 混凝土，底梁和顶梁（相当于砌体结构中的圈梁）采用 C30 混凝土；空心砌块、砂浆根据基本力学性能试验的实测强度、弹性模量等来确定其材料参数。鉴于底梁和顶梁不是主要研究对象，且在试验中破坏较轻，在这次数值试验中，假定底梁和顶梁刚度无限大，始终处在弹性阶段。各构件材料实测参数见表 5.1。

表 5.1　现场发泡夹心墙材料参数表

构件参数	砖砌体	砂浆	构造柱	底、顶梁	钢筋
弹性模量/(N/mm²)	2000	1500	8000	25500	200000
泊松比	0.25	0.25	0.2	0.28	0.3
屈服应力/(N/mm²)	10	7.5	20	30	210
受拉最大应变	0.15	0.15	0.15	0.15	0.3

5.3　数值试验与模型试验对比分析

对 13 片平面内受力试验的现场发泡夹心墙进行数值试验研究。

5.3.1　应力-应变云图

图 5.17 和图 5.18 所示分别为内外叶墙体应力-应变云图,内叶墙随着水平力的推拉作用,即将破坏时,沿墙体对角线方向出现应力集中,这与试验现象中墙片发生 X 形交叉斜裂缝的层间剪切破坏模式相一致。外叶墙由于不直接受力而主要在墙片顶部和底部的应力集中较严重,这与试验中外叶墙在底部和顶部出现大量水平通缝而失效相一致。图 5.19 所示为拉接件应力-应变云图,在墙体中间偏上部位的拉接件发生弯曲而屈服,而底部和顶部拉接件变形较小,这与试验中得到的墙体中部拉接件受力较大,应变较大的结论也较吻合。图 5.20 所示为构造柱应力-应变云图,构造柱底部受拉应力较大而呈现出应力集中即将破坏趋势,这与试验也相符。总之,从墙体构件应力-应变云图上看,墙体应力集中的部位与试验中破坏较严重的部位较吻合。

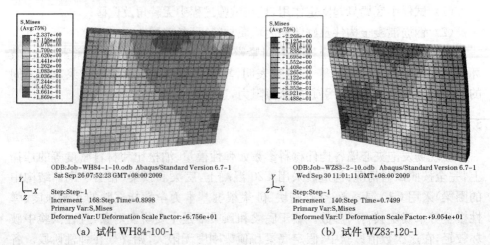

(a) 试件 WH84-100-1　　　　　　　　(b) 试件 WZ83-120-1

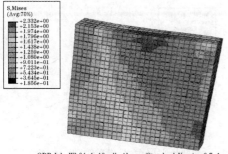

ODB:Job-Wh64-1-10.odb Abaqus/Standard Version 6.7-1
Wed Sep 30 07:02:23 GMT+08:00 2009

Step:Step-1
Increment 142:Step Time=0.8995
Primary Var:S,Mises
Deformed Var:U Deformation Scale Factor:+9.255e+01

(c) 试件 WH64-80-100

ODB:Job-WZ64-2-10.odb Abaqus/Standard Version 6.7-1
Thu Sep 24 08:44:30 GMT+08:00 2009

Step:Step-1
Increment 125:Step Time=0.6499
Primary Var:S,Mises
Deformed Var:U Deformation Scale Factor:+9.365e+01

(d) 试件 WZ64-120-1

图 5.17　内叶墙体应力-应变云图

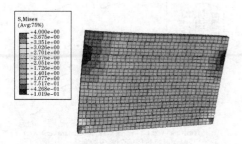

ODB:Job-WH84-1-10.odb Abaqus/Standard Version 6.7-1
Sat Sep 26 07:52:23 GMT+08:00 2009

Step:Step-1
Increment 168:Step Time=0.8998
Primary Var:S,Mises
Deformed Var:U Deformation Scale Factor:+6.756e+01

(a) 试件 WH84-100-1

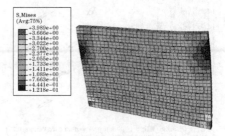

ODB:Job-WZ83-2-10.odb Abaqus/Standard Version 6.7-1
Wed Sep 30 11:01:11 GMT+08:00 2009

Step:Step-1
Increment 140:Step Time=0.7499
Primary Var:S,Mises
Deformed Var:U Deformation Scale Factor:+9.054e+01

(b) 试件 WZ83-120-1

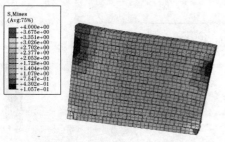

ODB:Job-WH64-1-10.odb Abaqus/Standard Version 6.7-1
Wed Sep 30 07:02:23 GMT+08:00 2009

Step:Step-1
Increment 142:Step Time=0.8995
Primary Var:S,Mises
Deformed Var:U Deformation Scale Factor:+9.255e+01

(c) 试件 WH64-80-1

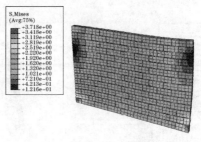

ODB:Job-WZ64-2-10.odb Abaqus/Standard Version 6.7-1
Thu Sep 24 08:44:30 GMT+08:00 2009

Step:Step-1
Increment 125:Step Time=0.6499
Primary Var:S,Mises
Deformed Var:U Deformation Scale Factor:+9.365e+01

(d) 试件 WZ64-120-1

图 5.18　外叶墙体应力-应变云图

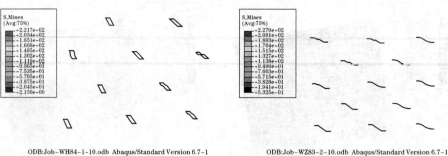

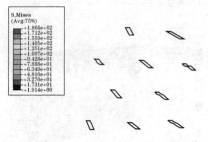

（a）试件 WH84-100-1

（b）试件 WZ83-120-1

（c）试件 WH64-80-1

（d）试件 WZ64-120-1

图 5.19 拉接件应力-应变云图

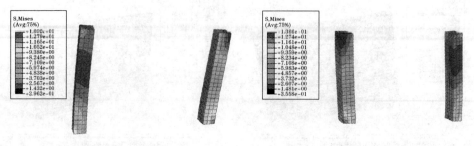

（a）试件 WH84-100-1

（b）试件 WZ83-120-1

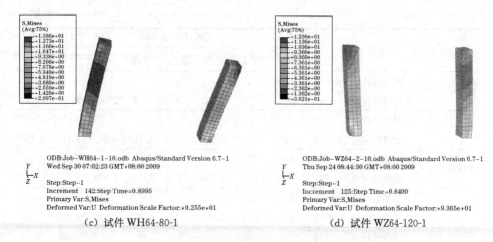

ODB:Job-WH64-1-10.odb Abaqus/Standard Version 6.7-1
Wed Sep 30 07:02:23 GMT+08:00 2009

Step:Step-1
Increment　142:Step Time=0.8995
Primary Var:S,Mises
Deformed Var:U Deformation Scale Factor:+9.255e+01

(c) 试件 WH64-80-1

ODB:Job-WZ64-2-10.odb Abaqus/Standard Version 6.7-1
Thu Sep 24 08:44:30 GMT+08:00 2009

Step:Step-1
Increment　125:Step Time=0.6400
Primary Var:S,Mises
Deformed Var:U Deformation Scale Factor:+9.365e+01

(d) 试件 WZ64-120-1

图 5.20　构造柱应力-应变云图

5.3.2　数值试验与模型试验对比

　　数值试验结果与模型试验实测值对比情况见表 5.2。表中最大荷载采用正负方向最大荷载的平均值；内外叶墙位移分别选其正负方向最大荷载所对应位移的平均值；而模型试验值参照其极限荷载 P_u 和与之相对应的极限位移 Δ_u。相同条件下，试件数值试验最大荷载的平均值较模型试验实测值增大 7.6%。这是因为各构件之间接触面的定义造成了墙体刚度的增大，而各构件的材料刚度又没有相应的降低来加以抵消，因此数值试验承载力大于模型试验实测承载力。

表 5.2　数值试验结果与模型试验值对比

试件编号	类型	最大荷载/kN			外叶墙位移/mm			内叶墙位移/mm		
		正向	负向	平均	正向	负向	平均	正向	负向	平均
WH84-100-1	模型试验值	633	624	629	—	—	—	5.75	5.88	5.82
	数值试验值	641	667	654	4.313	4.619	4.466	3.011	3.325	3.168
WH84-120-1	模型试验值	542	522	532				5.88	5.78	5.83
	数值试验值	629	645	637	4.602	4.556	4.579	2.988	3.328	3.158
WH83-100-1	模型试验值	695	722	709				5.71	5.78	5.75
	数值试验值	711	665	688	3.310	3.536	3.423	2.337	2.625	2.481
WH83-80-1	模型试验值	653	570	612				5.67	6.03	5.85
	数值试验值	607	657	632	3.791	3.971	3.881	2.756	2.910	2.833
WH83-120-1	模型试验值	580	538	559				5.02	5.76	5.39
	数值试验值	599	651	625	4.821	4.767	4.794	3.305	3.131	3.218

续表

试件编号	类型	最大荷载/kN			外叶墙位移/mm			内叶墙位移/mm		
		正向	负向	平均	正向	负向	平均	正向	负向	平均
WH64-100-1	模型试验值	616	638	627	—	—	—	7.38	7.37	7.37
	数值试验值	707	675	691	3.692	3.864	3.778	2.883	2.975	2.929
WH64-80-1	模型试验值	554	572	563	—	—	—	7.05	7.74	7.40
	数值试验值	628	646	637	3.997	4.261	4.129	3.121	3.183	3.152
WH64-120-1	模型试验值	531	548	540	—	—	—	5.26	5.48	5.37
	数值试验值	595	609	602	3.536	3.810	3.673	2.801	2.641	2.721
WZ83-120-1	模型试验值	657	665	661	—	—	—	5.83	6.08	5.98
	数值试验值	692	664	678	4.211	4.417	4.314	2.789	2.925	2.857
WZ64-120-1	模型试验值	484	521	503	—	—	—	4.89	4.88	4.89
	数值试验值	593	573	583	4.087	4.245	4.166	2.659	2.787	2.723
WZ63-120-0.7	模型试验值	452	465	459	—	—	—	4.30	4.37	4.34
	数值试验值	542	592	567	3.314	3.582	3.448	2.674	2.934	2.804
WH64-120-0.5	模型试验值	371	424	398	—	—	—	6.10	7.02	6.56
	数值试验值	597	573	585	3.221	3.467	3.344	2.493	2.573	2.533
WH83-120-0.3	模型试验值	339	373	356	—	—	—	6.69	7.40	7.05
	数值试验值	548	570	559	3.109	2.905	3.007	2.510	2.340	2.425

5.3.3 承载力对比分析

图 5.21 所示为数值试验与模型试验实测承载力对比,数值试验结果与模型试验实测值有一定偏差。与模型试验实测位移值相比,数值试验现场发泡夹心墙的承载力较大,这是因为现场发泡夹心墙各构件之间接触面的定义增大了墙体整体的刚度。总体上看,数值试验结果和模型试验实测值相差较小,表明数值试验与模型试验吻合较好。

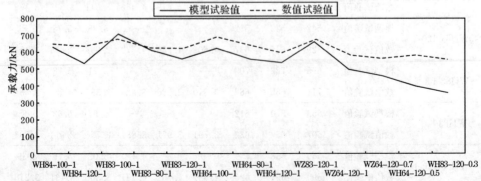

图 5.21　数值试验与模型试验实测承载力对比

5.3.4　变形性能对比分析

图 5.22 所示为数值试验与模型试验实测位移对比,数值试验结果与模型试验实测值有一定偏差。与模型试验实测位移值相比,数值试验现场发泡夹心墙的位移值较小。这是因为现场发泡夹心墙各构件之间接触面的定义增大了墙体整体的刚度,而各构件的刚度又没有相应的降低,导致数值试验试件刚度大于模型试验试件刚度而使数值试验位移较小。

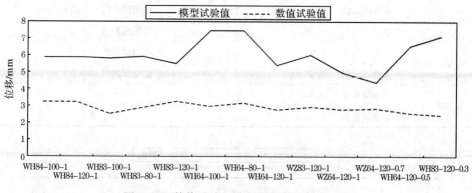

图 5.22　数值试验与模型试验实测位移对比

5.3.5　内外叶墙协同工作性能对比分析

表 5.3 给出数值试验与模型试验实测相对位移差对比,图 5.23 所示为数值试验与模型试验实测相对位移差对比折线图。模型试验值与数值试验值之比在 0.97~1.18 范围内,表明数值试验与模型试验吻合较好。总体上看,这 13 个试件模型不论数值试验还是模型试验实测,相对位移差都较小,表明内外叶墙体协同工作性能较好。

表 5.3　数值试验与模型试验实测相对位移差对比

试件编号	类型	δ/Δ	模型试验/数值试验	试件编号	类型	δ/Δ	模型试验/数值试验
WH84-100-1	模型试验值	0.47	1.15	WH64-120-1	模型试验值	0.34	0.97
	数值试验值	0.41			数值试验值	0.35	
WH64-100-1	模型试验值	0.33	1.14	WH83-80-1	模型试验值	0.40	1.08
	数值试验值	0.29			数值试验值	0.37	

续表

试件编号	类型	δ/Δ	模型试验/ 数值试验	试件编号	类型	δ/Δ	模型试验/ 数值试验
WZ83-120-1	模型试验值	0.56	1.10	WH83-100-1	模型试验值	0.40	1.05
	数值试验值	0.51			数值试验值	0.38	
WH83-120-0.3	模型试验值	0.27	1.13	WH83-120-1	模型试验值	0.58	1.18
	数值试验值	0.24			数值试验值	0.49	
WZ64-120-1	模型试验值	0.52	0.98	WZ64-120-0.7	模型试验值	0.25	1.08
	数值试验值	0.53			数值试验值	0.23	
WH84-120-1	模型试验值	0.51	1.13	WH64-120-0.5	模型试验值	0.36	1.13
	数值试验值	0.45			数值试验值	0.32	
WH64-80-1	模型试验值	0.34	1.10				
	数值试验值	0.31					

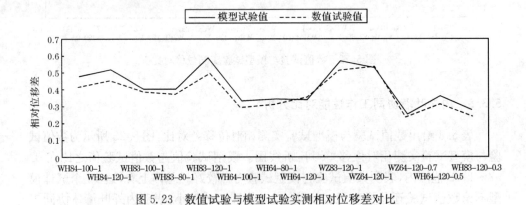

图 5.23　数值试验与模型试验实测相对位移差对比

　　数值试验与模型试验的对比分析表明,现场发泡夹心墙的破坏形态、承载力、变形能力和协调变形能力等,数值试验与模型试验均较好吻合,相互验证了两者的有效性。

5.4　竖向压应力对现场发泡夹心墙平面内
受力性能影响分析

　　以现场发泡夹心墙 WH84-100 为例,对竖向压应力分别为 0.1MPa、0.2MPa、0.3MPa、0.4MPa、0.5MPa、0.6MPa、0.7MPa、0.8MPa 的现场发泡夹心墙进行数值试验研究,分析竖向压应力对现场发泡夹心墙平面内抗震性能的影响。

5.4.1 不同竖向压应力作用下的现场发泡夹心墙的应力-应变云图

图 5.24 所示为不同竖向压应力现场发泡夹心墙的位移云图,可见墙体顶部位移最大,这主要与模型数值试验的假设和荷载的加设有关。数值试验中假设底梁为无限大刚度的固定底座,现场发泡夹心墙在顶部受水平荷载的反复推拉作用来模拟地震作用,故而顶部位移较大。

图 5.25 所示为不同竖向压应力现场发泡夹心墙 WH84-100 的内叶墙应力-应变云图,墙片应力集中沿墙体对角方向分布,近似为 X 形的交叉斜向集中分布,这与试验破坏现象较吻合,表明数值试验也是层间剪切破坏模式,即墙体先产生交叉斜裂缝,然后突然破坏。

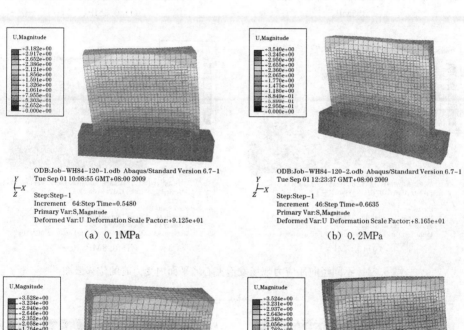

ODB:Job—WH84—120—1.odb Abaqus/Standard Version 6.7—1
Tue Sep 01 10:08:55 GMT+08:00 2009

Step:Step-1
Increment 64:Step Time=0.5480
Primary Var:S,Magnitude
Deformed Var:U Deformation Scale Factor:+9.125e+01

(a) 0.1MPa

ODB:Job—WH84—120—2.odb Abaqus/Standard Version 6.7—1
Tue Sep 01 12:23:37 GMT+08:00 2009

Step:Step-1
Increment 46:Step Time=0.6635
Primary Var:S,Magnitude
Deformed Var:U Deformation Scale Factor:+8.165e+01

(b) 0.2MPa

ODB:Job—WH84—120—3.odb Abaqus/Standard Version 6.7—1
Tue Sep 01 14:48:34 GMT+08:00 2009

Step:Step-1
Increment 30:Step Time=0.6618
Primary Var:S,Magnitude
Deformed Var:U Deformation Scale Factor:+8.168e+01

(c) 0.3MPa

ODB:Job—WH84—120—4.odb Abaqus/Standard Version 6.7—1
Tue Sep 01 16:20:56 GMT+08:00 2009

Step:Step-1
Increment 43:Step Time=0.6618
Primary Var:S,Magnitude
Deformed Var:U Deformation Scale Factor:+8.157e+01

(d) 0.4MPa

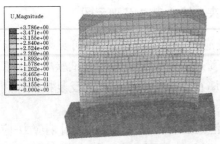

ODB:Job-WH84-120-5.odb Abaqus/Standard Version 6.7-1
Web Sep 02 09:53:00 GMT+08:00 2009

Step:Step-1
Increment　15:Step Time=0.7350
Primary Var:S,Magnitude
Deformed Var:U Deformation Scale Factor:+7.572e+01

（e）0.5MPa

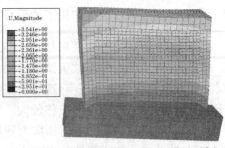

ODB:Job-WH84-120-6.odb Abaqus/Standard Version 6.7-1
Web Sep 02 10:56:30 GMT+08:00 2009

Step:Step-1
Increment　43:Step Time=0.6660
Primary Var:S,Magnitude
Deformed Var:U Deformation Scale Factor:+8.095e+01

（f）0.6MPa

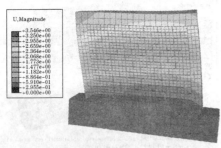

ODB:Job-WH84-120-7.odb Abaqus/Standard Version 6.7-1
Fri Aug 20 16:03:07 GMT+08:00 2009

Step:Step-1
Increment　70:Step Time=0.6657
Primary Var:S,Magnitude
Deformed Var:U Deformation Scale Factor:+8.081e+01

（g）0.7MPa

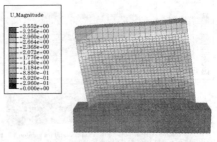

ODB:Job-WH84-120-8.odb Abaqus/Standard Version 6.7-1
Wed Sep 02 13:14:21 GMT+08:00 2009

Step:Step-1
Increment　62:Step Time=0.6647
Primary Var:S,Magnitude
Deformed Var:U Deformation Scale Factor:+8.069e+01

（h）0.8MPa

图 5.24　不同竖向压应力现场发泡夹心墙平面内受力时的位移云图

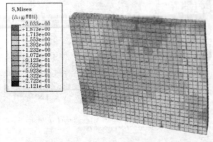

ODB:Job-WH84-120-1.odb Abaqus/Standard Version 6.7-1
Tue Sep 01 10:08:55 GMT+08:00 2009

Step:Step-1
Increment　64:Step Time=0.5480
Primary Var:S,Mises
Deformed Var:U Deformation Scale Factor:+9.125e+01

（a）0.1MPa

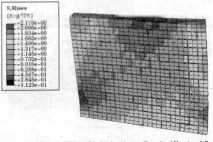

ODB:Job-WH84-120-2.odb Abaqus/Standard Version 6.7-1
Tue Sep 01 12:29:37 GMT+08:00 2009

Step:Step-1
Increment　46:Step Time=0.6635
Primary Var:S,Mises
Deformed Var:U Deformation Scale Factor:+8.165e+01

（b）0.2MPa

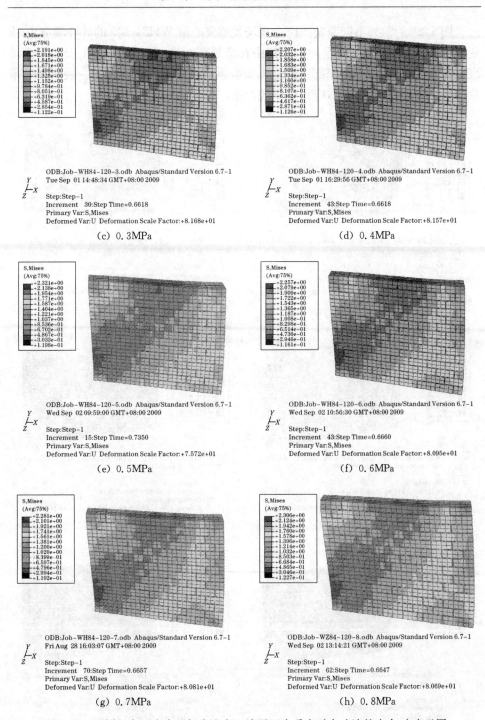

图 5.25 不同竖向压应力现场发泡夹心墙平面内受力时内叶墙的应力-应变云图

　　图 5.26 所示为不同竖向压应力现场发泡夹心墙 WH84-100 的外叶墙应力-应变云图,外叶墙片的正向应力主要集中在墙顶部两端,而负向应力主要集中于墙底部两端,这与试验中墙底部主要受压和墙顶部主要受拉是一致的。表明外叶墙片的底部和顶部受力较大,应力集中较严重。

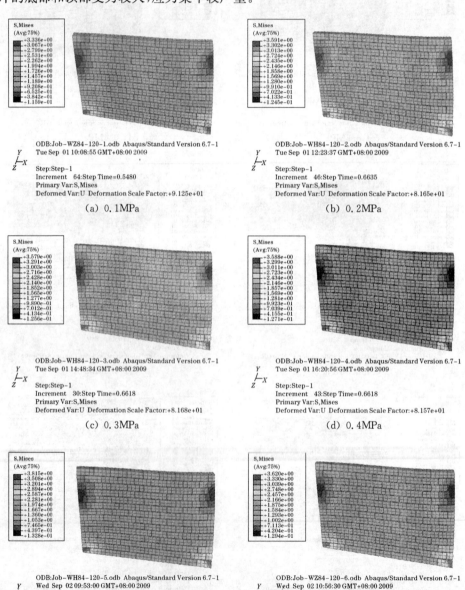

(a) 0.1MPa　　　　　　　　　　　　　　(b) 0.2MPa

(c) 0.3MPa　　　　　　　　　　　　　　(d) 0.4MPa

(e) 0.5MPa　　　　　　　　　　　　　　(f) 0.6MPa

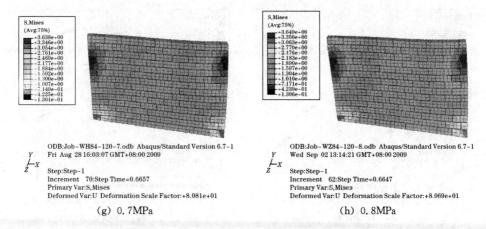

（g）0.7MPa　　　　　　　　　　　（h）0.8MPa

图 5.26　不同竖向压应力现场发泡夹心墙平面内
受力时外叶墙的应力-应变云图

　　图 5.27 所示为不同竖向压应力现场发泡夹心墙 WH84-100 的拉接件应力-应变云图,不同位置的拉接件受力有一定差别,总体上位于墙体上部的拉接件受力大于位于墙体下部的拉接件。位于墙体中部靠近两侧的拉接件所受的应力较大,钢筋呈屈服扭曲状态,而位于顶部和底部的拉接件,尤其是底部和顶部两端的拉接件受力较小。

　　图 5.28 所示为不同竖向压应力现场发泡夹心墙 WH84-100 的构造柱应力-应变云图,当现场发泡夹心墙即将破坏时,构造柱底部受力较大。当竖向压应力不同时,构造柱的受力大小差别不大。

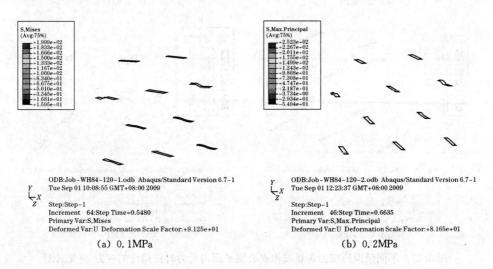

（a）0.1MPa　　　　　　　　　　　（b）0.2MPa

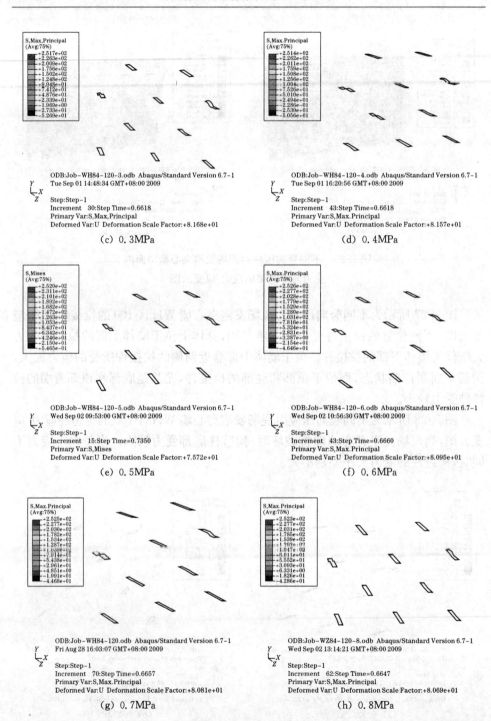

图 5.27　不同竖向压应力现场发泡夹心墙平面内受力时拉接件的应力-应变云图

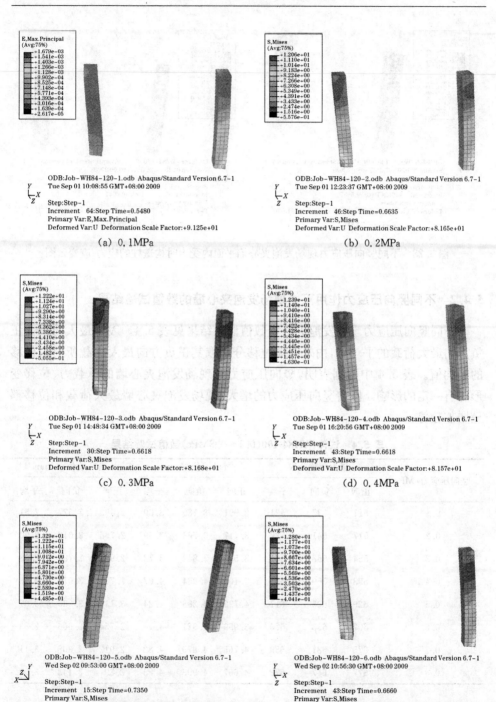

ODB:Job-WH84-120-1.odb Abaqus/Standard Version 6.7-1
Tue Sep 01 10:08:55 GMT+08:00 2009

Step:Step-1
Increment 64:Step Time=0.5480
Primary Var:E,Max.Principal
Deformed Var:U Deformation Scale Factor:+9.125e+01

(a) 0.1MPa

ODB:Job-WH84-120-2.odb Abaqus/Standard Version 6.7-1
Tue Sep 01 12:23:37 GMT+08:00 2009

Step:Step-1
Increment 46:Step Time=0.6635
Primary Var:S,Mises
Deformed Var:U Deformation Scale Factor:+8.165e+01

(b) 0.2MPa

ODB:Job-WH84-120-3.odb Abaqus/Standard Version 6.7-1
Tue Sep 01 14:48:34 GMT+08:00 2009

Step:Step-1
Increment 30:Step Time=0.6618
Primary Var:S,Mises
Deformed Var:U Deformation Scale Factor:+8.168e+01

(c) 0.3MPa

ODB:Job-WH84-120-4.odb Abaqus/Standard Version 6.7-1
Tue Sep 01 16:20:56 GMT+08:00 2009

Step:Step-1
Increment 43:Step Time=0.6618
Primary Var:S,Mises
Deformed Var:U Deformation Scale Factor:+8.157e+01

(d) 0.4MPa

ODB:Job-WH84-120-5.odb Abaqus/Standard Version 6.7-1
Wed Sep 02 09:53:00 GMT+08:00 2009

Step:Step-1
Increment 15:Step Time=0.7350
Primary Var:S,Mises
Deformed Var:U Deformation Scale Factor:+7.572e+01

(e) 0.5MPa

ODB:Job-WH84-120-6.odb Abaqus/Standard Version 6.7-1
Wed Sep 02 10:56:30 GMT+08:00 2009

Step:Step-1
Increment 43:Step Time=0.6660
Primary Var:S,Mises
Deformed Var:U Deformation Scale Factor:+8.095e+01

(f) 0.6MPa

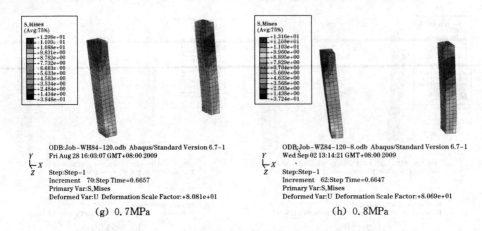

ODB:Job-WH84-120.odb Abaqus/Standard Version 6.7-1
Fri Aug 28 16:03:07 GMT+08:00 2009

Step:Step-1
Increment 70:Step Time=0.6657
Primary Var:S,Mises
Deformed Var:U Deformation Scale Factor:+8.081e+01

(g) 0.7MPa

ODB:Job-WZ84-120-8.odb Abaqus/Standard Version 6.7-1
Wed Sep 02 13:14:21 GMT+08:00 2009

Step:Step-1
Increment 62:Step Time=0.6647
Primary Var:S,Mises
Deformed Var:U Deformation Scale Factor:+8.069e+01

(h) 0.8MPa

图 5.28　不同竖向压应力现场发泡夹心墙平面内受力时构造柱的应力-应变云图

5.4.2　不同竖向压应力作用下的现场发泡夹心墙的数值试验结果

不同竖向压应力现场发泡夹心墙数值试验结果见表 5.4。表中最大荷载为正负方向最大荷载的平均值,内外叶墙位移分别取其正负方向最大荷载所对应位移的平均值。表 5.4 中数据表明,竖向压应力对现场发泡夹心墙的承载力、位移变形等有一定的影响。随着竖向压应力的增大,现场发泡夹心墙最大荷载和位移都呈增加趋势。

表 5.4　试件 WH84-100(0.1～0.8MPa)数值试验结果

竖向压应力/MPa	最大荷载/kN			外叶墙位移/mm			内叶墙位移/mm		
	正向	负向	平均	正向	负向	平均	正向	负向	平均
0.1	511	537	524	2.991	3.189	3.09	2.493	2.527	2.51
0.2	517	541	529	3.417	3.763	3.59	2.788	3.012	2.90
0.3	554	568	561	3.598	3.842	3.72	2.971	2.789	2.88
0.4	593	569	581	4.106	4.034	4.07	2.785	3.075	2.93
0.5	629	605	617	4.192	4.288	4.24	3.110	3.030	3.07
0.6	607	633	620	3.999	4.321	4.16	2.754	2.906	2.83
0.7	675	631	653	4.765	4.875	4.82	2.912	3.308	3.11
0.8	677	667	672	4.667	4.993	4.83	2.897	3.143	3.02

5.4.3　竖向压应力对现场发泡夹心墙平面内承载力的影响

图 5.29 所示为不同竖向压应力现场发泡夹心墙最大荷载对比。相同条件

下,竖向压应力对抗剪承载力有一定的影响。随着竖向压应力的增加,现场发泡夹心墙最大荷载也随之增大。0.1~0.8MPa 现场发泡夹心墙的最大荷载比例为 0.78:0.79:0.83:0.86:0.91:0.92:0.97:1。竖向压应力为 0.8MPa 的现场发泡夹心墙比竖向压应力为 0.1MPa 的现场发泡夹心墙抗震承载力提高了 22%。竖向压应力对抗剪承载力影响较大的原因是砌体处于水平剪应力与竖向压应力共同作用的复合受力状态,砌体抗剪强度很大程度受竖向压应力的影响,当砌体不发生竖向压应力控制破坏时,砌体抗剪强度随竖向压应力提高而增加。

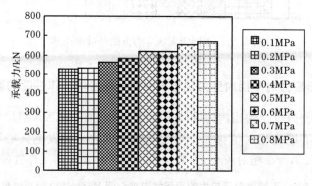

图 5.29　不同竖向压应力下的现场发泡夹心墙的承载力

5.4.4　竖向压应力对现场发泡夹心墙平面内变形性能的影响

图 5.30 和图 5.31 所示分别为不同竖向压应力下的内外叶墙的位移对比。随竖向压力的增大,墙体的位移也随着增大,但总体看,竖向压应力对内外墙的变形影响较小。

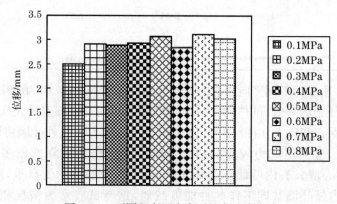

图 5.30　不同竖向压应力下的内叶墙位移

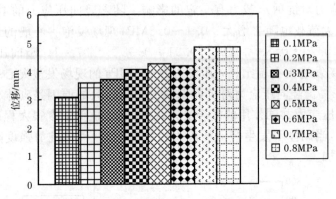

图 5.31　不同竖向压应力下的外叶墙位移

5.4.5　竖向压应力对平面内受力现场发泡夹心墙协同工作性能的影响

相对位移差可以反映出内外叶墙片协同工作性能,表 5.5 给出不同竖向压应力现场发泡夹心墙的相对位移差。不同竖向压应力现场发泡夹心墙相对位移差的平均值为 0.39,δ/Δ 相对较小,表明现场发泡夹心墙协同工作性能较好。

表 5.5　不同竖向压应力的现场发泡夹心墙 WH84-100 相对位移差

竖向压应力/MPa	外叶墙位移 Δ/mm	内叶墙位移 Δ/mm	位移差 δ/mm	δ/Δ
0.1	3.09	2.51	0.58	0.23
0.2	3.59	2.90	0.69	0.24
0.3	3.72	2.88	0.84	0.29
0.4	4.07	2.93	1.14	0.39
0.5	4.24	3.07	1.17	0.38
0.6	4.16	2.83	1.33	0.47
0.7	4.82	3.11	1.71	0.55
0.8	4.83	2.81	1.81	0.60

图 5.32 所示为不同竖向压应力现场发泡夹心墙 WH84-100 的相对位移差对比。随竖向压力的降低,试件的 δ/Δ 也随之降低。相对位移差最大(0.8MPa 时)值是最小值(0.1MPa 时)的 2.6 倍,这说明竖向压应力对内外叶墙协同工作性能的影响较大。竖向压应力较高时内外叶墙协同工作性能降低较多,这是因为现场发泡夹心墙只有内叶墙承受竖向压应力,外叶墙只承受自重,随竖向压应力的增大,内外叶墙共同工作的性能就减弱,这与试验实测情况相符。因此,建议当保温层厚度较大或在高烈度区时,应限制房屋高度,尽量控制竖向压应力在 0.5MPa 以内。

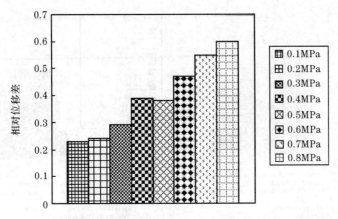

图 5.32　不同竖向压应力现场发泡夹心墙相对位移差对比

5.5　保温层厚度对现场发泡夹心墙平面内受力性能的影响分析

以 WH64 模型为例,对不同保温层厚度(70mm、80mm、90mm、100mm、110mm、120mm)的现场发泡夹心墙平面内受力性能进行数值试验研究,竖向压应力取 0.5MPa。

5.5.1　不同保温层厚度的平面内受力现场发泡夹心墙的应力-应变云图

图 5.33 所示为不同保温层厚度现场发泡夹心墙平面内受力时位移云图,由图中可知,现场发泡夹心墙顶部的位移较大,保温层厚度的改变对其影响不明显。

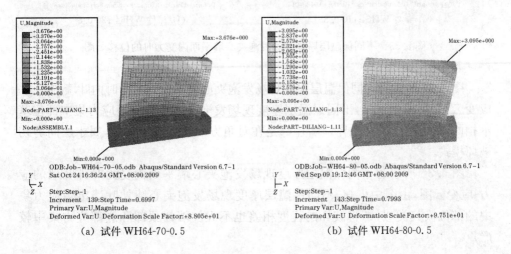

(a) 试件 WH64-70-0.5　　　　　　　　　　(b) 试件 WH64-80-0.5

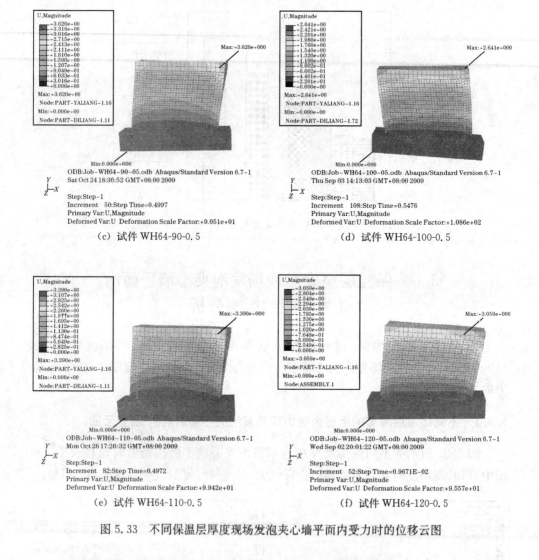

（c）试件 WH64-90-0.5　　　　　　　（d）试件 WH64-100-0.5

（e）试件 WH64-110-0.5　　　　　　　（f）试件 WH64-120-0.5

图 5.33　不同保温层厚度现场发泡夹心墙平面内受力时的位移云图

　　图 5.34 所示为不同保温层厚度现场发泡夹心墙平面内受力时内叶墙的应力-应变云图，由图中可知，不同保温层厚度现场发泡夹心墙内叶墙应力集中部位基本相同，只是程度稍有差异。墙片都是在对角方向产生应力集中，属于层间剪切破坏模式。

　　图 5.35 所示为不同保温层厚度现场发泡夹心墙平面内受力时外叶墙的应力-应变云图，由图中可知，不同保温层厚度现场发泡夹心墙外叶墙出现应力集中的部位极其类似，即将破坏的程度相差也不大。墙片顶部和底部应力集中较严重。

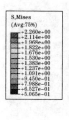

ODB:Job-WH64-70-05.odb Abaqus/Standard Version 6.7-1
Sat Oct 24 16:36:24 GMT+08:00 2009

Step:Step-1
Increment   139:Step Time=0.6997
Primary Var:S,Mises
Deformed Var:U Deformation Scale Factor:+8.805e+01

(a) 试件 WH64-70-0.5

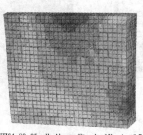

ODB:Job-WH64-80-05.odb Abaqus/Standard Version 6.7-1
Wed Sep 09 19:12:46 GMT+08:00 2009

Step:Step-1
Increment   143:Step Time=0.7993
Primary Var:S,Mises
Deformed Var:U Deformation Scale Factor:+9.751e+01

(b) 试件 WII64-80-0.5

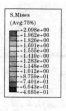

ODB:Job-WH64-90-05.odb Abaqus/Standard Version 6.7-1
Sat Oct 24 18:36:52 GMT+08:00 2009

Step:Step-1
Increment   50:Step Time=0.4997
Primary Var:S,Mises
Deformed Var:U Deformation Scale Factor:+9.051e+01

(c) 试件 WH64-90-0.5

ODB:Job-WH64-100-05.odb Abaqus/Standard Version 6.7-1
Thu Sep 03 14:13:03 GMT+08:00 2009

Step:Step-1
Increment   108:Step Time=0.5476
Primary Var:S,Mises
Deformed Var:U Deformation Scale Factor:+1.086e+02

(d) 试件 WH64-100-0.5

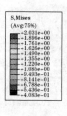

ODB:Job-WH64-110-05.odb Abaqus/Standard Version 6.7-1
Mon Oct 26 17:26:32 GMT+08:00 2009

Step:Step-1
Increment   82:Step Time=0.4972
Primary Var:S,Mises
Deformed Var:U Deformation Scale Factor:+9.942e+01

(e) 试件 WH64-110-0.5

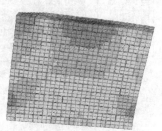

ODB:Job-WH64-120-05.odb Abaqus/Standard Version 6.7-1
Wed Sep 02 20:01:22 GMT+08:00 2009

Step:Step-1
Increment   52:Step Time=9.9671e-02
Primary Var:S,Mises
Deformed Var:U Deformation Scale Factor:+9.557e+01

(f) 试件 WH64-120-0.5

图 5.34　不同保温层厚度现场发泡夹心墙平面内受力时内叶墙的应力-应变云图

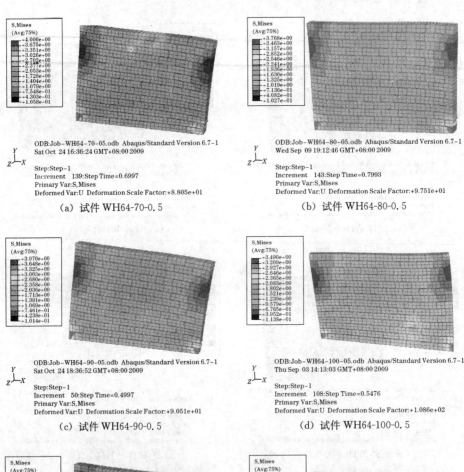

(a) 试件 WH64-70-0.5　　　　　　　　(b) 试件 WH64-80-0.5

(c) 试件 WH64-90-0.5　　　　　　　　(d) 试件 WH64-100-0.5

(e) 试件 WH64-110-0.5　　　　　　　　(f) 试件 WH64-120-0.5

图 5.35　不同保温层厚度现场发泡夹心墙平面内受力时外叶墙的应力-应变云图

图 5.36 所示为不同保温层厚度现场发泡夹心墙平面内受力时拉接件的应力-应变云图,由图中可知,不同保温层厚度的现场发泡夹心墙均为布设在墙体中上部的

拉接件受力较大,变形较严重,呈现出弯曲的屈服状态。保温层厚度对其影响不大。

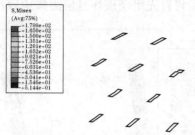

(a) 试件 WH64-70-0.5

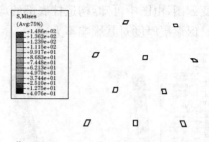

(b) 试件 WH64-80-0.5

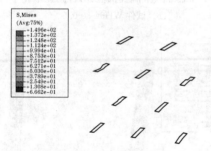

(c) 试件 WH64-90-0.5

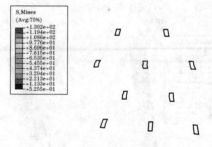

(d) 试件 WH64-100-0.5

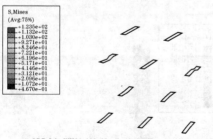

(e) 试件 WH64-110-0.5

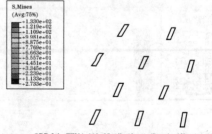

(f) 试件 WH64-120-0.5

图 5.36 不同保温层厚度现场发泡夹心墙平面内受力时拉接件的应力-应变云图

　　图 5.37 所示为不同保温层厚度现场发泡夹心墙平面内受力时构造柱的应力-应变云图,由图中可知,构造柱底部的应力较大,将首先出现破坏且应力集中较严重。保温层厚度对其影响不大。

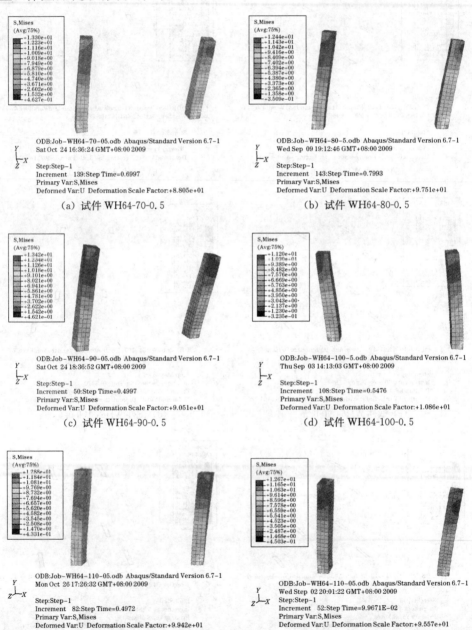

图 5.37　不同保温层厚度现场发泡夹心墙平面内受力时构造柱的应力-应变云图

5.5.2　不同保温层厚度的平面内受力现场发泡夹心墙的数值试验结果

数值试验结果见表 5.6。最大荷载为正负方向最大荷载的平均值；内外叶墙的位移分别取其正负方向最大荷载所对应位移的平均值。保温层厚度对现场发泡夹心墙的抗震抗剪承载力影响较大，120mm 保温层厚度现场发泡夹心墙的最大荷载比 100mm 保温层厚度现场发泡夹心墙的最大荷载降低 10%。内外叶墙的位移也随着保温层厚度的加厚而变大，保温层厚度为 120mm 现场发泡夹心墙的相对位移差比保温层厚度为 100mm 现场发泡夹心墙的相对位移差增大 13.7%。保温层厚度增大导致抗剪承载力下降的原因为空腔加厚降低内外叶墙钢筋混凝土挑耳连接的线刚度，连接件对叶墙的约束作用下降，从而影响到现场发泡夹心墙整体工作性能，对抗剪承载力产生一定不利影响。总体上看，不同保温层厚度现场发泡夹心墙最大荷载的平均值为 616kN，表明承载力较大，可以满足现场发泡夹心墙的抗震抗剪承载能力要求。内外叶墙的位移值相差不大，表明在构造柱及顶梁（也即圈梁）的作用下，内外叶墙的协同工作性能较好。

表 5.6　不同保温层厚度现场发泡夹心墙 WH64 平面内受力的数值试验结果

空腔厚度 /mm	最大荷载/kN			内叶墙(最大)位移/mm			外叶墙(最大)位移/mm		
	正向	负向	平均	正向	负向	平均	正向	负向	平均
70	683	692	687	2.357	3.426	2.891	3.467	3.827	3.647
80	647	661	654	2.289	2.831	2.560	3.412	3.192	3.302
90	649	624	636	2.571	3.631	3.101	3.878	4.308	4.093
100	607	611	609	2.913	3.215	3.215	4.721	4.537	4.629
110	586	549	567	3.258	2.996	3.127	4.035	4.721	4.378
120	535	562	548	3.018	3.578	3.298	4.558	5.402	4.980

5.5.3　保温层厚度对现场发泡夹心墙平面内承载力的影响

图 5.38 所示为不同保温层厚度现场发泡夹心墙最大荷载对比，相同条件下，随保温层厚度增加，现场发泡夹心墙的最大荷载有所下降，这主要是因为保温层厚度对现场发泡夹心墙连接构造刚度的大小影响较大，从而影响到现场发泡夹心墙整体工作性能，导致对其抗震承载力的影响较大。70mm 保温层厚度现场发泡夹心墙的最大荷载比 80mm 保温层厚度现场发泡夹心墙的最大荷载提高 4.8%，80mm 保温层厚度现场发泡夹心墙的最大荷载比 90mm 保温层厚度现场发泡夹心墙的最大荷载提高 2.7%，90mm 保温层厚度现场发泡夹心墙的最大荷载比 100mm 保温层厚度现场发泡夹心墙的最大荷载提高 4%，100mm 保温层厚度现场

发泡夹心墙的最大荷载比 120mm 保温层厚度现场发泡夹心墙的最大荷载提高10%。总体上看,保温层厚度变化对抗剪承载力影响较小,表明现场发泡夹心墙采用的构造措施能满足加厚保温层厚度现场发泡夹心墙的抗震抗剪承载能力要求。

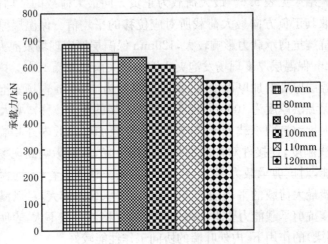

图 5.38　不同保温层厚度的现场发泡夹心墙的承载力

5.5.4　保温层厚度对现场发泡夹心墙平面内变形性能的影响

图 5.39 和图 5.40 所示分别为不同保温层厚度的现场发泡夹心墙的内外叶墙位移,由图中可知,现场发泡夹心墙随着保温层厚度的增加,内外叶墙的变形均有一定程度的增加,但影响较小。主要原因是保温层厚度的增加并没有明显降低墙体的整体刚度,因此对整体变形影响较小。

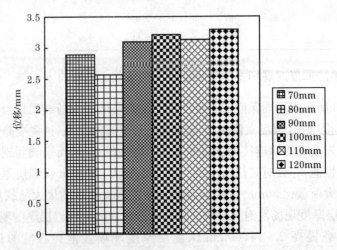

图 5.39　不同保温层厚度的现场发泡夹心墙的内叶墙位移

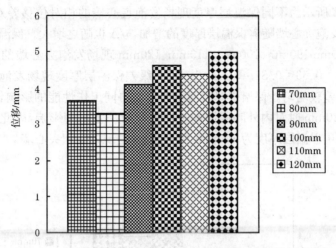

图 5.40　不同保温层厚度的现场发泡夹心墙的外叶墙位移

5.5.5　保温层厚度对平面内受力现场发泡夹心墙协同工作性能的影响

　　现场发泡夹心墙的内外叶墙薄厚不同,内叶墙有构造柱约束,外叶墙无构造柱约束,内外叶墙仅仅依靠拉接件和钢筋混凝土挑耳来连接,地震作用下两叶墙振动特性不同,受力性能也不同,因此保温层厚度影响着内外叶墙的受力性能和变形。内外叶墙能否共同工作以及协同工作性能的情况可以从相对位移差上反映出来。

　　表 5.7 给出不同保温层厚度的现场发泡夹心墙 WH64 模型平面内受力的相对位移差,不同保温层厚度现场发泡夹心墙相对位移差的变化较明显。随着保温层厚度的增大,相对位移差也随着增大,这说明当保温层厚度较大时,内外叶墙协同工作性能较差,120mm 保温层厚度现场发泡夹心墙的 δ/Δ 比 100mm 保温层厚度现场发泡夹心墙的 δ/Δ 增大 13.7%。

表 5.7　不同保温层厚度现场发泡夹心墙的相对位移差

保温层厚度/mm	内叶墙位移 Δ/mm	外叶墙位移 Δ/mm	位移差 δ/mm	相对位移差 δ/Δ
70	2.891	3.647	0.756	0.26
80	2.560	3.302	0.742	0.29
90	3.101	4.093	0.992	0.32
100	3.215	4.629	1.414	0.44
110	3.127	4.378	1.251	0.40
120	3.298	4.980	1.682	0.51

　　图 5.41 所示为不同保温层厚度现场发泡夹心墙的相对位移差对比,由图中可知,现场发泡夹心墙随着保温层厚度的增加,δ/Δ 也随之增大。保温层厚度分别为 70mm、80mm、90mm、100mm、110mm、120mm 现场发泡夹心墙的 δ/Δ 比例为 0.46∶0.57∶0.63∶0.86∶0.78∶1。每一级差保温层厚度现场发泡夹心墙的相对位移差相差较均匀。保温层厚度对内外叶墙协同工作性能的影响较大,当保温层厚度达 120mm 时对内外叶墙协同工作性能有一定不利影响,因此建议在高烈度区不宜采用保温层厚度为 110mm 和 120mm 的现场发泡夹心墙。

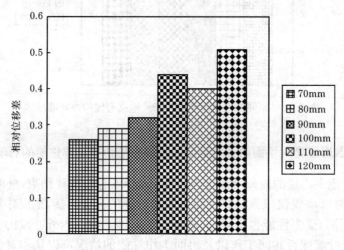

图 5.41　不同保温层厚度的现场发泡夹心墙的相对位移差

5.6　拉接件形状对现场发泡夹心墙平面内
受力性能的影响分析

　　对 3 种不同拉接件形状(环形、卷边 Z 形、Z 形)的现场发泡夹心墙 W83-120-0.5 进行数值试验来研究拉接件的形状对现场发泡夹心墙平面内受力性能的影响。

5.6.1　不同拉接件形状的平面内受力现场发泡夹心墙的应力-应变云图

　　图 5.42 和图 5.43 所示分别为不同拉接件形状现场发泡夹心墙平面内受力的内外叶墙、拉接件、构造柱的应力-应变云图。不同拉接件形状现场发泡夹心墙平面内受力时同类构件的应力集中部位相同,即将破坏的程度也相似。内外叶墙均呈对角方向出现应力集中,拉接件均在墙体的中上部位的受力较严重,构造柱底部受力较大。拉接件形状对其影响不大,这是因为拉接件在试件开裂后期起主要作用,拉接件的作用未充分体现,而使其对现场发泡夹心墙的抗震性能影响较小。

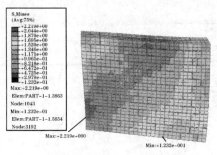
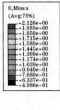

ODB:Job-WH83-100-5.odb Abaqus/Standard Version 6.7-1
Sat Sep 05 12:49:17 GMT+08:00 2009
Step:Step-1
Increment　162:Step Time=0.9495
Primary Var:S,Mises
Deformed Var:U Deformation Scale Factor:+8.634e+01

（a）试件 WH83-120-0.5 内叶墙

ODB:Job-WZ83-1-05-juan.odb Abaqus/Standard Version 6.7-1
Fri Oct 23 20:40:48 GMT+08:00 2009
Step:Step-1
Increment　102:Step Time=0.7498
Primary Var:S,Mises
Deformed Var:U Deformation Scale Factor:+9.160e+01

（b）试件 WZ83-120-0.5（卷）内叶墙

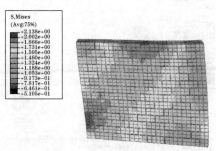
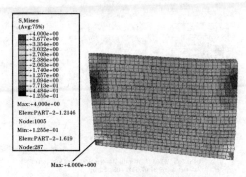

ODB:Job-WZ83-1-05.odb Abaqus/Standard Version 6.7-1
Sat Oct 24 09:37:07 GMT+08:00 2009
Step:Step-1
Increment　179:Step Time=0.8490
Primary Var:S,Mises
Deformed Var:U Deformation Scale Factor:+9.167e+01

（c）试件 WZ83-120-0.5 内叶墙

ODB:Job-WH83-100-5.odb Abaqus/Standard Version 6.7-1
Sat Sep 05 12:49:17 GMT+08:00 2009
Step:Step-1
Increment　162:Step Time=0.9495
Primary Var:S,Mises
Deformed Var:U Deformation Scale Factor:+8.634e+01

（d）试件 WH83-120-0.5 外叶墙

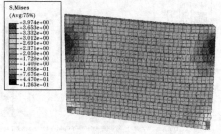
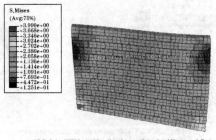

ODB:Job-WZ83-1-05-juan.odb Abaqus/Standard Version 6.7-1
Fri Oct 23 20:40:48 GMT+08:00 2009
Step:Step-1
Increment　102:Step Time=0.7498
Primary Var:S,Mises
Deformed Var:U Deformation Scale Factor:+9.160e+01

（e）试件 WZ83-120-0.5（卷）外叶墙

ODB:Job-WZ83-1-05.odb Abaqus/Standard Version 6.7-1
Sat Oct 24 09:37:07 GMT+08:00 2009
Step:Step-1
Increment　179:Step Time=0.8490
Primary Var:S,Mises
Deformed Var:U Deformation Scale Factor:+9.167e+01

（f）试件 WZ83-120-0.5 外叶墙

图 5.42　不同拉接件形状现场发泡夹心墙内外叶墙的应力-应变云图

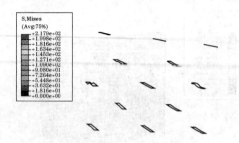

ODB:Job-WH83-100-5.odb Abaqus/Standard Version 6.7-1
Sat Sep 05 12:49:17 GMT+08:00 2009

Step:Step-1
Increment　162:Step Time=0.9495
Primary Var:S,Mises
Deformed Var:U Deformation Scale Factor:+8.634e+01

（a）试件 WH83-120-0.5

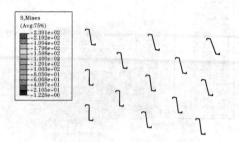

ODB:Job-WZ83-1-05-juan.odb Abaqus/Standard Version 6.7-1
Fri Oct 23 20:40:48 GMT+08:00 2009

Step:Step-1
Increment　102:Step Time=0.7498
Primary Var:S,Mises
Deformed Var:U Deformation Scale Factor:+9.160e+01

（b）试件 WZ83-120-0.5(卷)

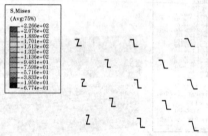

ODB:Job-WZ83-1-05.odb Abaqus/Standard Version 6.7-1
Sat Oct 24 09:37:07 GMT+08:00 2009

Step:Step-1
Increment　179:Step Time=0.8490
Primary Var:S,Mises
Deformed Var:U Deformation Scale Factor:+9.167e+01

（c）试件 WZ83-120-0.5

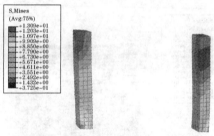

ODB:Job-WH83-100-5.odb Abaqus/Standard Version 6.7-1
Sat Sep 05 12:49:17 GMT+08:00 2009

Step:Step-1
Increment　162:Step Time=0.9495
Primary Var:S,Mises
Deformed Var:U Deformation Scale Factor:+8.634e+01

（d）试件 WH83-120-0.5 柱应力云图

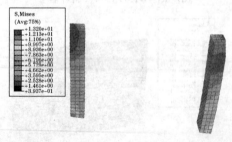

ODB:Job-WZ83-1-05-juan.odb Abaqus/Standard Version 6.7-1
Fri Oct 23 20:40:48 GMT+08:00 2009

Step:Step-1
Increment　102:Step Time=0.7498
Primary Var:S,Mises
Deformed Var:U Deformation Scale Factor:+9.160e+01

（e）试件 WZ83-120-0.5(卷)柱应力云图

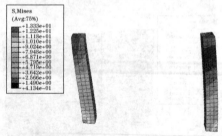

ODB:Job-WZ83-1-05.odb Abaqus/Standard Version 6.7-1
Sat Oct 24 09:37:07 GMT+08:00 2009

Step:Step-1
Increment　179:Step Time=0.8490
Primary Var:S,Mises
Deformed Var:U Deformation Scale Factor:+9.167e+01

（f）试件 WZ83-120-0.5 柱应力云图

图 5.43　不同拉接件形状现场发泡夹心墙拉接件和构造柱的应力-应变云图

5.6.2　不同拉接件形状的平面内受力现场发泡夹心墙的数值试验结果

数值试验结果见表 5.8。最大荷载取正负方向最大值荷载的平均值,内外叶墙位移分别取其正负方向最大荷载所对应位移的平均值。拉接件的形状对现场发泡夹心墙受力性能影响较小,相同条件下现场发泡夹心墙的承载力相差很小,内外叶墙体的位移相差也不大。

表 5.8　不同拉接件形状现场发泡夹心墙的数值试验结果

模型类型	竖向压应力 /MPa	最大荷载/kN			内叶墙片位移/mm			外叶墙片位移/mm		
		正向	负向	平均	正向	负向	平均	正向	负向	平均
WH83-120-0.5	0.5	611	629	620	2.701	2.967	2.834	3.938	3.826	3.882
WZ83-120-0.5(卷)	0.5	609	615	612	3.016	3.238	3.127	4.385	4.557	4.471
WZ83-120-0.5	0.5	598	624	611	2.985	3.221	3.103	4.426	4.758	4.592

5.6.3　拉接件形状对现场发泡夹心墙平面内承载力的影响

图 5.44 所示为不同拉接件形状现场发泡夹心墙承载力对比,三种不同拉接件形状现场发泡夹心墙的承载力相差很小,环形拉接件现场发泡夹心墙的承载力比卷边 Z 形拉接件现场发泡夹心墙的承载力仅仅提高了 1.6%,卷边 Z 形拉接件现场发泡夹心墙的承载力与 Z 形拉接件现场发泡夹心墙的承载力相比相差更小。这表明拉接件的形状对现场发泡夹心墙承载力的影响不大,也表明梁挑耳的刚性连接比拉接件的柔性连接的作用要大。

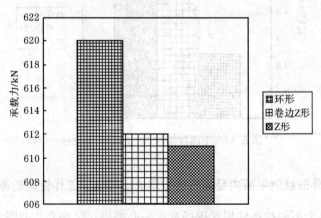

图 5.44　不同拉接件形状现场发泡夹心墙承载力对比

5.6.4　拉接件形状对现场发泡夹心墙平面内变形性能的影响

图 5.45 和图 5.46 所示分别为不同拉接件形状的内外叶墙位移,三种不同拉

接件形状的现场发泡夹心墙的内外叶墙的位移相差很小,卷边 Z 形和 Z 形拉接件相差不明显,环形拉接件比卷边 Z 形和 Z 形拉接件略小。这表明拉接件的形状对现场发泡夹心墙的变形影响不大,拉接件对墙体的整体刚度贡献很小,造成的差别主要是因为协调内外墙体的作用不同而造成墙体的变形差异。

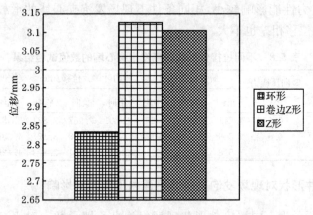

图 5.45　不同拉接件形状的内叶墙位移

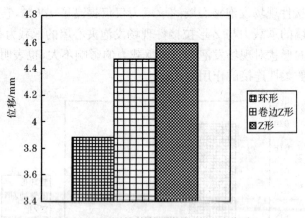

图 5.46　不同拉接件形状的外叶墙位移

5.6.5　拉接件形状对平面内受力现场发泡夹心墙协同工作性能的影响

表 5.9 给出不同拉接件形状现场发泡夹心墙相对位移差。如图 5.47 所示,不同拉接件形状现场发泡夹心墙相对位移差相差很小,环形、卷边 Z 形、Z 形拉接件现场发泡夹心墙内外叶墙片的相对位移差之比为 0.77∶0.89∶1。总体上看,不同拉接件形状现场发泡夹心墙的内外叶墙相对位移差较小,能满足地震作用下协同工作的性能。

表 5.9 不同拉接件形状现场发泡夹心墙的相对位移差

模型类型	内叶墙片位移 Δ/mm	外叶墙片位移 Δ/mm	位移差 δ/mm	相对位移差 δ/Δ
WH83-80-1	2.834	3.882	1.048	0.37
WZ83-120-1(卷)	3.127	4.471	1.344	0.43
WZ83-120-1	3.103	4.592	1.489	0.48

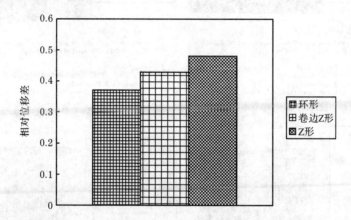

图 5.47 不同拉接件形状的现场发泡夹心墙的相对位移差

5.7 拉接件布局对现场发泡夹心墙平面内
受力性能的影响分析

参考规范关于现场发泡夹心墙连接构造做法,按照惯用的单位面积墙体上不少于 3 根拉接件的实际情况,对不同拉接件布局现场发泡夹心墙进行平面内受力数值试验研究,模型所选用 6 组拉接件的布局分别为 800mm×400mm、800mm×300mm、600mm×400mm、700mm×300mm、700mm×400mm、500mm×500mm。

5.7.1 不同拉接件布局的平面内受力现场发泡夹心墙的应力-应变云图

图 5.48～图 5.52 所示分别为不同拉接件布局现场发泡夹心墙各构件的应力-应变云图,由图中可知,内外叶墙片均为对角方向出现应力集中,即将出现破坏;位于墙体中上部位的拉接件受力较大,呈现出弯曲的屈服状态;构造柱为底部的应力较大,即将出现破坏。拉接件的布局对其影响较小。

图 5.48 所示为不同拉接件布局的部分现场发泡夹心墙平面内受力时位移云图,由图中可知,拉接件布局对其影响较小,都显示墙体顶部位移最大。

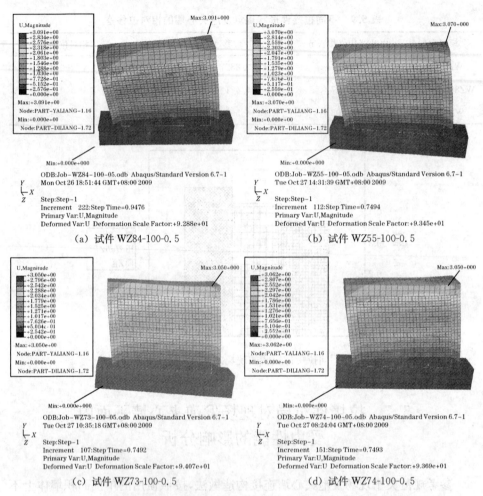

图 5.48 不同拉接件布局的部分现场发泡夹心墙平面内受力时位移云图

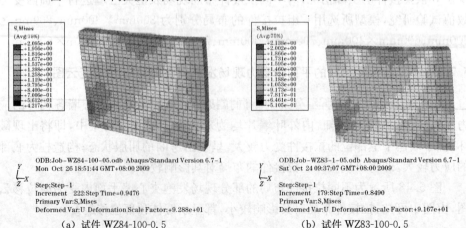

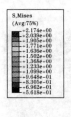

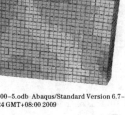
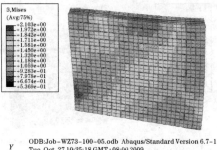

ODB:Job-WZ64-100-5.odb Abaqus/Standard Version 6.7-1
Sat Sep 05 17:36:24 GMT+08:00 2009

Step:Step-1
Increment　161:Step Time=0.8994
Primary Var:S,Mises
Deformed Var:U Deformation Scale Factor:+9.315e+01

（c）试件 WZ64-100-0.5

ODB:Job-WZ73-100-05.odb Abaqus/Standard Version 6.7-1
Tue Oct 27 10:35:18 GMT+08:00 2009

Step:Step-1
Increment　107:Step Time=0.7492
Primary Var:S,Mises
Deformed Var:U Deformation Scale Factor:+9.407e+01

（d）试件 WZ73-100-0.5

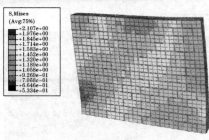
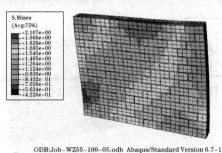

ODB:Job-WZ74-100-05.odb Abaqus/Standard Version 6.7-1
Tue Oct 27 08:24:04 GMT+08:00 2009

Step:Step-1
Increment　151:Step Time=0.7493
Primary Var:S,Mises
Deformed Var:U Deformation Scale Factor:+9.369e+01

（e）试件 WZ74-100-0.5

ODB:Job-WZ55-100-05.odb Abaqus/Standard Version 6.7-1
Tue Oct 27 14:31:38 GMT+08:00 2009

Step:Step-1
Increment　112:Step Time=0.7494
Primary Var:S,Mises
Deformed Var:U Deformation Scale Factor:+9.345e+01

（f）试件 WZ55-100-0.5

图 5.49　不同拉接件布局现场发泡夹心墙平面内受力时内叶墙应力-应变云图

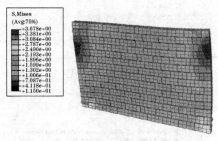
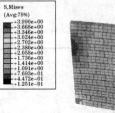
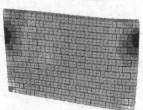

ODB:Job-WZ84-100-05.odb Abaqus/Standard Version 6.7-1
Mon Oct 26 18:51:44 GMT+08:00 2009

Step:Step-1
Increment　222:Step Time=0.9476
Primary Var:S,Mises
Deformed Var:U Deformation Scale Factor:+9.288e+01

（a）试件 WZ84-100-0.5

ODB:Job-WZ83-1-05.odb Abaqus/Standard Version 6.7-1
Sat Oct 24 09:37:07 GMT+08:00 2009

Step:Step-1
Increment　179:Step Time=0.8490
Primary Var:S,Mises
Deformed Var:U Deformation Scale Factor:+9.167e+01

（b）试件 WZ83-100-0.5

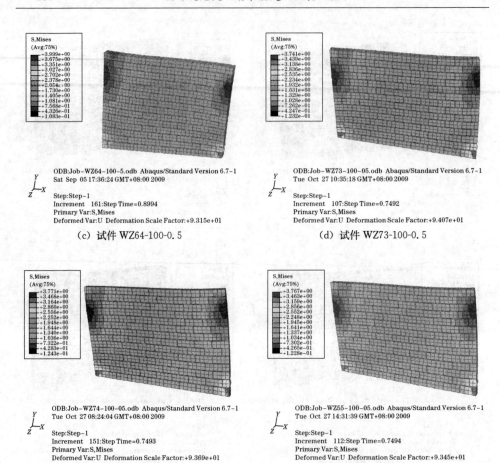

ODB:Job-WZ64-100-5.odb Abaqus/Standard Version 6.7-1
Sat Sep 05 17:36:24 GMT+08:00 2009

Step:Step-1
Increment 161:Step Time=0.8994
Primary Var:S,Mises
Deformed Var:U Deformation Scale Factor:+9.315e+01

(c) 试件 WZ64-100-0.5

ODB:Job-WZ73-100-05.odb Abaqus/Standard Version 6.7-1
Tue Oct 27 10:35:18 GMT+08:00 2009

Step:Step-1
Increment 107:Step Time=0.7492
Primary Var:S,Mises
Deformed Var:U Deformation Scale Factor:+9.407e+01

(d) 试件 WZ73-100-0.5

ODB:Job-WZ74-100-05.odb Abaqus/Standard Version 6.7-1
Tue Oct 27 08:24:04 GMT+08:00 2009

Step:Step-1
Increment 151:Step Time=0.7493
Primary Var:S,Mises
Deformed Var:U Deformation Scale Factor:+9.369e+01

(e) 试件 WZ74-100-0.5

ODB:Job-WZ55-100-05.odb Abaqus/Standard Version 6.7-1
Tue Oct 27 14:31:39 GMT+08:00 2009

Step:Step-1
Increment 112:Step Time=0.7494
Primary Var:S,Mises
Deformed Var:U Deformation Scale Factor:+9.345e+01

(f) 试件 WZ55-100-0.5

图 5.50 不同拉接件布局现场发泡夹心墙平面内受力时外叶墙应力-应变云图

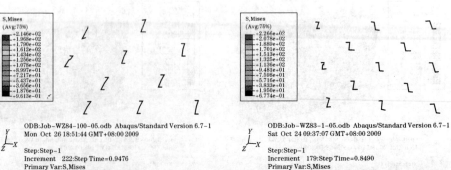

ODB:Job-WZ84-100-05.odb Abaqus/Standard Version 6.7-1
Mon Oct 26 18:51:44 GMT+08:00 2009

Step:Step-1
Increment 222:Step Time=0.9476
Primary Var:S,Mises
Deformed Var:U Deformation Scale Factor:+9.288e+01

(a) 试件 WZ84-100-0.5

ODB:Job-WZ83-1-05.odb Abaqus/Standard Version 6.7-1
Sat Oct 24 09:37:07 GMT+08:00 2009

Step:Step-1
Increment 179:Step Time=0.8490
Primary Var:S,Mises
Deformed Var:U Deformation Scale Factor:+9.167e+01

(b) 试件 WZ83-100-0.5

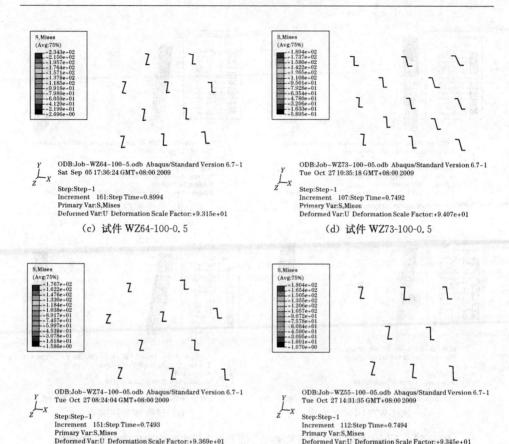

图 5.51　不同拉接件布局现场发泡夹心墙平面内受力时拉接件应力-应变云图

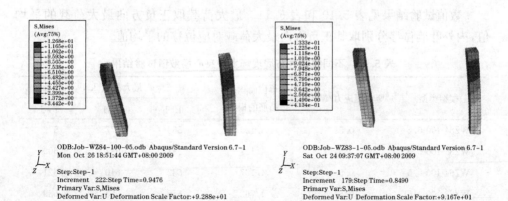

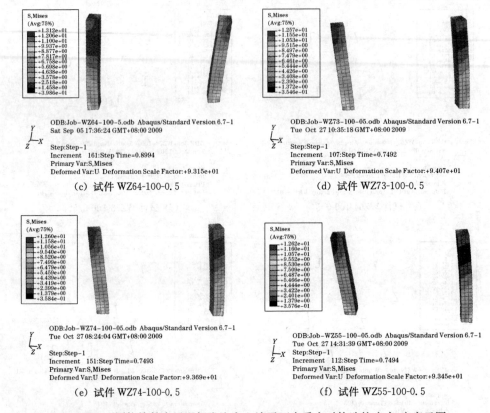

图 5.52　不同拉接件布局现场发泡夹心墙平面内受力时构造柱应力-应变云图

5.7.2　不同拉接件布局的平面内受力现场发泡夹心墙的数值试验结果

　　数值试验结果见表 5.10 和表 5.11。最大荷载取正负方向最大荷载的平均值，内外叶墙位移分别取其正负方向最大荷载对应位移的平均值。

表 5.10　不同拉接件布局现场发泡夹心墙数值试验结果

模型类型	竖向压应力/MPa	单位面积拉结筋的根数	最大荷载/kN		
			正向	负向	平均
WZ84-100-0.5	0.5	3.125	569	577	573
WZ83-100-0.5	0.5	4.167	581	637	609
WZ64-100-0.5	0.5	4.167	632	610	621
WZ73-100-0.5	0.5	4.762	625	653	639
WZ74-100-0.5	0.5	3.571	590	572	581
WZ55-100-0.5	0.5	4.000	604	620	612

表 5.11　不同拉接件布局现场发泡夹心墙数值试验结果

模型类型	内叶墙片位移 △/mm			外叶墙片位移 △/mm			位移差 δ/mm	相对位移差 δ/△
	正向	负向	平均	正向	负向	平均		
WZ84-100-0.5	2.988	3.242	3.115	4.775	4.943	4.859	1.744	0.56
WZ83-100-0.5	3.007	3.199	3.103	4.326	4.858	4.592	1.489	0.47
WZ64-100-0.5	3.211	3.193	3.202	4.490	4.476	4.483	1.281	0.40
WZ73-100-0.5	3.292	3.346	3.319	4.318	4.644	4.481	1.162	0.35
WZ74-100-0.5	3.012	2.940	2.976	4.501	4.427	4.464	1.488	0.50
WZ55-100-0.5	3.197	3.237	3.217	4.335	4.609	4.472	1.255	0.39

5.7.3　拉接件布局对现场发泡夹心墙平面内承载力的影响

图 5.53 所示为不同拉接件布局现场发泡夹心墙抗震承载力对比,由图中可知,拉接件的布局对现场发泡夹心墙承载力的影响不大。单位面积墙体上拉接件随着布局数量的增多,承载力也有所提高。布局为 800mm×400mm 现场发泡夹心墙(单位面积上约有 3 根拉接件)的承载力比 700mm×300mm 布局现场发泡夹心墙(单位面积上约有 4.7 根拉接件)的承载力降低 10%。不同拉接件布局现场发泡夹心墙承载力的平均值为 605kN,这表明现场发泡夹心墙抗震承载力较高,可以满足抗震抗剪承载力的要求。

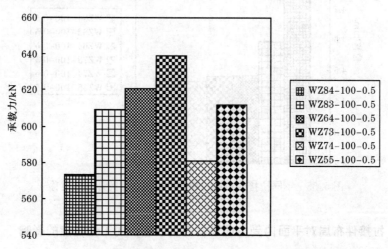

图 5.53　不同拉接件布局现场发泡夹心墙抗震承载力对比

5.7.4　拉接件布局对现场发泡夹心墙平面内变形性能的影响

图 5.54 和图 5.55 所示分别为不同拉接件布局的内外叶墙位移,由图中可知,

不同拉接件布局的现场发泡夹心墙的内外叶墙的位移相差很小。这表明拉接件的形状对现场发泡夹心墙的变形影响不大,拉接件对墙体的整体刚度贡献很小。

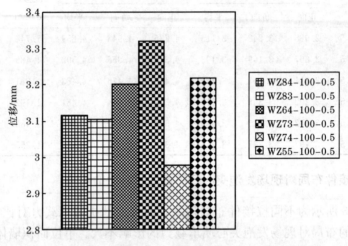

图 5.54　不同拉接件布局的现场发泡夹心墙的内叶墙位移

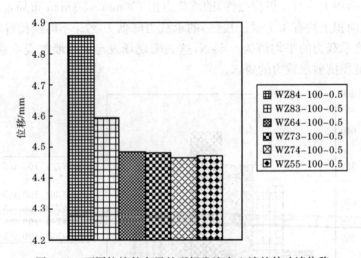

图 5.55　不同拉接件布局的现场发泡夹心墙的外叶墙位移

5.7.5　拉接件布局对平面内受力现场发泡夹心墙协同工作性能的影响

图 5.56 所示为不同拉接件布局现场发泡夹心墙相对位移差的对比,拉接件布局对内外叶墙协同工作性能有一定影响。700mm×300mm 布局现场发泡夹心墙(每平方米墙体布设 4.7 根)的相对位移差比 800mm×400mm 布局现场发泡夹心墙(每平方米墙体布设 3 根)的相对位移差减小 37.5%,这表明单位墙体面积布

设的拉接件数量越多,内外叶墙协同工作性能越好。当竖向间距不变时,800mm×400mm、700mm×400mm、600mm×400mm 布局的现场发泡夹心墙的相对位移差比为 1∶0.89∶0.71;800mm×300mm、700mm×300mm 布局现场发泡夹心墙的相对位移差比为 1∶0.74。当横向间距不变时,800mm×400mm、800mm×300mm 布局现场发泡夹心墙的相对位移差比为 1∶0.84;700mm×400mm、700mm×300mm 布局现场发泡夹心墙的相对位移差比为 1∶0.7,对比分析表明拉接件竖向间距的变化对现场发泡夹心墙协同工作性能的影响大于横向布局的影响。因此建议拉接件的布局横向不宜大于 700mm,竖向不宜大于400mm,且单位面积墙体上拉接件数量不应少于 3 根。当保温层厚度较大或在高烈度区时,建议采用 600mm×400mm、700mm×300mm 的布局,且单位面积墙体上拉接件数量不宜少于 4 根。

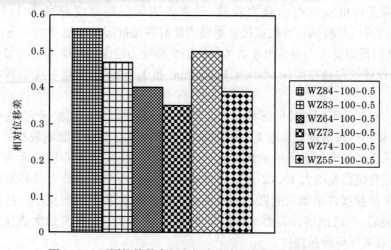

图 5.56　不同拉接件布局现场发泡夹心墙相对位移差对比

5.8　小　　结

本章建立了现场发泡夹心墙平面内抗震性能数值试验模型,对 13 片现场发泡夹心墙进行数值试验研究,并与模型试验进行对比分析。对不同竖向压应力、保温层厚度、拉接件形状与布局的现场发泡夹心墙进行变参数的数值试验研究,并对其构造参数进行优化设计,得出如下结论:

(1) 数值试验研究结果与模型试验实测值对比分析表明数值试验最大荷载的平均值比模型试验实测最大荷载的平均值增大 7.6%。这主要是因为建模过程中各构件之间接触面的定义造成了墙体刚度增大。数值试验相对位移差平均值比模型试验实测相对位移差的平均值减小 8.6%。从总体看,现场发泡夹心墙的承载力和协调变形的数值试验结果与模型试验实测值吻合较好。

（2）对 8 种不同竖向压应力的现场发泡夹心墙进行数值试验研究。结果表明竖向压应力对现场发泡夹心墙的抗剪承载力和协同工作性能影响较大，随竖向压应力的增加，现场发泡夹心墙最大荷载也随之增大，协同工作性能随之减弱。当超过 0.5MPa 时，协调工作能力明显降低。因此建议当保温层厚度较大或在高烈度区时，应限制房屋高度，尽量控制竖向压应力在 0.5MPa 以内。

（3）对 6 种不同保温层厚度现场发泡夹心墙进行数值试验研究。保温层厚度为 120mm 现场发泡夹心墙的承载能力比保温层厚度为 100mm 现场发泡夹心墙的承载力降低 10%；保温层厚度为 120mm 现场发泡夹心墙的相对位移差比保温层厚度为 100mm 现场发泡夹心墙的相对位移差增大 13.7%，这表明保温层厚度对现场发泡夹心墙承载力影响不大，而对墙体整体协同性能影响较大。对现场发泡夹心墙进行抗震抗剪承载力验算，结果表明保温层厚度分别为 110mm 和 120mm 的现场发泡夹心墙抗震抗剪承载力能够满足抗震设防烈度为 7 度、8 度和 9 度区抗震设防要求。但是由于墙体的协调变形能力随保温层厚度的增加而明显降低，因此建议在高烈度区，不应采用 110mm 和 120mm 保温层厚度的现场发泡夹心墙。

（4）对 3 种不同拉接件形状的现场发泡夹心墙进行数值试验研究，在弹性范围内，拉接件形状对现场发泡夹心墙的承载力和协调变形能力影响较小。卷边 Z 形拉接件现场发泡夹心墙的承载力比环形拉接件现场发泡夹心墙的承载力降低 1.6%，相对位移差增大 1%，Z 形拉接件现场发泡夹心墙的承载力及相对位移差比卷边 Z 形拉接件现场发泡夹心墙的承载力及相对位移差相差更小。拉接件在墙体开裂后，对保证墙体裂而不倒起主要作用，故当保温层厚度较大或在高烈度区时，建议采用环形拉接件。

（5）对 6 种不同拉接件布局的现场发泡夹心墙进行数值试验研究，拉接件布局对现场发泡夹心墙的抗震性能影响不大。单位墙体面积布设的拉接件数量越多，现场发泡夹心墙的承载力相应较高，内外叶墙协同工作的性能也相应较好。总体对比分析表明，拉接件竖向布设间距对现场发泡夹心墙协同工作性能的影响大于横向间距的影响。因此建议拉接件的布局横向间距不宜大于 700mm，竖向间距不宜大于 400mm，且单位面积墙体上拉接件不应少于 3 根。当保温层厚度较大或在高烈度区时，建议采用 600mm×400mm、700mm×300mm 布局，且单位面积墙体上拉接件不宜少于 4 根。

第6章 平面外抗震性能数值试验

6.1 引　言

为验证试验结果和相关理论,对已有试验现场发泡夹心墙进行平面外受力的数值试验研究。为优化现场发泡夹心墙设计和构造措施,对现场发泡夹心墙进行平面外抗震性能的数值试验研究,主要考虑不同竖向压应力、保温层厚度以及拉接件形状与布局对现场发泡夹心墙平面外抗震性能的影响,以充分了解现场发泡夹心墙的平面外抗震性能并对其构造进行优化,将这种现场发泡夹心墙推广应用到各种抗震设防地区。

6.2　平面外受力的 ABAQUS 数值试验模型建立

平面外数值试验模型材料的选取、本构关系的选用、杆件单元的选择以及模型的建立和实现与平面内数值试验的情况完全相同。只是模型的水平加载位置方向有所改变,为垂直于墙体平面的平面外加载,加载模式如图 6.1 所示。

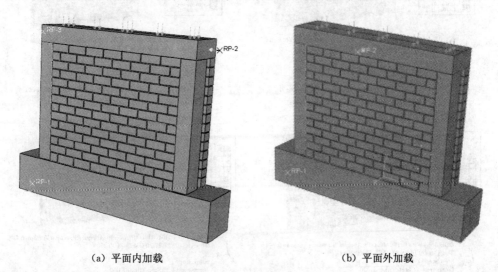

(a) 平面内加载　　　　　　　　　　　　(b) 平面外加载

图 6.1　加载模型对比

6.3　数值试验与模型试验对比分析

参照已有试验试件,对 7 片现场发泡夹心墙进行平面外受力的数值试验研究,拉接件采用环形和 Z 形两种,间距布置有 600mm×400mm、800mm×300mm、800mm×400mm 三种,现场发泡夹心墙保温层厚度在 80～120mm 范围内,竖向压应力分别为 0.7MPa、0.5MPa、0.3MPa。

6.3.1　应力-应变云图

应力-应变云图能直观的表现出构件的破坏程度和结构出现应力集中的部位,为找出构件的薄弱部位提供依据。试件在平面外水平反复荷载作用下,部分现场发泡夹心墙各构件的应力-应变云图如图 6.2～图 6.5 所示。内外叶墙均为底部的一到两皮砖应力集中较严重,即将发生破坏,这与试验实测中描述的现场发泡夹心墙破坏情况相同;墙体中上部的拉接件受力较严重,边缘部位的拉接件呈现出弯曲的屈服状态,这与试验实测的现场发泡夹心墙中上部拉接件应力应变较大也相吻合。构造柱的底部受力较大。从总体上看,各构件应力集中的部位与试验实测的情况吻合较好。

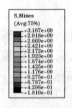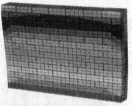

ODB:Job-WH64-80-05wai.odb Abaqus/Standard Version 6.7-1
Fri Oct 16 09:47:56 GMT+08:00 2009

Step:Step-1
Increment 7:Step Time=1.000
Primary Var:S,Mises
Deformed Var:U Deformation Scale Factor:+2.619e+01

(a) 试件 WH64-80-0.5

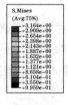

ODB:Job-WH83-0-05.odb Abaqus/Standard Version 6.7-1
Sat Oct 17 18:32:44 GMT+08:00 2009

Step:Step-1
Increment 7:Step Time=1.000
Primary Var:S,Mises
Deformed Var:U Deformation Scale Factor:+2.623e+01

(b) 试件 WH83-80-0.5

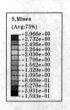

ODB:Job-WH84-100-03.odb Abaqus/Standard Version 6.7-1
Thu Oct 29 16:58:37 GMT+08:00 2009
Step:Step-1
Increment 7:Step Time=1.000
Primary Var:S,Mises
Deformed Var:U Deformation Scale Factor:+2.899e+01

(c) 试件 WH84-100-0.3

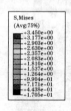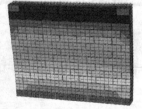

ODB:Job-WH64-100-10wai.odb Abaqus/Standard Version 6.7-1
Thu Oct 29 17:27:20 GMT+08:00 2009
Step:Step-1
Increment 25:Step Time=1.000
Primary Var:S,Mises
Deformed Var:U Deformation Scale Factor:+2.517e+01

(d) 试件 WH64-100-1

Y
Z — X
ODB:Job–WH83–120–07wai.odb Abaqus/Standard Version 6.7–1
Thu Oct 29 10:59:44 GMT+08:00 2009

Step:Step–1
Increment　6:Step Time=1.000
Primary Var:S,Mises
Deformed Var:U Deformation Scale Factor:+2.825e+01

(e) 试件 WH83-120-0.7

Y
Z — X
ODB:Job–WZ83–2–05.odb Abaqus/Standard Version 6.7–1
Mon Oct 19 08:30:14 GMT+08:00 2009

Step:Step–1
Increment　6:Step Time=1.000
Primary Var:S,Mises
Deformed Var:U Deformation Scale Factor:+2.928e+01

(f) 试件 WZ83-120-0.5

图 6.2　现场发泡夹心墙平面外受力时内叶墙应力-应变云图

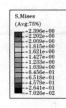
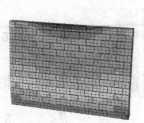
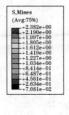
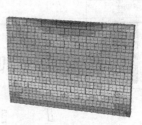

X — Z
Y
ODB:Job–WH64–80–05wai.odb Abaqus/Standard Version 6.7–1
Fri Oct 16 09:47:58 GMT+08:00 2009

Step:Step–1
Increment　7:Step Time=1.000
Primary Var:S,Mises
Deformed Var:U Deformation Scale Factor:+2.619e+01

(a) 试件 WH64-80-0.5

X — Z
Y
ODB:Job–WH83–0–05.odb Abaqus/Standard Version 6.7–1
Sat Oct 17 18:32:44 GMT+08:00 2009

Step:Step–1
Increment　7:Step Time=1.000
Primary Var:S,Mises
Deformed Var:U Deformation Scale Factor:+2.623e+01

(b) 试件 WH83-80-0.5

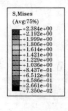

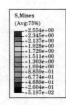
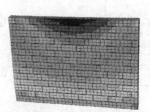

X — Z
Y
ODB:Job–WH84–100–03.odb Abaqus/Standard Version 6.7–1
Thu Oct 29 16:58:37 GMT+08:00 2009

Step:Step–1
Increment　7:Step Time=1.000
Primary Var:S,Mises
Deformed Var:U Deformation Scale Factor:+2.899e+01

(c) 试件 WH84-100-0.3

X — Z
Y
ODB:Job–WH64–100–10wai.odb Abaqus/Standard Version 6.7–1
Thu Oct 29 17:27:20 GMT+08:00 2009

Step:Step–1
Increment　25:Step Time=1.000
Primary Var:S,Mises
Deformed Var:U Deformation Scale Factor:+2.517e+01

(d) 试件 WH64-100-1

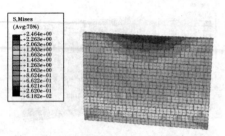

ODB:Job−WH83−120−07wai.odb Abaqus/Standard Version 6.7−1
Thu Oct 29 10:59:44 GMT+08:00 2009

Step:Step−1
Increment 6:Step Time=1.000
Primary Var:S,Mises
Deformed Var:U Deformation Scale Factor:+2.825e+01

(e) 试件 WH83-120-0.7

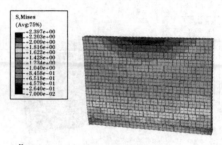

ODB:Job−WZ83−2−05.odb Abaqus/Standard Version 6.7−1
Mon Oct 19 08:30:14 GMT+08:00 2009

Step:Step−1
Increment 6:Step Time=1.000
Primary Var:S,Mises
Deformed Var:U Deformation Scale Factor:+2.928e+01

(f) 试件 WZ83-120-0.5

图 6.3　现场发泡夹心墙平面外受力时外叶墙应力-应变云图

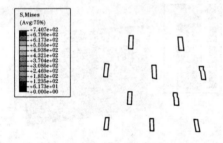

ODB:Job−WH64−80−05wai.odb Abaqus/Standard Version 6.7−1
Fri Oct 16 09:47:58 GMT+08:00 2009

Step:Step−1
Increment 7:Step Time=1.000
Primary Var:S,Mises
Deformed Var:U Deformation Scale Factor:+2.619e+01

(a) 试件 WH64-80-0.5

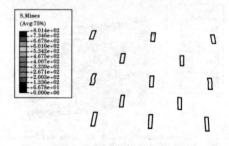

ODB:Job−WH83−0−05.odb Abaqus/Standard Version 6.7−1
Sat Oct 17 18:32:44 GMT+08:00 2009
Step:Step−1
Increment 7:Step Time=1.000
Primary Var:S,Mises
Deformed Var:U Deformation Scale Factor:+2.623e+01

(b) 试件 WH83-80-0.5

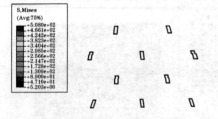

ODB:Job−WH84−100−03.odb Abaqus/Standard Version 6.7−1
Thu Oct 29 16:58:37 GMT+08:00 2009

Step:Step−1
Increment 7:Step Time=1.000
Primary Var:S,Mises
Deformed Var:U Deformation Scale Factor:+2.899e+01

(c) 试件 WH84-100-0.3

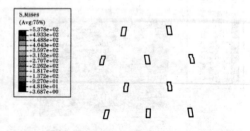

ODB:Job−WH64−100−10wai.odb Abaqus/Standard Version 6.7−1
Thu Oct 29 17:27:20 GMT+08:00 2009

Step:Step−1
Increment 25:Step Time=1.000
Primary Var:S,Mises
Deformed Var:U Deformation Scale Factor:+2.517e+01

(d) 试件 WH64-100-1

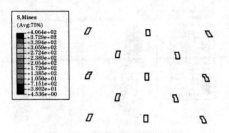
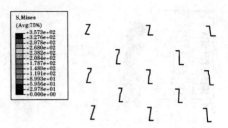

ODB:Job-WH83-120-07wai.odb Abaqus/Standard Version 6.7-1
Thu Oct 29 10:59:44 GMT+08:00 2009

Step:Step-1
Increment   6:Step Time=1.000
Primary Var:S,Mises
Deformed Var:U Deformation Scale Factor:+2.825e+01

(e) 试件 WH83-120-0.7

ODB:Job-WZ83-2-05.odb Abaqus/Standard Version 6.7-1
Won Oct 19 08:30:14 GMT+08:00 2009

Step:Step-1
Increment   6:Step Time=1.000
Primary Var:S,Mises
Deformed Var:U Deformation Scale Factor:+2.928e+01

(f) 试件 WZ83-120-0.5

图 6.4   现场发泡夹心墙平面外受力时拉接件应力-应变云图

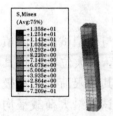

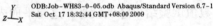

ODB:Job-WH64-80-05wai.odb Abaqus/Standard Version 6.7-1
Fri Oct 16 09:47:58 GMT+08:00 2009

Step:Step-1
Increment   7:Step Time=1.000
Primary Var:S,Mises
Deformed Var:U Deformation Scale Factor:+2.619e+01

(a) 试件 WH64-80-0.5

ODB:Job-WH83-0-05.odb Abaqus/Standard Version 6.7-1
Sat Oct 17 18:32:44 GMT+08:00 2009

Step:Step-1
Increment   7:Step Time=1.000
Primary Var:S,Mises
Deformed Var:U Deformation Scale Factor:+2.623e+01

(b) 试件 WH83-80-0.5

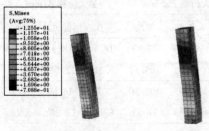
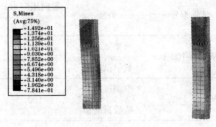

ODB:Job-WH834-100-03.odb Abaqus/Standard Version 6.7-1
Thu Oct 29 16:58:37 GMT+08:00 2009

Step:Step-1
Increment   7:Step Time=1.000
Primary Var:S,Mises
Deformed Var:U Deformation Scale Factor:+2.899e+01

(c) 试件 WH84-100-0.3

ODB:Job-WH64-100-10wai.odb Abaqus/Standard Version 6.7-1
Thu Oct 29 17:27:20 GMT+08:00 2009

Step:Step-1
Increment 25:Step Time=1.000
Primary Var:S,Mises
Deformed Var:U Deformation Scale Factor:+2.517e+01

(d) 试件 WH64-100-1

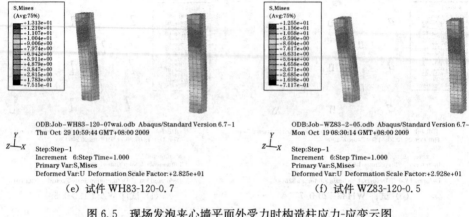

（e）试件 WH83-120-0.7　　　　　　　　　（f）试件 WZ83-120-0.5

图 6.5　现场发泡夹心墙平面外受力时构造柱应力-应变云图

6.3.2　数值试验与模型试验对比

对 7 片现场发泡夹心墙平面外受力数值试验研究结果及与模型试验实测值对比情况见表 6.1。最大荷载 P 取正负方向最大荷载的平均值，最大位移 Δ 取其正负方向最大荷载所对应位移的平均值。模型试验实测值取其极限荷载值和极限位移值。与模型试验实测值对比，数值试验结果偏大。数值试验最大荷载平均值较模型试验实测最大荷载平均值增大 5%。但是与模型试验实测位移值相比，数值试验结果降低较多。这与平面内数值试验研究时情况相同，都是由于各构件之间接触面的定义使墙体整体刚度有所增大，而各构件的材料刚度又没有相应的降低，导致数值试验承载力偏大，墙体位移减小。

表 6.1　数值试验结果与模型试验实测值对比

试件编号	类型	竖向压应力 /MPa	最大荷载 P/kN			最大位移 Δ/mm		
			正向	负向	平均	正向	负向	平均
WH64-100-1	模型试验值	0.5	97.88	55.99	76.93	18.1	18.9	18.5
	数值试验值		127.40	90.83	109.12	8.31	12.53	10.42
WH64-80-0.5	模型试验值	1.0	108.19	96.97	102.58	5.7	16.6	11.2
	数值试验值		110.27	85.39	97.83	6.14	13.38	9.76
WH83-80-0.5	模型试验值	0.5	105.12	58.65	81.89	4.7	15.5	10.1
	数值试验值		123.17	93.21	108.19	7.89	12.34	10.23
WH83-120-0.7	模型试验值	0.7	116.1	65.15	90.63	5.7	4.1	4.9
	数值试验值		90.56	72.47	81.52	5.57	10.22	7.89

续表

试件编号	类型	竖向压应力 /MPa	最大荷载 P/kN			最大位移 Δ/mm		
			正向	负向	平均	正向	负向	平均
WH84-100-0.3	模型试验值	0.3	101.43	78.79	90.11	18.5	15.8	17.2
	数值试验值		98.81	75.37	87.09	6.35	11.47	8.91
WH84-120-0.3	模型试验值	0.3	120.52	60.3	90.41	9.3	6.8	8.05
	数值试验值		91.05	70.48	80.76	7.53	8.38	7.95
WZ83-120-0.5	模型试验值	0.5	93.6	76.34	84.97	14.5	11	12.7
	数值试验值		95.67	77.36	86.52	7.49	8.12	7.81

6.3.3　承载力对比分析

图 6.6 所示为现场发泡夹心墙平面外受力数值试验与模型试验实测的承载力对比,同条件下现场发泡夹心墙的数值试验和模型试验实测的承载力相差较小,数值试验最大荷载平均值较模型试验实测最大荷载平均值相差仅 5%,表明数值试验与模型试验情况吻合较好。

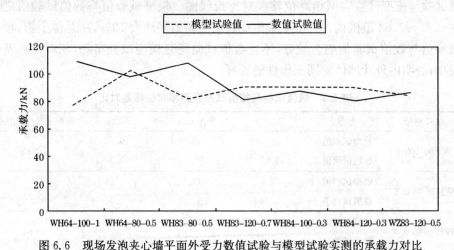

图 6.6　现场发泡夹心墙平面外受力数值试验与模型试验实测的承载力对比

6.3.4　变形性能对比分析

图 6.7 所示为现场发泡夹心墙平面外受力数值试验与模型试验实测变形的对比,同条件下现场发泡夹心墙的数值试验和模型试验实测的变形有一定的差别,数值试验最大荷载平均值较模型试验实测最大荷载平均值相差 30%。与模型试验实测位移值相比,数值试验现场发泡夹心墙的位移值较小,主要原因是现场发泡夹心墙各构件之间接触面的定义增大了墙体整体的刚度。

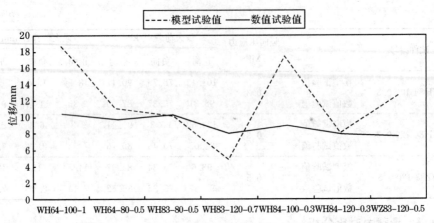

图 6.7　现场发泡夹心墙平面外受力数值试验与模型试验实测的变形对比

6.3.5　内外叶墙协同工作性能对比分析

表 6.2 给出模型试验实测值与数值试验值相对位移差对比,图 6.8 所示为数值试验与模型试验实测相对位移差对比折线图。模型试验值与数值试验值之比在 0.85～1.54 范围内。模型试验值比数值试验值平均大 13%,从总体上看,模型试验值与数值试验值吻合较好,不论数值试验还是模型试验实测,相对位移差都较小,表明内外叶墙体协同工作性能较好。

表 6.2　数值试验与模型试验实测相对位移差对比

试件编号	类型	δ/mm	Δ/mm	δ/Δ	模型试验/数值试验
WH64-100-1	模型试验值	3.1	18.5	0.17	0.85
	数值试验值	2.07	10.42	0.20	
WH64-80-0.5	模型试验值	2.0	11.2	0.18	1.29
	数值试验值	1.34	9.76	0.14	
WH83-80-0.5	模型试验值	2.1	10.1	0.21	0.91
	数值试验值	2.38	10.23	0.23	
WH83-120-0.7	模型试验值	1.9	9.4	0.20	1.54
	数值试验值	1.02	7.89	0.13	
WH84-100-0.3	模型试验值	3.2	17.2	0.19	1.19
	数值试验值	1.45	8.91	0.16	
WH84-120-0.3	模型试验值	1.8	8.05	0.22	1.00
	数值试验值	1.77	7.95	0.22	
WZ83-120-0.5	模型试验值	2.1	12.7	0.17	1.13
	数值试验值	1.19	7.81	0.15	

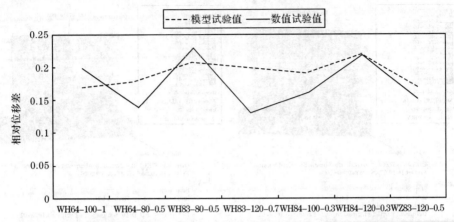

图 6.8 现场发泡夹心墙平面外受力数值试验与模型试验实测的相对位移差对比

　　数值试验与模型试验的对比分析表明,现场发泡夹心墙的破坏形态、承载力、变形能力和协调变形性能等,数值试验与模型试验均较好吻合,相互验证了两者的有效性。

6.4　竖向压应力对现场发泡夹心墙平面外受力性能的影响分析

　　为研究不同楼层的承重现场发泡夹心墙在地震作用下平面外的抗震性能,对8 种不同竖向压应力(0.1~0.8MPa)的现场发泡夹心墙进行同条件下数值试验研究。分析竖向压应力对现场发泡夹心墙平面外抗震性能的影响,从而得出不同竖向压应力情况下现场发泡夹心墙平面外的承载能力和变形性能,为设计和施工提供理论依据。

6.4.1　不同竖向压应力作用下的现场发泡夹心墙应力-应变云图

　　图 6.9 所示为不同竖向压应力现场发泡夹心墙平面外受力的位移云图,试件顶部的位移较大,这是因为试件在数值试验过程中,把试件底部设定为固定端,顶部为自由端的结果,这与地震作用下建筑物的鞭梢效应相一致。图 6.10~图 6.13所示为不同竖向压应力作用下现场发泡夹心墙各构件应力-应变云图,各构件的应力集中部位相同只是程度不同。内叶墙和外叶墙均为底部一到两皮砖水平应力较大且集中现象较严重。墙体中部偏上的拉接件受力较大,部分拉接件已经呈弯曲屈服状态,现场发泡夹心墙在顶部受平面外的水平反复推拉荷载下,试件中部的弯曲应力达到最大,作为内外叶墙之间连接之一的构件——拉接件就受到这种应力的作用而出现较大的弯曲变形。构造柱底部受拉应力较大。

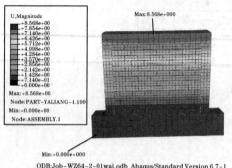

(a) 试件 WH64-120-0.1

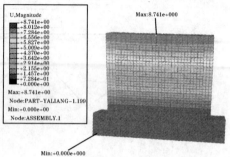

(b) 试件 WH64-120-0.2

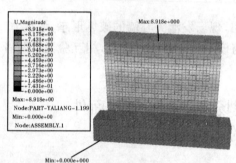

(c) 试件 WH64-120-0.3

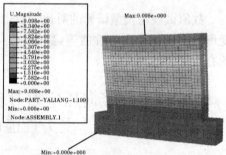

(d) 试件 WH64-120-0.4

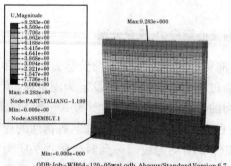

(e) 试件 WH64-120-0.5

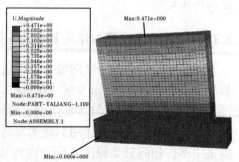

(f) 试件 WH64-120-0.6

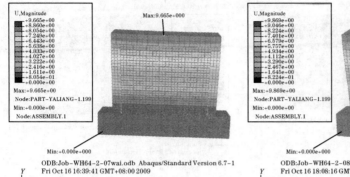
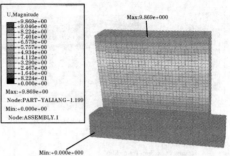

（g）试件 WH64-120-0.7　　　　　　（h）试件 WH64-120-0.8

图 6.9　不同竖向压应力现场发泡夹心墙平面外受力位移云图

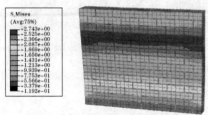
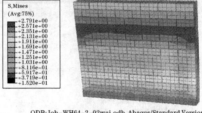

（a）试件 WH64-120-0.1　　　　　　（b）试件 WH64-120-0.2

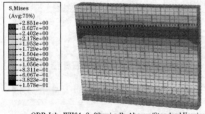
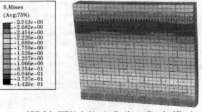

（c）试件 WH64-120-0.3　　　　　　（d）试件 WH64-120-0.4

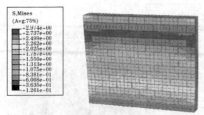 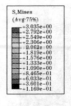 

ODB:Job–WH64–120–05wai.odb Abaqus/Standard Version 6.7–1
Fri Oct 16 08:53:55 GMT+08:00 2009

Step:Step–1
Increment　6:Step Time=1.000
Primary Var:S,Mises
Deformed Var:U Deformation Scale Factor:+2.933e+01

（e）试件 WH64-120-0.5

ODB:Job–WH64–2–06wai.odb Abaqus/Standard Version 6.7–1
Fri Oct 16 16:14:28 GMT+08:00 2009

Step:Step–1
Increment　6:Step Time=1.000
Primary Var:S,Mises
Deformed Var:U Deformation Scale Factor:+2.877e+01

（f）试件 WH64-120-0.6

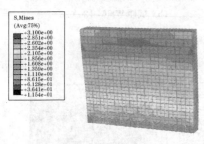  

ODB:Job–WH64–2–07wai.odb Abaqus/Standard Version 6.7–1
Fri Oct 16 16:39:41 GMT+08:00 2009

Step:Step–1
Increment　6:Step Time=1.000
Primary Var:S,Mises
Deformed Var:U Deformation Scale Factor:+2.822e+01

（g）试件 WH64-120-0.7

ODB:Job–WH64–2–08wai.odb Abaqus/Standard Version 6.7–1
Fri Oct 16 18:08:16 GMT+08:00 2009

Step:Step–1
Increment　6:Step Time=1.000
Primary Var:S,Mises
Deformed Var:U Deformation Scale Factor:+2.766e+01

（h）试件 WH64-120-0.8

图 6.10　不同竖向压应力现场发泡夹心墙平面外受力内叶墙应力-应变云图对比

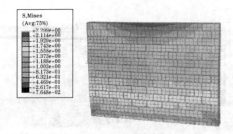 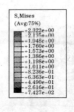 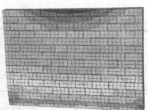

ODB:Job–WH64–2–01wai.odb Abaqus/Standard Version 6.7–1
Fri Oct 16 10:07:48 GMT+08:00 2009

Step:Step–1
Increment　6:Step Time=1.000
Primary Var:S,Mises
Deformed Var:U Deformation Scale Factor:+3.166e+01

（a）试件 WH64-120-0.1

ODB:Job–WH64–2–02wai.odb Abaqus/Standard Version 6.7–1
Fri Oct 16 10:29:58 GMT+08:00 2009

Step:Step–1
Increment　6:Step Time=1.000
Primary Var:S,Mises
Deformed Var:U Deformation Scale Factor:+3.106e+01

（b）试件 WH64-120-0.2

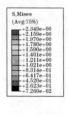
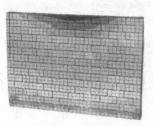

ODB:Job-WH64-2-03wai.odb Abaqus/Standard Version 6.7-1
Fri Oct 16 15:06:52 GMT+08:00 2009

Step:Step-1
Increment　6:Step Time=1.000
Primary Var:S,Mises
Deformed Var:U Deformation Scale Factor:+3.047e+01

(c) 试件 WH64-120-0.3

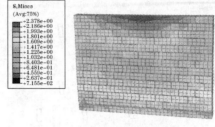

ODB:Job-WH64-2-04wai.odb Abaqus/Standard Version 6.7-1
Fri Oct 16 15:21:55 GMT+08:00 2009

Step:Step-1
Increment　6:Step Time=1.000
Primary Var:S,Mises
Deformed Var:U Deformation Scale Factor:+2.989e+01

(d) 试件 WH64-120-0.4

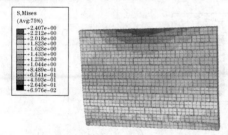

ODB:Job-WH64-120-05wai.odb Abaqus/Standard Version 6.7-1
Fri Oct 16 08:53:55 GMT+08:00 2009

Step:Step-1
Increment　6:Step Time=1.000
Primary Var:S,Mises
Deformed Var:U Deformation Scale Factor:+2.933e+01

(e) 试件 WH64-120-0.5

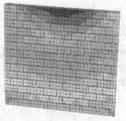

ODB:Job-WH64-2-06wai.odb Abaqus/Standard Version 6.7-1
Fri Oct 16 16:14:28 GMT+08:00 2009

Step:Step-1
Increment　6:Step Time=1.000
Primary Var:S,Mises
Deformed Var:U Deformation Scale Factor:+2.877e+01

(f) 试件 WH64-120-0.6

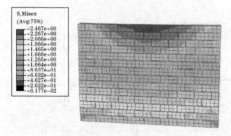
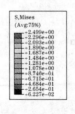

ODB:Job-WH64-2-07wai.odb Abaqus/Standard Version 6.7-1
Fri Oct 16 16:39:41 GMT+08:00 2009

Step:Step-1
Increment　6:Step Time=1.000
Primary Var:S,Mises
Deformed Var:U Deformation Scale Factor:+2.822e+01

(g) 试件 WH64-120-0.7

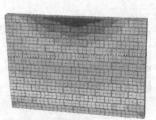

ODB:Job-WH64-2-08wai.odb Abaqus/Standard Version 6.7-1
Fri Oct 16 18:08:16 GMT+08:00 2009

Step:Step-1
Increment　6:Step Time=1.000
Primary Var:S,Mises
Deformed Var:U Deformation Scale Factor:+2.766e+01

(h) 试件 WH64-120-0.8

图 6.11　不同竖向压应力现场发泡夹心墙平面外受力外叶墙应力-应变云图对比

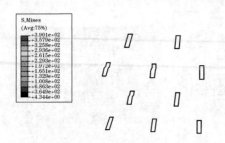

(a) 试件 WH64-120-0.1

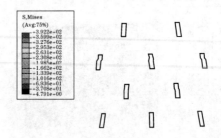

(b) 试件 WH64-120-0.2

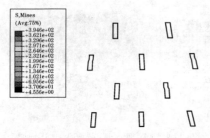

(c) 试件 WH64-120-0.3

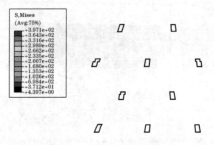

(d) 试件 WH64-120-0.4

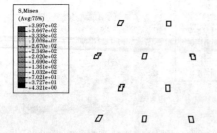

(e) 试件 WH64-120-0.5

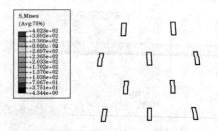

(f) 试件 WH64-120-0.6

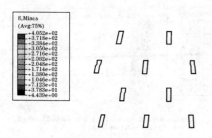

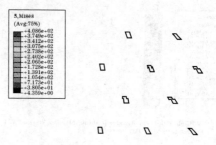

ODB:Job-WH64-2-07wai.odb Abaqus/Standard Version 6.7-1
Fri Oct 16 16:39:41 GMT+08:00 2009

Step:Step-1
Increment　6:Step Time=1.000
Primary Var:S,Mises
Deformed Var:U Deformation Scale Factor:+2.822e+01

ODB:Job-WH64-2-08wai.odb Abaqus/Standard Version 6.7-1
Fri Oct 16 18:08:16 GMT+08:00 2009

Step:Step-1
Increment　6:Step Time=1.000
Primary Var:S,Mises
Deformed Var:U Deformation Scale Factor:+2.766e+01

　　(g) 试件 WH64-120-0.7　　　　　　　　　　　(h) 试件 WH64-120-0.8

图 6.12　不同竖向压应力现场发泡夹心墙平面外受力拉接件应力-应变云图对比

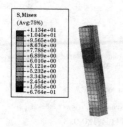

ODB:Job-WH64-2-01wai.odb Abaqus/Standard Version 6.7-1
Fri Oct 16 10:07:48 GMT+08:00 2009

Step:Step-1
Increment　6:Step Time=1.000
Primary Var:S,Mises
Deformed Var:U Deformation Scale Factor:+3.166e+01

ODB:Job-WH64-2-02wai.odb Abaqus/Standard Version 6.7-1
Fri Oct 16 10:29:58 GMT+08:00 2009

Step:Step-1
Increment　6:Step Time=1.000
Primary Var:S,Mises
Deformed Var:U Deformation Scale Factor:+3.106e+01

　　(a) 试件 WH64-120-0.1　　　　　　　　　　　(b) 试件 WH64-120-0.2

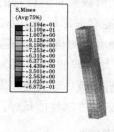

ODB:Job-WH64-2-03wai.odb Abaqus/Standard Version 6.7-1
Fri Oct 16 15:06:52 GMT+08:00 2009

Step:Step-1
Increment　6:Step Time=1.000
Primary Var:S,Mises
Deformed Var:U Deformation Scale Factor:+3.047e+01

ODB:Job-WH64-2-04wai.odb Abaqus/Standard Version 6.7-1
Fri Oct 16 15:21:55 GMT+08:00 2009

Step:Step-1
Increment　6:Step Time=1.000
Primary Var:S,Mises
Deformed Var:U Deformation Scale Factor:+2.989e+01

　　(c) 试件 WH64-120-0.3　　　　　　　　　　　(d) 试件 WH64-120-0.4

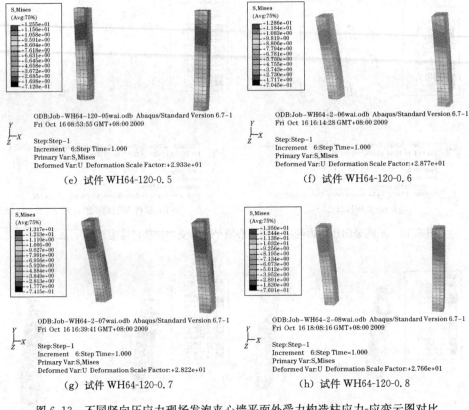

（e）试件 WH64-120-0.5　　　　　　　（f）试件 WH64-120-0.6

（g）试件 WH64-120-0.7　　　　　　　（h）试件 WH64-120-0.8

图 6.13　不同竖向压应力现场发泡夹心墙平面外受力构造柱应力-应变云图对比

6.4.2　不同竖向压应力作用下的现场发泡夹心墙数值试验结果

表 6.3 给出不同竖向压应力现场发泡夹心墙平面外数值试验结果,最大荷载取其正负方向最大荷载的平均值;最大位移取其正负方向最大荷载所对应位移的平均值。竖向压应力的改变对现场发泡夹心墙平面外抗震性能有一定影响,但影响不大。随着竖向压应力的增大,现场发泡夹心墙的承载力和墙体的位移均随着增大。相同条件下,不同竖向压应力的现场发泡夹心墙最大荷载的平均值为 95.16kN,相应位移平均值为 12.89mm,这表明现场发泡夹心墙即将破坏时的最大荷载及相应位移相对较大,现场发泡夹心墙平面外受力时承载力较高,变形性能较好。

表 6.3　不同竖向压应力现场发泡夹心墙平面外数值试验结果

竖向压应力/MPa	最大荷载/kN			最大位移/mm		
	正向	负向	平均	正向	负向	平均
0.1	87.64	53.42	70.53	10.55	10.25	10.40

竖向压应力/MPa	最大荷载/kN			最大位移/mm		
	正向	负向	平均	正向	负向	平均
0.2	90.07	59.89	74.98	11.69	10.29	10.99
0.3	89.50	73.21	81.35	13.17	10.85	12.01
0.4	100.23	78.71	89.47	13.91	11.25	12.58
0.5	110.11	91.01	100.56	14.78	12.12	13.45
0.6	115.82	102.74	109.28	14.13	13.93	14.03
0.7	113.10	116.40	114.75	13.38	15.84	14.61
0.8	107.69	133.09	120.39	15.55	14.67	15.11

6.4.3　竖向压应力对现场发泡夹心墙平面外承载力的影响

图 6.14 所示为不同竖向压应力现场发泡夹心墙平面外受力承载力对比,竖向压应力对现场发泡夹心墙平面外抗震承载力的影响较小,随竖向压应力的增大,现场发泡夹心墙承载力呈缓慢增大状态。竖向压应力为 0.1~0.8MPa 时现场发泡夹心墙承载力的比为 0.59:0.62:0.68:0.74:0.84:0.91:0.95:1,竖向压应力为 0.1MPa 现场发泡夹心墙承载力比 0.8MPa 现场发泡夹心墙承载力降低较多。从总体上看,不同竖向压应力现场发泡夹心墙的承载力平均值为 95.16kN,表明现场发泡夹心墙平面外抗震抗剪承载力较大,能满足抗震要求。

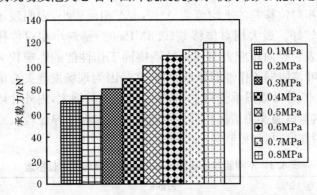

图 6.14　不同竖向压应力现场发泡夹心墙平面外受力时承载力对比

6.4.4　竖向压应力对现场发泡夹心墙平面外变形性能的影响

现场发泡夹心墙即将破坏时位移变形的大小在一定程度上可以反映出试件破坏时消耗自身能量的大小。试件即将破坏时的位移变形越大,其破坏时消耗自身的能量相对来说也较多,试件利用就越充分。

　　图 6.15 所示为不同竖向压应力现场发泡夹心墙平面外受力最大位移对比,相同条件下,不同竖向压应力现场发泡夹心墙最大位移相差不大。随竖向压应力增大,现场发泡夹心墙即将破坏时位移变形较大,协同工作性能有一定减弱,但延塑性发展较好。

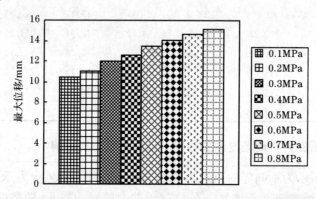

图 6.15　不同竖向压应力现场发泡夹心墙平面外受力时最大位移对比

6.4.5　竖向压应力对平面外受力现场发泡夹心墙协同工作性能的影响

　　表 6.4 给出不同竖向压应力现场发泡夹心墙的相对位移差,图 6.16 所示为不同竖向压应力现场发泡夹心墙平面外受力相对位移差对比。不同竖向压应力现场发泡夹心墙相对位移差的平均值为 0.19,δ/Δ 相对较小,表明现场发泡夹心墙协同工作性能较好。最大相对位移差(0.8MPa 时)是最小相对位移差(0.1MPa时)的 2.1 倍,表明竖向压应力对内外叶墙协同工作性能的影响较大。竖向压应力较高时内外叶墙协同工作性能降低较多,这是因为现场发泡夹心墙只有内叶墙承受竖向压应力,外叶墙只承受自重,随竖向压应力的增大,内外叶墙共同工作的性能就减弱,这与试验实测情况相符。因此建议当保温层厚度较大或在高烈度区时,应限制房屋高度,尽量控制竖向压应力在 0.5MPa 以内。

表 6.4　不同竖向压应力现场发泡夹心墙的相对位移差

竖向压应力/MPa	δ/mm	δ/Δ
0.1	1.25	0.12
0.2	1.44	0.13
0.3	2.13	0.18
0.4	2.09	0.17
0.5	2.51	0.19
0.6	2.97	0.21
0.7	3.21	0.22
0.8	3.91	0.26

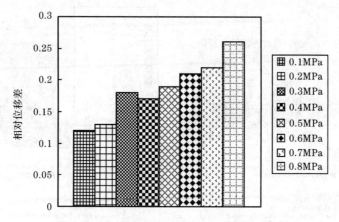

图 6.16 不同竖向压应力现场发泡夹心墙平面外受力相对位移差对比

6.5 保温层厚度对现场发泡夹心墙平面外受力性能的影响分析

相同条件下,对 6 种不同保温层厚度(70mm、80mm、90mm、100mm、110mm、120mm)的现场发泡夹心墙进行平面外受力数值试验研究,分析保温层厚度对现场发泡夹心墙平面外抗震性能的影响,为适应不同地区防寒保暖以及满足节能要求的现场发泡夹心墙提供设计和施工依据。

6.5.1 不同保温层厚度的平面外受力现场发泡夹心墙的应力-应变云图

图 6.17 所示为不同保温层厚度现场发泡夹心墙平面外受力位移云图对比,相同条件下不同保温层厚度现场发泡夹心墙位移变化较小,墙体顶部位移较大。

图 6.18 所示为不同保温层厚度现场发泡夹心墙平面外受力内叶墙应力-应变云图,平面外水平荷载作用下,复合承重现场发泡夹心墙呈现弯曲破坏,大都为墙片底部一到两皮砖水平方向应力集中较明显,表明墙片是由水平灰缝抵抗弯矩,而砌块本身对抗弯的贡献不大。不同保温层厚度现场发泡夹心墙的受力性能和应力集中的部位均相同,只是程度稍有差异。70mm 和 80mm 保温层厚度的现场发泡夹心墙内叶墙片底部两皮砖甚至延伸到第三皮砖应力集中均较严重;90mm、100mm、110mm 和 120mm 保温层厚度的现场发泡夹心墙内叶墙底部应力集中相对较轻,这表明保温层厚度较小的现场发泡夹心墙破坏时塑性发展较好。

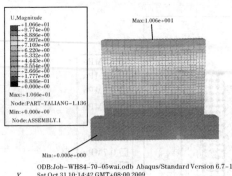

（a）试件 WH84-70-0.5

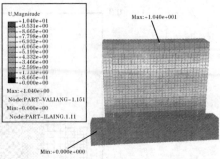

（b）试件 WH84-80-0.5

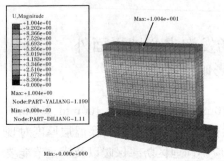

（c）试件 WH84-90-0.5

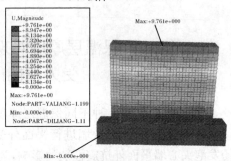

（d）试件 WH84-100-0.5

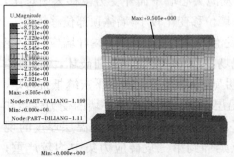

（e）试件 WH84-110-0.5

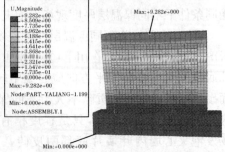

（f）试件 WH84-120-0.5

图 6.17　不同保温层厚度现场发泡夹心墙平面外受力位移云图对比

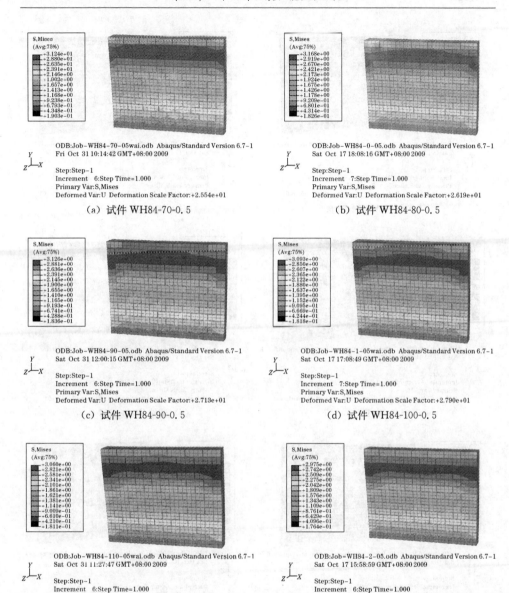

图 6.18　不同保温层厚度现场发泡夹心墙平面外受力内叶墙应力-应变云图对比

　　图 6.19 所示为不同保温层厚度现场发泡夹心墙平面外受力外叶墙应力-应变云图,外叶墙片底部出现应力集中较严重。保温层厚度较小的现场发泡夹心墙,墙片底部将要破坏的程度和范围较大,这表明保温层厚度较小的现场发泡夹心墙破坏时塑性发展较好,整体工作性能较好。

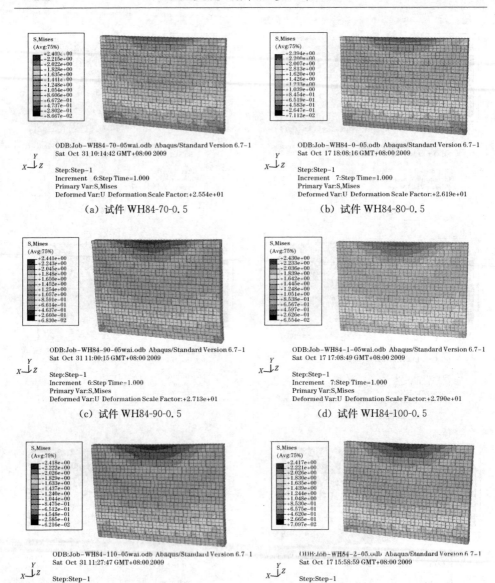

图 6.19　不同保温层厚度现场发泡夹心墙平面外受力外叶墙应力-应变云图对比

　　图 6.20 所示为不同保温层厚度现场发泡夹心墙平面外受力拉接件应力-应变云图,不同保温层厚度现场发泡夹心墙拉接件应力集中部位变化不大,都是在墙体中上部位的拉接件受力变形较大。

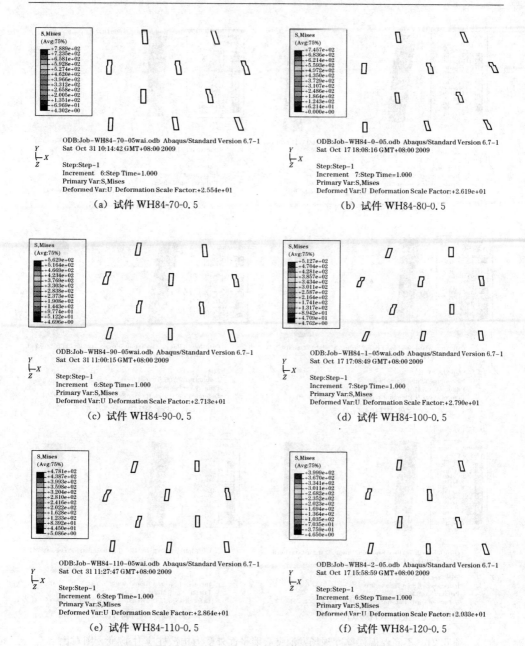

图6.20 不同保温层厚度现场发泡夹心墙平面外受力拉接件应力-应变云图对比

图6.21所示为不同保温层厚度现场发泡夹心墙平面外受力构造柱应力-应变云图,构造柱底部受力较大,应力集中较严重。保温层厚度对其影响较小。

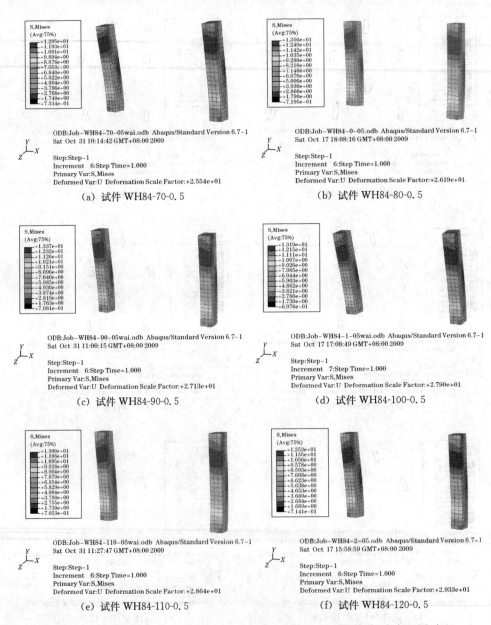

图 6.21　不同保温层厚度现场发泡夹心墙平面外受力构造柱应力-应变云图对比

6.5.2　不同保温层厚度的平面外受力现场发泡夹心墙的数值试验结果

表 6.5 给出不同保温层厚度现场发泡夹心墙 WH84 的数值试验结果。最大荷载取其正负方向最大荷载的平均值;最大位移取其正负方向最大荷载所对应位

移的平均值。保温层厚度对现场发泡夹心墙平面外抗震性能有一定影响。随着保温层厚度的加大,试件即将破坏时的最大荷载和最大位移都有所减小。70mm、80mm、90mm、100mm、110mm、120mm 保温层厚度的现场发泡夹心墙最大荷载比例为 0.98∶1∶0.94∶0.84∶0.76∶0.65;最大位移比例为 1∶0.98∶0.93∶0.87∶0.82∶0.74。保温层厚度为 120mm 现场发泡夹心墙的最大荷载比保温层厚度为 80mm 现场发泡夹心墙的最大荷载降低 35%。保温层厚度为 70mm 现场发泡夹心墙的最大位移比保温层厚度为 120mm 现场发泡夹心墙的最大位移提高 26%。这说明保温层厚度为 120mm 现场发泡夹心墙平面外的抗震承载力和延性变形都有一定的不利影响。建议在高烈度区不宜采用保温层厚度为 120mm 的现场发泡夹心墙。

表 6.5　不同保温层厚度现场发泡夹心墙平面外受力数值试验结果

保温层厚度/mm	竖向压应力/MPa	最大荷载/kN			最大位移/mm		
		正向	负向	平均	正向	负向	平均
70	0.5	128.31	111.85	120.08	15.34	12.70	14.02
80	0.5	130.58	115.44	123.01	14.89	12.69	13.79
90	0.5	120.97	110.87	115.92	14.10	11.92	13.01
100	0.5	113.22	93.9	103.56	13.75	10.73	12.24
110	0.5	100.89	86.55	93.72	12.49	10.57	11.53
120	0.5	93.75	66.59	80.17	10.99	9.61	10.30

6.5.3　保温层厚度对现场发泡夹心墙平面外承载力的影响

图 6.22 所示为不同保温层厚度现场发泡夹心墙平面外受力承载力对比,随

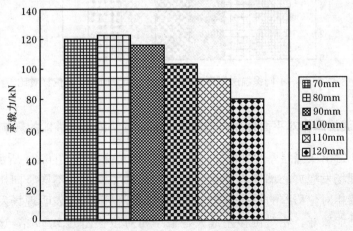

图 6.22　不同保温层厚度现场发泡夹心墙平面外受力承载力对比

着保温层厚度的增大,相同条件下现场发泡夹心墙的承载力有所降低。保温层厚度增大导致抗剪承载力下降的原因是保温层厚度加厚降低了内外叶墙钢筋混凝土挑耳连接的线刚度,连接件对外叶墙的约束作用下降,从而影响到现场发泡夹心墙整体工作性能,对其抗剪承载力产生一定不利影响。从总体上看,不同保温层厚度现场发泡夹心墙即将破坏时承载力平均值为 106.07kN,相对较大,因此数值试验所采用的连接构造措施可以满足现场发泡夹心墙平面外的抗震抗剪承载能力要求。

6.5.4　保温层厚度对现场发泡夹心墙平面外变形性能的影响

　　图 6.23 所示为不同保温层厚度现场发泡夹心墙平面外受力位移对比,随着保温层厚度的增加,试件即将破坏时的位移随之减小。保温层厚度为 70mm 试件的最大位移比保温层厚度为 120mm 试件的最大位移提高 26%。这表明保温层厚度为 120mm 时,对现场发泡夹心墙协同工作性能以及现场发泡夹心墙破坏后期的塑性发展有一定不利影响。建议在高烈度区不宜采用保温层厚度为 120mm 的现场发泡夹心墙。

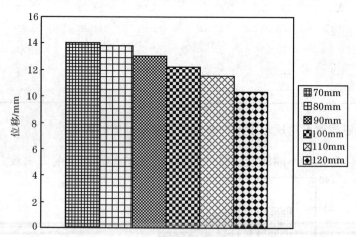

图 6.23　不同保温层厚度现场发泡夹心墙平面外受力位移对比

6.5.5　保温层厚度对平面外受力现场发泡夹心墙协同工作性能的影响

　　表 6.6 给出保温层厚度现场发泡夹心墙的相对位移差,图 6.24 所示为不同保温层厚度现场发泡夹心墙平面外受力时相对位移差对比。不同竖向压应力现场发泡夹心墙相对位移差的平均值为 0.24,δ/Δ 相对较小,这表明现场发泡夹心墙协同工作性能较好。相对位移差最大是最小相对位移差的 1.29 倍,这表明保温层厚度对内外叶墙协同工作性能有一定影响。

表 6.6 保温层厚度现场发泡夹心墙的相对位移差

保温层厚度/mm	竖向压应力/MPa	δ/mm	δ/Δ
70	0.5	2.95	0.21
80	0.5	3.01	0.22
90	0.5	3.03	0.23
100	0.5	2.99	0.24
110	0.5	2.81	0.24
120	0.5	2.77	0.27

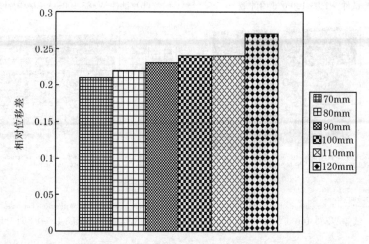

图 6.24 不同保温层厚度现场发泡夹心墙平面外受力时相对位移差对比

6.6 拉接件形状对现场发泡夹心墙平面外
受力性能的影响分析

对不同拉接件形状现场发泡夹心墙进行平面外受力数值试验,研究拉接件形状对现场发泡夹心墙平面外抗震性能的影响,分别采用环形、卷边 Z 形和 Z 形拉接件对 W83-100-0.5 模型进行数值试验。

6.6.1 不同拉接件形状的平面外受力现场发泡夹心墙的应力-应变云图

图 6.25 所示为不同拉接件形状现场发泡夹心墙内外叶墙片应力-应变云图,拉接件形状对现场发泡夹心墙平面外受力影响不大,内外叶墙片均为底部的一到两皮砖出现水平方向应力集中,程度稍有差异。

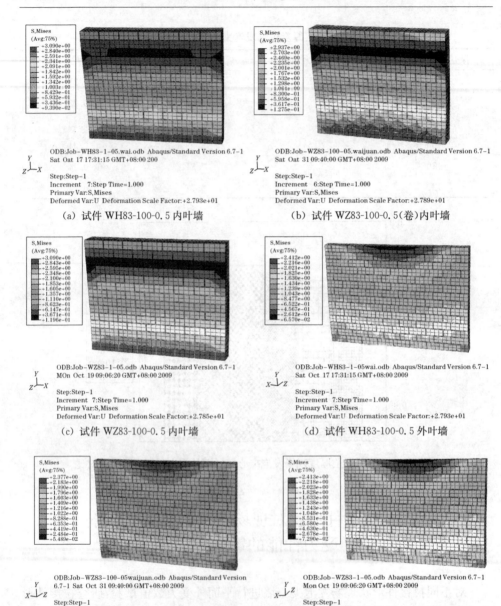

（a）试件 WH83-100-0.5 内叶墙　　　　　（b）试件 WZ83-100-0.5（卷）内叶墙

（c）试件 WZ83-100-0.5 内叶墙　　　　　（d）试件 WH83-100-0.5 外叶墙

（e）试件 WZ83-100-0.5（卷）外叶墙　　　　（f）试件 WZ83-100-0.5 外叶墙

图 6.25　不同拉接件形状现场发泡夹心墙平面外受力内外叶墙应力-应变云图

　　图 6.26 所示为不同拉接件形状现场发泡夹心墙平面外受力拉接件和构造柱应力-应变云图,不同拉接件形状现场发泡夹心墙平面外受力时,其拉接件和构造柱应力集中的部位相同,位于现场发泡夹心墙中上部的拉接件受力较大而变形较

大;构造柱底部受力严重而出现应力集中。

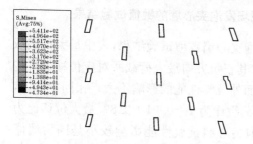

ODB:Job=WH83-1-05wai.odb Abaqus/Standard Version 6.7-1
Sat Oct 17 17:31:15 GMT+08:00 2009

Step:Step-1
Increment 7:Step Time=1.000
Primary Var:S,Mises
Deformed Var:U Deformation Scale Factor:+2.793e+01

（a）试件 WH83-100-0.5

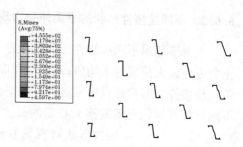

ODB:Job=WZ83-100-05waijuan.odb Abaqus/Standard Version
6.7-1 Sat Oct 31 09:40:00 GMT+08:00 2009

Step:Step-1
Increment 6:Step Time=1.000
Primary Var:S,Mises
Deformed Var:U Deformation Scale Factor:+2.789e+01

（b）试件 WZ83-100-0.5（卷）

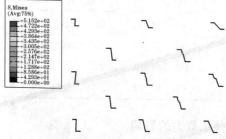

ODB:Job=WZ83-1-05.odb Abaqus/Standard Version 6.7-1
Mon Oct 19 09:06:20 GMT+08:00 2009

Step:Step-1
Increment 6:Step Time=1.000
Primary Var:S,Mises
Deformed Var:U Deformation Scale Factor:+2.785e+01

（c）试件 WZ83-100-0.5

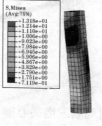

ODB:Job=WH83-14-05wai.odb Abaqus/Standard Version 6.7-1
Sat Oct 17 17:31:15 GMT+08:00 2009

Step:Step-1
Increment 7:Step Time=1.000
Primary Var:S,Mises
Deformed Var:U Deformation Scale Factor:+2.793e+01

（d）试件 WH83-100-0.5 构造柱

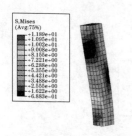

ODB:Job=WZ83-100-05waijuan.odb Abaqus/Standard Version
6.7-1 Sat Oct 31 09:40:00 GMT+08:00 2009

Step:Step-1
Increment 6:Step Time=1.000
Primary Var:S,Mises
Deformed Var:U Deformation Scale Factor:+2.789e+01

（e）试件 WZ83-100-0.5（卷）构造柱

ODB:Job=WZ83-1-05.odb Abaqus/Standard Version6.7-1
Sat Oct 19 09:06:20 GMT+08:00 2009

Step:Step-1
Increment 7:Step Time=1.000
Primary Var:S,Mises
Deformed Var:U Deformation Scale Factor:+2.785e+01

（f）试件 WZ83-100-0.5 构造柱

图 6.26　不同拉接件形状现场发泡夹心墙平面外受力拉接件和构造柱应力-应变云图

6.6.2　不同拉接件形状的平面外受力现场发泡夹心墙的数值试验结果

　　表 6.7 给出不同拉接件形状现场发泡夹心墙数值试验结果,表中最大荷载取正负方向最大荷载的平均值;最大位移取其正负方向最大荷载所对应位移的平均值。拉接件的形状对现场发泡夹心墙平面外抗震性能的影响不大。相同条件下,不同拉接件形状现场发泡夹心墙的最大荷载比为 1 : 0.91 : 0.89,最大位移比为 1 : 0.95 : 0.93。拉接件形状对现场发泡夹心墙抗震性能影响较小是因为墙体开裂前主要是混凝土挑耳起主要作用,而拉接件在试件开裂后期起主要作用,但是数值试验中没有塑性发展阶段,故拉接件的作用没有充分发挥而表现得不明显。

表 6.7　不同拉接件形状现场发泡夹心墙平面外受力时数值试验结果

模型类型	竖向压应力/MPa	最大荷载/kN			最大位移/mm		
		正向	负向	平均	正向	负向	平均
WH83-100-0.5	0.5	113.50	77.82	95.66	13.57	11.09	12.33
WZ83-100-0.5(卷)	0.5	109.73	64.65	87.19	12.69	10.73	11.71
WZ83-100-0.5	0.5	97.38	73.08	85.23	11.74	11.24	11.49

6.6.3　拉接件形状对现场发泡夹心墙平面外承载力的影响

　　图 6.27 所示为不同拉接件形状现场发泡夹心墙承载力对比,拉接件形状对现场发泡夹心墙承载力影响很小,这说明拉接件在现场发泡夹心墙开裂前期的作用不大。

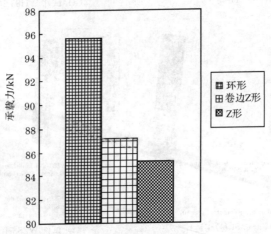

图 6.27　不同拉接件形状现场发泡夹心墙承载力对比

6.6.4　拉接件形状对现场发泡夹心墙平面外变形性能的影响

图 6.28 所示为不同拉接件形状现场发泡夹心墙平面外受力时位移对比,拉接件形状对现场发泡夹心墙即将破坏时位移影响较小,这表明拉接件形状对现场发泡夹心墙破坏前期的变形性能影响较小。

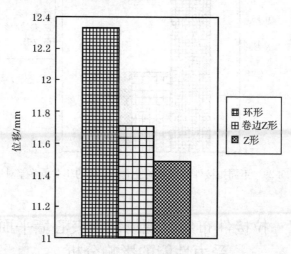

图 6.28　不同拉接件形状现场发泡夹心墙位移对比

6.6.5　拉接件形状对平面外受力现场发泡夹心墙协同工作性能的影响

表 6.8 给出不同拉接件形状现场发泡夹心墙的相对位移差,图 6.29 所示为不同拉接件形状现场发泡夹心墙的相对位移差对比。不同拉接件形状现场发泡夹心墙相对位移差相差很小,这表明拉接件协调墙体变形的能力有限。从总体上看,不同拉接件形状现场发泡夹心墙的内外叶墙相对位移差较小,能满足地震作用下协同工作的性能。

表 6.8　不同拉接件形状现场发泡夹心墙的相对位移差

模型类型	竖向压应力/(MPa)	δ/mm	δ/Δ
WH83-100-0.5	0.5	2.33	0.19
WZ83-100-0.5(卷)	0.5	2.09	0.18
WZ83-100-0.5	0.5	2.10	0.18

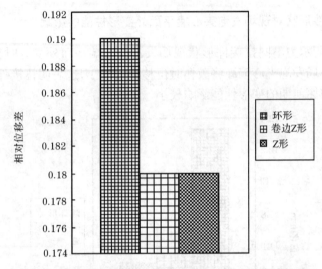

图 6.29　不同拉接件形状现场发泡夹心墙的相对位移差对比

6.7　拉接件布局对现场发泡夹心墙平面外受力性能的影响分析

通过不同拉接件布局现场发泡夹心墙平面外受力的数值试验,研究拉接件布局对现场发泡夹心墙平面外受力性能的影响,从而找出拉接件最优的布局模式。数值试验参考规范中关于现场发泡夹心墙连接构造的做法,按照惯用的单位面积墙体上不少于 3 根拉接件的实际情况,对 6 种（800mm×400mm、800mm×300mm、600mm×400mm、700mm×300mm、700mm×400mm、500mm×500mm）不同拉接件布局的现场发泡夹心墙进行数值试验研究。

6.7.1　不同拉接件布局的平面外受力现场发泡夹心墙的应力-应变云图

图 6.30 所示为不同拉接件布局现场发泡夹心墙平面外受力位移云图对比,相同条件下,不同拉接件布局现场发泡夹心墙位移变化不大,墙体都是顶部位移较大。拉接件布局对其影响不大。

图 6.31 和图 6.32 所示分别为不同拉接件布局现场发泡夹心墙内外叶墙应力-应变云图,拉接件的布局对现场发泡夹心墙平面外的抗震性能影响较小,各模型内外墙应力变化较小,都呈平面外弯曲破坏状态,底部一到两皮砖沿水平方向应力集中较严重。

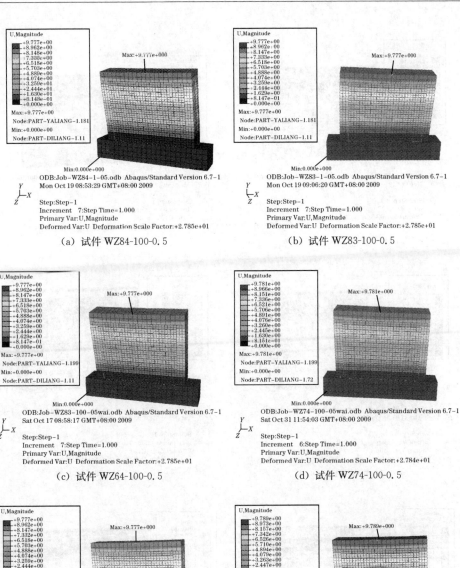

（a）试件 WZ84-100-0.5　　　　　　　　（b）试件 WZ83-100-0.5

（c）试件 WZ64-100-0.5　　　　　　　　（d）试件 WZ74-100-0.5

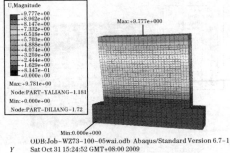

（e）试件 WZ73-100-0.5

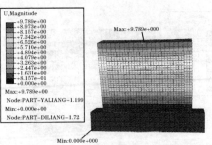

（f）试件 WZ55-100-0.5

图 6.30　不同拉接件布局现场发泡夹心墙平面外受力位移云图对比

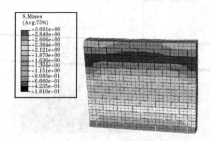

ODB:Job-WZ84-1-05.odb Abaqus/Standard Version 6.7-1
Mon Oct 19 08:53:29 GMT+08:00 2009

Step:Step-1
Increment　7:Step Time=1.000
Primary Var:S,Mises
Deformed Var:U Deformation Scale Factor:+2.785e+01

（a）试件 WZ84-100-0.5

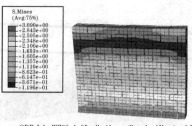

ODB:Job-WZ83-1-05.odb Abaqus/Standard Version 6.7-1
Mon Oct 19 09:06:20 GMT+08:00 2009

Step:Step-1
Increment　7:Step Time=1.000
Primary Var:S,Mises
Deformed Var:U Deformation Scale Factor:+2.785e+01

（b）试件 WZ85-100-0.5

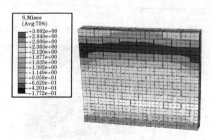

ODB:Job-WZ64-100-05.odb Abaqus/Standard Version 6.7-1
Sat Oct 17 08:58:17 GMT+08:00 2009

Step:Step-1
Increment　7:Step Time=1.000
Primary Var:S,Miese
Deformed Var:U Deformation Scale Factor:+2.785e+01

（c）试件 WZ64-100-0.5

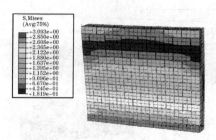

ODB:Job-WZ74-100-05.odb Abaqus/Standard Version 6.7-1
Sat Oct 31 11:54:03 GMT+08:00 2009

Step:Step-1
Increment　6:Step Time=1.000
Primary Var:S,Mises
Deformed Var:U Deformation Scale Factor:+2.784e+01

（d）试件 WZ74-100-0.5

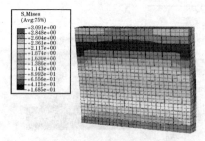

ODB:Job-WZ73-100-05.odb Abaqus/Standard Version 6.7-1
Sat Oct 31 15:24:52 GMT+08:00 2009

Step:Step-1
Increment　7:Step Time=1.000
Primary Var:S,Mises
Deformed Var:U Deformation Scale Factor:+2.785e+01

（e）试件 WZ73-100-0.5

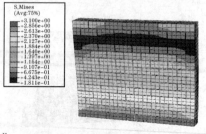

ODB:Job-WZ55-100-05wai.odb Abaqus/Standard Version 6.7-1
Sat Oct 31 15:52:26 GMT+08:00 2009

Step:Step-1
Increment　7:Step Time=1.000
Primary Var:S,Mises
Deformed Var:U Deformation Scale Factor:+2.782e+01

（f）试件 WZ55-100-0.5

图 6.31　不同拉接件布局现场发泡夹心墙平面外受力内叶墙应力-应变云图对比

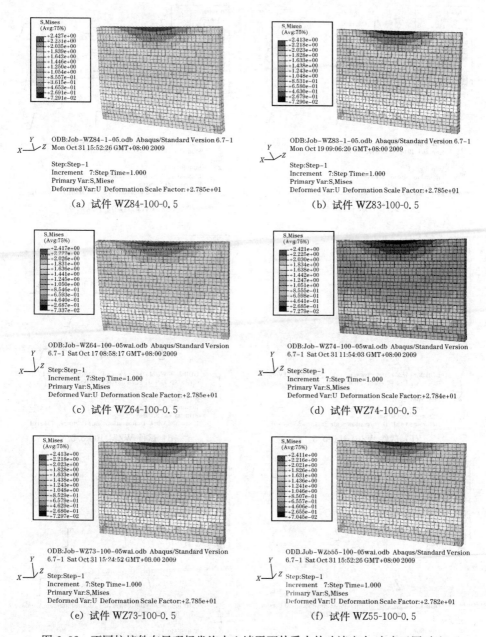

图 6.32 不同拉接件布局现场发泡夹心墙平面外受力外叶墙应力-应变云图对比

图 6.33 所示为不同拉接件布局现场发泡夹心墙平面外受力时拉接件应力-应变云图对比,墙体中上部拉接件受力较大,出现应力集中,部分呈弯曲屈服状态。拉接件布局对其影响不大。

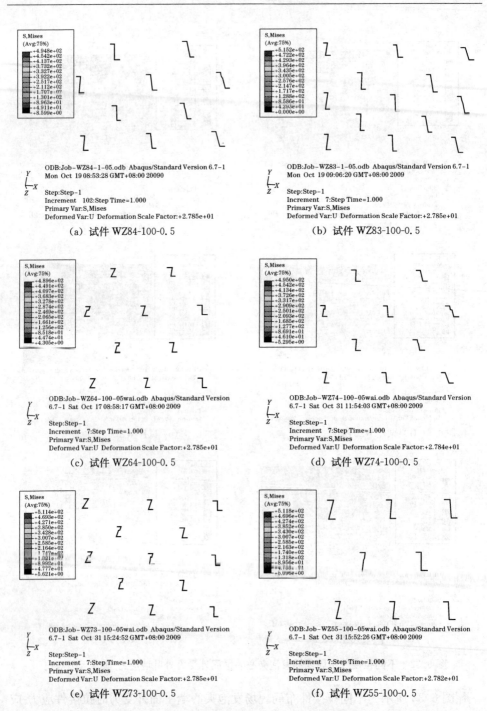

图 6.33　不同拉接件布局现场发泡夹心墙平面外受力拉接件应力-应变云图对比

　　图 6.34 所示为不同拉接件布局现场发泡夹心墙平面外受力构造柱应力-应变云图对比,构造柱底部受力较大,出现应力集中。拉接件布局对其影响不大。

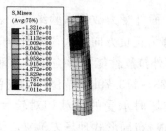

ODB:Job-WH84-1-5.odb Abaqus/Standard Version 6.7-1
Mon Oct 19 08:53:20 GMT+08:00 2009

Step:Step-1
Increment 7:Step Time=1.000
Primary Var:S,Mises
Deformed Var:U Deformation Scale Factor:+2.785e+01

(a) 试件 WZ84-100-0.5

ODB:Job-WH83-1-05.odb Abaqus/Standard Version 6.7-1
Mon Oct 19 09:06:20 GMT+08:00 2009

Step:Step-1
Increment 7:Step Time=1.000
Primary Var:S,Mises
Deformed Var:U Deformation Scale Factor:+2.785e+01

(b) 试件 WZ83-100-0.5

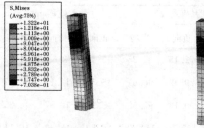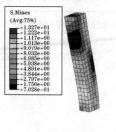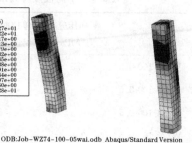

ODB:Job-WZ64-100-05wai.odb Abaqus/Standard Version
6.7-1 Sat Oct 17 08:58:17 GMT+08:00 2009

Step:Step-1
Increment 7:Step Time=1.000
Primary Var:S,Mises
Deformed Var:U Deformation Scale Factor:+2.785e+01

(c) 试件 WZ64-100-0.5

ODB:Job-WZ74-100-05wai.odb Abaqus/Standard Version
6.7-1 Sat Oct 31 11:54:03 GMT+08:00 2009

Step:Step-1
Increment 6:Step Time=1.000
Primary Var:S,Mises
Deformed Var:U Deformation Scale Factor:+2.784e+01

(d) 试件 WZ74-100-0.5

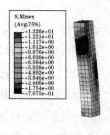

ODB:Job-WZ73-100-05wai.odb Abaqus/Standard Version
6.7-1 Sat Oct 31 15:24:52 GMT+08:00 2009

Step:Step-1
Increment 7:Step Time=1.000
Primary Var:S,Mises
Deformed Var:U Deformation Scale Factor:+2.785e+01

(e) 试件 WZ73-100-0.5

ODB:Job-WZ55-100-05wai.odb Abaqus/Standard Version
6.7-1 Sat Oct 31 15:52:26 GMT+08:00 2009

Step:Step-1
Increment 7:Step Time=1.000
Primary Var:S,Mises
Deformed Var:U Deformation Scale Factor:+2.782e+01

(f) 试件 WZ55-100-0.5

图 6.34 不同拉接件布局现场发泡夹心墙平面外受力构造柱应力-应变云图对比

6.7.2　不同拉接件布局的平面外受力现场发泡夹心墙的数值试验结果

表 6.9 给出不同拉接件布局现场发泡夹心墙平面外受力数值试验结果。表中最大荷载为正负方向最大荷载的平均值；最大位移为正负方向最大荷载所对应位移的平均值。拉接件布局对现场发泡夹心墙平面外抗震性能的影响较小，6 种不同拉接件布局现场发泡夹心墙的最大荷载在 80.23～113.79kN 范围内。从总体上看，单位墙体面积的拉接件数量越多，即将破坏时承受的荷载相对较大，700mm×300mm（单位面积上布置拉接件约 4.762 根）布局形式现场发泡夹心墙的最大荷载比 800mm×400mm（单位面积布置拉接件约 3.125 根）布局形式现场发泡夹心墙的最大荷载提高 28%。同样单位面积上布设的拉接件数量越多，墙体即将破坏时位移相对较大，墙体的变形较充分，塑性发展较好。

表 6.9　不同拉接件布局现场发泡夹心墙平面外受力数值试验结果

模型类型	竖向压应力/MPa	单位面积拉结筋的根数	最大荷载/kN			最大位移/mm		
			正向	负向	平均	正向	负向	平均
WZ84-100-0.5	0.5	3.125	90.55	72.15	81.35	13.41	8.63	11.02
WZ83-100-0.5	0.5	4.167	101.73	79.49	90.61	15.57	12.17	13.87
WZ64-100-0.5	0.5	4.167	108.91	90.13	99.52	15.93	12.57	14.25
WZ73-100-0.5	0.5	4.762	124.48	103.10	113.79	16.89	13.33	15.11
WZ74-100-0.5	0.5	3.571	92.63	67.83	80.23	12.38	8.48	10.43
WZ55-100-0.5	0.5	4.000	115.22	85.18	100.20	16.05	12.35	14.20

6.7.3　拉接件布局对现场发泡夹心墙平面外承载力的影响

图 6.35 所示为不同拉接件布局现场发泡夹心墙平面外受力承载力对比，不同拉接件布局现场发泡夹心墙的抗震抗剪承载力有所不同，布设间距小且布局均匀的现场发泡夹心墙的承载力相对较大。700mm×300mm（单位面积上布置拉接件约 4.762 根）布局形式现场发泡夹心墙的承载力比 800mm×400mm（单位面积布置拉接件约 3.125 根）布局形式现场发泡夹心墙的承载力提高 28%；500mm×500mm（单位面积上布置拉接件 4 根）布局形式的现场发泡夹心墙的承载力比 800mm×300mm、600mm×400mm（单位面积上布置拉接件约 4.167 根）布局形式的现场发泡夹心墙的承载力分别提高 9% 和 0.7%。从总体上看，现场发泡夹心墙承载力较高，这表明拉接件和梁挑耳的构造连接形式可以满足现场发泡夹心墙平面外的抗震抗弯剪性能。

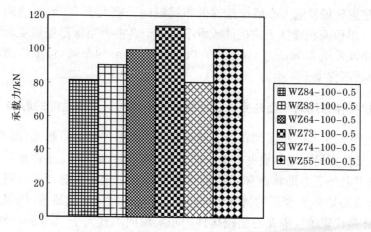

图6.35 不同拉接件布局现场发泡夹心墙平面外受力承载力对比

6.7.4 拉接件布局对现场发泡夹心墙平面外变形性能的影响

图6.36所示为不同拉接件布局现场发泡夹心墙平面外受力位移对比,拉接件布局对现场发泡夹心墙平面外受力即将破坏时的位移有一定的影响。拉接件布设较密的现场发泡夹心墙即将破坏时,墙体的位移较大,塑性发展较好。600mm×400mm、700mm×400mm、800mm×400mm布局现场发泡夹心墙即将破坏时的位移比为1∶0.73∶0.77;700mm×300mm、700mm×400mm布局现场发泡夹心墙即将破坏时的位移比为1∶0.69;800mm×300mm、800mm×400mm布局的现场发泡夹心墙即将破坏时的位移比为1∶0.79。这三组数据表明拉接件的竖向间距对现场发泡夹心墙平面外抗震协同工作性能的影响大于横向布局的影

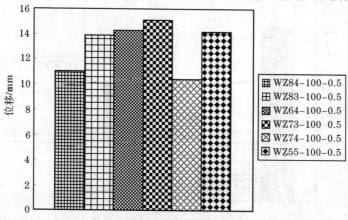

图6.36 不同拉接件布局现场发泡夹心墙平面外受力位移对比

响,因此建议现场发泡夹心墙拉接件的布局横向不宜大于700mm,竖向不宜大于400mm,且单位面积墙体上拉接件数量不应少于3根。当保温层厚度较大或在高烈度区,建议采用600mm×400mm、700mm×300mm的布局,且单位面积墙体上拉接件数量不宜少于4根。

6.7.5　拉接件布局对平面外受力现场发泡夹心墙协同工作性能的影响

表6.10给出不同拉接件布局的现场发泡夹心墙的相对位移差,图6.37所示为不同拉接件布局现场发泡夹心墙平面外相对位移差对比,拉接件布局对现场发泡夹心墙平面外受力即将破坏时的相对位移差有一定的影响。考虑到拉接件在现场发泡夹心墙体大变形的情况下,对保证已开裂墙体不致脱落、倒塌起到关键作用,因此建议现场发泡夹心墙拉接件的布局横向不宜大于700mm,竖向不宜大于400mm,且单位面积墙体上拉接件数量不应少于3根。当保温层厚度较大或在高烈度区,建议单位面积墙体上拉接件数量不宜少于4根。

表 6.10　不同拉接件布局的现场发泡夹心墙的相对位移差

模型类型	竖向压应力/MPa	单位面积拉接件的根数	δ/mm	δ/Δ
WZ84-100-0.5	0.5	3.125	2.76	0.25
WZ83-100-0.5	0.5	4.167	2.95	0.21
WZ64-100-0.5	0.5	4.167	3.01	0.21
WZ73-100-0.5	0.5	4.762	3.37	0.22
WZ74-100-0.5	0.5	3.571	2.37	0.23
WZ55-100-0.5	0.5	4.000	3.25	0.23

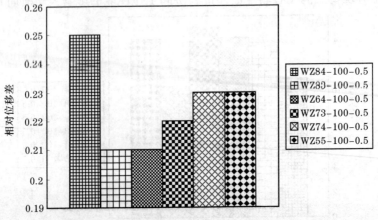

图 6.37　不同拉接件布局现场发泡夹心墙平面外受力相对位移差对比

6.8 小 结

通过对现场发泡夹心墙平面外受力数值试验研究,包括与模型试验实测对比分析、不同竖向压应力、不同保温层厚度和不同拉接件形状与布局的数值试验研究,得出结论如下:

(1) 通过与模型试验试件对比的数值试验研究,表明现场发泡夹心墙各构件应力集中的部位与试验实测情况吻合较好。内外叶墙片都是底部的一到两皮砖应力集中较严重,即将发生破坏;墙体中上部的拉接件受力较严重,边缘部位的拉接件呈现出弯曲的屈服状态;构造柱的底部受力较大。相同条件下现场发泡夹心墙数值试验和模型试验实测的承载力相差较小,数值试验最大荷载平均值比模型试验实测最大荷载平均值相差 5%,这表明数值试验与模型试验吻合较好。

(2) 对 8 种不同竖向压应力现场发泡夹心墙平面外受力的数值试验研究表明,竖向压应力对现场发泡夹心墙平面外的抗震性能影响较大,但是各构件应力集中的部位相似,程度稍有差异。随竖向压应力的增大,现场发泡夹心墙平面外的抗震承载力和位移变形均随之增大。从总体上看,不同竖向压应力的现场发泡夹心墙最大荷载的平均值为 95.16kN,相应位移平均值为 12.89mm,这表明现场发泡夹心墙即将破坏时的最大荷载及相应位移相对较大,现场发泡夹心墙平面外受力时承载力较高,变形性能较好。竖向压应力对内外叶墙协同工作性能的影响较大,竖向压应力较高时内外叶墙协同工作性能降低较多。因此,建议当保温层厚度较大或在高烈度区时,应限制房屋高度,尽量控制竖向压应力在 0.5MPa以内。

(3) 对 6 种不同保温层厚度现场发泡夹心墙平面外受力的数值试验研究,相同条件下,70mm、80mm、90mm、100mm、110mm、120mm 保温层厚度现场发泡夹心墙的最大荷载比例为 0.98:1:0.94:0.84:0.76:0.65;最大位移比例为 1:0.98:0.93:0.87:0.82:0.74。这表明保温层厚度增大对现场发泡夹心墙平面外抗震承载力有一定不利影响;相对位移差最大是最小相对位移差的 1.29 倍,这表明保温层厚度对内外叶墙协同工作性能有一定影响。因此,建议在高烈度区时,不宜采用保温层厚度为 120mm 的现场发泡夹心墙。

(4) 对 3 种不同拉接件形状的现场发泡夹心墙平面外受力的数值试验研究,拉接件形状对现场发泡夹心墙平面外抗震性能影响较小。不同拉接件形状现场发泡夹心墙相对位移差相差很小,这表明拉接件协调墙体变形的能力有限。

(5) 对 6 种不同拉接件布局的现场发泡夹心墙平面外受力的数值试验研究,表明拉接件布局对现场发泡夹心墙平面外抗震性能影响较小。拉接件布局对现场发泡夹心墙平面外受力即将破坏时的相对位移差有一定的影响。考虑到拉接件在现场发泡夹心墙体大变形的情况下，对保证已开裂墙体不致脱落、倒塌起到关键作用，经对比分析表明拉接件的竖向间距对现场发泡夹心墙平面外抗震协同工作性能的影响大于横向布局的影响，因此建议现场发泡夹心墙拉接件的布局横向不宜大于 700mm，竖向不宜大于 400mm，且单位面积墙体上拉接件数量不应少于 3 根。当保温层厚度较大或在高烈度区时，建议采用 600mm×400mm、700mm×300mm 的布局，且单位面积墙体上拉接件数量不宜少于 4 根。

参 考 文 献

[1] 钱伯章. 世界能源消费现状和可再生能源发展趋势(上). 节能与环保,2006,24(3):8~11.

[2] 杭雷鸣. 我国能源消费结构问题研究[博士学位论文]. 上海:上海交通大学,2007.

[3] 吴巧生. 中国可持续发展油气资源安全系统研究[博士学位论文]. 北京:中国地质大学,2003.

[4] Fong K F,Hanby V I,Chow T T. HVAC system optimization for energy management by evolutionary programming. Energy and Buildings,2006,38(3):220~231.

[5] 江亿. 我国建筑耗能状况及有效的节能途径. 暖通空调,2005,35(5):76~86.

[6] 顾天舒,谢连玉,陈革. 建筑节能与墙体保温. 工程力学,2006,23(S2):167~184.

[7] Poel B,van Cruchten G,Balaras C A. Energy performance assessment of existing dwellings. Energy and Buildings,2007,39(4):393~403.

[8] 陶有生. 干粉砂浆在加气混凝土建筑中的应用. 墙材革新与建筑节能,2007,13(3):53~56.

[9] Harvey D. Reducing energy use in the buildings sector:Measures,costs,and examples. Energy Efficiency,2009,2(2):139~163.

[10] Ari S,Assad M E H,Kapanen T. Optimal structure for heat and cold protection under transient heat conduction. Structural and Multidisciplinary Optimization,2008,36(4):355~363.

[11] 白玮. 民用建筑能源需求与环境负荷研究[博士学位论文]. 上海:同济大学,2007.

[12] 李迪,许红升. 某既有办公建筑节能改造后的能效模拟分析. 建筑节能,2009,37(12):1~3.

[13] 顾同曾. 积极推广外墙外保温技术. 墙材革新与建筑节能,2000,6(2):13~15.

[14] 张芳,周汉万. 冬冷夏热地区内外综合保温复合墙体的应用探讨. 施工技术,2007,52(10):62~64.

[15] 王秀芬. 加气混凝土性能及优化的试验研究[博士学位论文]. 西安:西安建筑科技大学,2006.

[16] 刘玉波. 外墙外保温相对于外墙内保温的优势探讨. 墙材革新与建筑节能,2003,8(5):37~39.

[17] 徐炳范. 建筑外墙保温技术的应用研究[博士学位论文]. 长春:吉林大学,2006.

[18] 王慧. 寒冷地区建筑围护体系节能设计研究[博士学位论文]. 大连:大连理工大学,2009.

[19] 鲁慧敏. 寒冷地区居住建筑节能设计研究[博士学位论文]. 上海:同济大学,2007.

[20] Marcelo I,Maria V,Jose D M,et al. Life cycle and optimum thickness of thermal insulator for housing in Madrid// The 2005 World Sustainable Building Conference. Tokyo,2005:418~425.

[21] 顾道金,朱颖心,谷立静. 中国建筑环境影响的生命周期评价. 清华大学学报(自然科学版),2006,46(12):1953~1956.

[22] 李珠,张泽平,刘元珍. 建筑节能的重要性及一项新技术. 工程力学,2006,23(S2):141~149.

[23] 李宏男,张景玮,刘莉. 多孔砖保温夹心墙体抗震性能试验与分析. 建筑结构学报,2001,22(6):73~80.

[24] Kumari M,Nath G. Unsteady natural convection flow in a square cavity filled with a porous medium due to impulsive change in wall temperature. Transport in Porous Media,2009,77(3):463~474.

[25] 中华人民共和国行业标准. 建筑砂浆基本性能试验方法标准(JGJ/T70—2009). 北京:中国建筑工业出版社,2009.

[26] 中华人民共和国国家标准. 普通混凝土力学性能试验方法标准(GB50081—2002). 北京:中国建筑工业出版社,2002.

[27] 张延年,张淘,刘明. 夹心墙用环形塑料钢筋拉接件锚固性能试验研究. 沈阳建筑大学学报(自然科学版),2008,24(4):543~546.

[28] 中华人民共和国行业标准. 建筑抗震试验方法规程(JGJ101—1996). 北京:中国建筑工业出版

社,1996.

[29] 杨伟忠. 砌体受压本构关系模型. 建筑结构,2008,25(10):80~82.

[30] 吕伟荣. 砌体基本力学性能及高层配筋砌块砌体剪力墙抗震性能研究[博士学位论文]. 长沙:湖南大学,2007.

[31] 杨伟军,施楚贤. 砌体受压本构关系研究成果评述. 四川建筑科学研究,1999,25(3):52~55.

[32] Wang R, Hatzinikolas M A. Numerical study of tall masonry cavity walls subjected to eccentric loads. Journal of Structural Engineering,1997,123(10):1287~1294.

[33] Bemardini A. Reliability analysis of rock mass responst by means of random set theory. Reliability Engineering and System Safety,2000,70(3):263~282.

[34] 曾晓明,杨伟军,施楚贤. 砌体受压本构关系模型的研究. 四川建筑科学研究,2001,27(3):8~10.

[35] Naraine K, Sinha S. Behavior of brick masonry under cyclic compressive loading. Journal of Structural Engineering,1989,115(6):1432~1445.

[36] Mendola L L. Influence of nonlinear constitutive law on masonry pier stability. Journal of Structural Engineering,1997,123(10):1303~1311.

[37] Subramaniam V L, Sinha S N. Model for cyclic compressive behavior of brick masonry. Structural Journal,1995,92(3):288~294.

[38] 朱伯龙. 砌体结构设计原理. 上海:同济大学出版社,1991.

[39] 庄一舟,黄承连. 模型砖砌体力学性能的试验研究. 建筑结构,1997,14(2):22~25.

[40] Turnsek V, Paulay T. Reinforud Concrete Structures. New York:John Wiley and Sons,1975.

[41] Powell B, Hodgkinson H R. The determination of stress and strain relationship of brickwork//The 4th International Brick Masonry Conference. Bruges,1976.

[42] 施楚贤. 砌体结构. 武汉:武汉工业大学出版社,1992.

[43] 祝英杰,刘子洋. 混凝土小型空心砌块砌体的非线性有限元模型. 东北大学学报,2000,21(2):30~33.

[44] 王述红,唐春安,吴献. 砌体开裂过程数值模拟及其模拟分析. 工程力学,2005,22(2):56~61.

[45] 李杭州,廖红建,盛谦. 基于统一强度理论的软岩损伤统计本构模型研究. 岩石力学与工程学报,2006,25(7):1331~1336.

[46] Naraine K, Sinha S. Model for cyclic compressive behavior of brick masonry. Structural Journal,1991,88(5):592~602.

[47] Yankelevsky D Z, Reinhardt H W. Uniaxial behavior of concrete in cyclic tension. Journal of Structural Engineering,1989,115(1):166~182.

[48] Reinhardt H W, Cornelissen H A W. Post-peak cyclic behavior of concrete in uniaxial tensile and alternating tensile and compressive loading. Cement and Concrete Research,1984,14(2):263~270.

[49] 过镇海. 钢筋混凝土原理. 北京:清华大学出版社,1999.

[50] 邹离湘. 反复荷载下钢筋混凝土本构关系研究. 深圳大学学报(理工版),1996,13(12):7~11.

[51] 滕智明,李进. 反复循环加载的局部粘结滑移应力-滑移关系. 结构工程学报,1990,1(12):31~37

[52] 石亦平,周玉荣. ABAQUS有限元分析实例详解. 北京:机械工业出版社,2006.

[53] 江见鲸. 混凝土结构有限元分析. 北京:清华大学出版社,2004.

[54] Hamid A A, Chukwunenye A O. Compression behavior of concrete masonry prisma. Journal of Structural Engineering,1985,112(3):605~613.

附录 A 发泡浆料建筑保温技术规定

A.1 总 则

（1）为规范发泡浆料的生产和使用，确保建筑工程质量和节能效果，制定本规定。

（2）本规定适用于以发泡浆料为保温材料的夹心墙节能建筑及楼、屋面保温工程。

（3）发泡浆料的生产和使用，应符合节约资源和保护环境的要求。

（4）以现浇发泡浆料为保温材料的外保温夹心墙和楼、屋面保温工程的设计、施工与验收除应符合本规定外，尚应符合现行国家标准强制性条文的规定。

A.2 术语、符号

A.2.1 术语

1. 干混料（dry-mixed mortar）

以聚苯颗粒、膨胀珍珠岩、胶凝材料为主要成分，同时掺加其他功能组分制成的，用于建筑物夹心墙、楼面、屋面保温隔热的，在工厂内拌制的干拌混合物。

2. 发泡浆料（foaming mortar）

干混料、水和液体发泡剂制备的泡沫（若采用粉体发泡剂可在干混料中加入）经搅拌制备的黏稠混合物或干混料、水搅拌在输送过程中加入泡沫形成的黏稠混合物。

3. 泵送发泡浆料（pump foaming mortar）

适用于泵送输送的发泡浆料。

4. 聚苯颗粒（expanded polystyrene granule）

由聚苯乙烯泡沫塑料经粉碎、混合而制成的具有一定粒度、级配的专门用于配制泵送干混发泡浆料的轻骨料。

5. 发泡剂（foaming agent）

又称起泡剂。能促进发生泡沫而形成闭孔或联孔结构材料的物质。

6. 发泡倍数（foaming times）

发泡剂泡沫体积与发泡剂水溶液体积之比。

7. 沉降距(falling distance)

发泡剂泡沫柱在单位时间内沉陷的距离。

8. 泌水量(gushed water volume)

发泡剂泡沫破坏后所产生发泡剂水溶液体积。

9. 浆料沉入度(mortar consistency)

以本规定定义的质量为 100g 标准圆锥体在浆料内自由沉入 10s 的沉入深度毫米数(mm)表示,反映了浆料的稠度。

10. 浆料分层度(mortar lamination)

泵送发泡浆料工作性的一个方面,30min 后在分层度仪下部浆料的沉入度和原浆料沉入度差值,反映发泡浆料保持均匀性的能力。

11. 浆料保水率(mortar preserve moisture ratio)

泵送发泡浆料保持水分的能力。

12. 浆料尺寸稳定性(mortar dimensional stability)

泵送干混发泡浆料在凝结硬化过程中的变形性能。

13. 压剪黏结强度(press shear binding strength)

两个砖片之间涂抹一定量浆料,养护一定时间后,压剪破坏的强度。

14. 阴极电泳环氧涂层冷轧带肋钢筋(cathode electro-coating epoxy cold rolling ribbon rebar)

冷轧带肋钢筋经调直、切断、弯钩、除锈、电泳涂装、烘干等工序制成的防锈钢筋。

15. 夹心墙(cavity wall filled with insulation)

墙体中预留的连续空腔内填充保温隔热材料(在本规定中指干混发泡浆料),并在墙体的内外叶墙之间用防锈的金属拉接件连接成整体的墙体。

16. 内叶墙(interior side of cavity wall)

夹心墙毗邻室内的墙体。

17. 外叶墙(exterior side of cavity wall)

夹心墙毗邻室外的墙体。

18. 传热系数(heat transfer coefficient)

在稳定传热条件下,围护结构两侧空气温度差为 1℃,1h 内通过 1m² 面积传递的热量,传热系数是传热热阻的倒数。

19. 进场验收(site acceptance)

对进入施工现场的材料、设备等进行外观质量检查和规格、型号、技术参数及质量证明文件核查并形成相应验收纪录的活动。

20. 进场复验(site reinspection)

进入施工现场的材料、设备等在进场验收合格的基础上,按照有关规定从施工现场抽取试样送至实验室进行部分或全部性能参数检验的活动。

21. 见证取样送检(evidential test)

施工单位在监理工程师或建设单位代表见证下,按照有关规定从施工现场随机抽取试样,送至有见证检查资质的检测机构进行检测的活动。

22. 现场实体检验(in-situ inspection)

在监理工程师或建设单位代表的见证下,对已经完成施工作业的分项或分部工程,按照有关规定在工程实体上抽取试样,在现场进行检验或送至有见证检测资质的检测机构进行检验的活动,简称实体检验或现场检验。

23. 质量证明文件(quality proof document)

随同进场材料、设备等一同提供的能够证明其质量状况的文件。通常包括出厂合格证、中文说明书、型式检验报告及相关性能检测报告等。进口产品应包括出入境商品检验合格证明。适用时,也可包括进场验收、进场复检、见证取样检验和现场实体检验等资料。

24. 核查(check)

对技术资料的检查及资料与实物的核对,包括对技术资料的完整性、内容的正确性、与其他相关资料的一致性及整理归档情况的检查,以及将技术资料中的技术参数等与相应的材料、构件、设备或产品实物进行核对、确认。

25. 型式检验(type inspection)

由生产厂家委托有资质的检测机构,对定型产品或成套技术的全部性能及其适用性所作的检验。其报告称型式检验报告。通常在工艺参数改变、达到预定的生产周期或产品生产数量时进行。

A.2.2　符号

MU——块体的强度等级;

M——砂浆的强度等级;

C——混凝土的强度等级;

f——墙体抗压强度设计值;

f_t——混凝土抗拉强度设计值;

f_V——墙体受剪强度设计值;

f_{VE}——砌体沿阶梯形截面破坏的抗震抗剪强度设计值;

σ_0——水平截面平均压应力;

f_y——钢筋抗拉强度设计值;

N——轴向力设计值;

V——剪力设计值;

φ——计算高厚比 β 与轴向力偏心距 e 对受压构件承载力的影响系数；

A——面积；

h——墙厚、矩形截面较小边长；

γ_{RE}——承载力抗震调整系数；

η_c——墙体约束修正系数；

ξ——参与工作系数；

λ——导热系数；

W——冷凝水量；

R——热阻；

H——蒸汽渗透阻；

P——水蒸气分压力；

θ——界面温度；

A. 3　材　　料

A. 3. 1　一般规定

（1）发泡浆料和夹心墙所用材料的物理力学性能指标应符合设计要求和相关产品标准的规定。

（2）发泡浆料的原材料应确保无相容性问题。

（3）严禁使用对人体产生危害、对环境产生污染的外加剂或其他材料。

A. 3. 2　发泡浆料原材料

（1）聚苯颗粒轻骨料性能指标应符合表 A. 1 要求。

表 A. 1　聚苯颗粒轻骨料性能指标

项目	单位	指标
堆积密度	kg/m³	≥8.0
粒度（5mm 筛孔筛余）	%	≤5

（2）选用的膨胀珍珠岩密度应在（80±5）kg/m³ 范围内，其他应符合《膨胀珍珠岩》（JC 209—1992）中一等品的要求。

（3）水泥应选用符合《通用硅酸盐水泥》（GB 175—2007）的 42. 5 级普通硅酸盐水泥或 32. 5 级矿渣硅酸盐水泥。

（4）掺和料宜选用粉煤灰，并应符合《用于水泥和混凝土中的粉煤灰》（GB/T 1596—2005）中一等品、二等品的要求。

（5）发泡剂的发泡倍数应大于 20 倍，1h 泡沫的沉降距不大于 10mm，1h 泌水量不大于 80mL。

（6）外加剂应符合现行国家标准《混凝土外加剂》GB8076 的规定。

A.3.3 发泡浆料

（1）发泡浆料的性能应满足表 A.2 要求。

表 A.2　发泡浆料的性能

项目	单位	指　标	
		夹心墙	楼、屋面/坡屋面
湿表观密度	kg/m³	≤400	≤500
干表观密度	kg/m³	≤300	≤400
导热系数	W/(m·K)	≤0.050	≤0.055
抗压强度	kPa	≥250	≥350
压剪黏结强度	kPa	≥50	≥70
软化系数		≥0.5	≥0.6
难燃性	—		B1 级

（2）泵送发泡浆料的性能除应满足表 A.2 要求外，尚应满足表 A.3 的要求。

表 A.3　泵送发泡浆料的性能

项目	单位	指标	
		夹心墙	楼、屋面/坡屋面
浆料保水率(2h)	%	≥90	
浆料沉入度	mm	150±20/80−100	
浆料分层度	mm	≤15	
浆料尺寸稳定性	—	合格	

A.3.4 内外叶墙

（1）内外叶墙所用块体可采用封底混凝土小型空心砌块（简称封底砌块）、混凝土砖（包括混凝土三孔砖、混凝土多孔砖），非黏土烧结砖（包括烧结煤矸石砖、烧结页岩砖、烧结粉煤灰砖）。

（2）内外叶墙宜为材料性能相同或接近的块体。

（3）砌筑砂浆可采用普通砂浆、干混砂浆或预拌砂浆。

（4）多层砌体房屋的内外叶墙，其所用材料的强度等级不应低于表 A.4 的要求。

表 A.4　块体和砂浆的强度等级

类别	封底砌块墙、混凝土砖墙		非黏土烧结砖	
	块体	砂浆	块体	砂浆
强度等级	MU10	M10	MU10	M7.5

（5）用夹心墙做混凝土结构的围护墙时，内外叶墙所用材料的强度等级不应低于表 A.5 的要求。

表 A.5　块体和砂浆的强度等级

类别	封底砌块墙		混凝土砖墙		非黏土烧结砖	
	块体	砂浆	块体	砂浆	块体	砂浆
强度等级	MU7.5	M7.5	MU7.5	M5	MU10	M5

（6）当内叶墙为钢筋混凝土墙体，外叶墙宜采用封底砌块墙或混凝土砖墙，其所用材料的强度等级应符合表 A.5 的要求。

A.3.5　拉接件

（1）拉接件宜采用直径为 4mm 的阴极电泳涂层冷轧带肋钢筋制作，可采用直径为 4mm 的外包塑料冷拔钢筋制作。

（2）拉接件力学性能应符合表 A.6 的要求。

表 A.6　拉接件力学性能

项目		技术指标
抗拉强度/MPa		≥550
伸长率/%		≥8.0
弯曲试验/180°	钢筋公称直径 d/mm	4
	弯曲半径 D/mm	12

（3）拉接件涂膜或塑料的性能应符合表 A.7 的要求。

表 A.7　涂膜或塑料的性能

项目	技术指标
涂膜外观	平整、光滑、无异常
柔韧性/mm	≤1
耐水性(40℃，500h)	涂膜无变化
耐碱性(0.1mol/L 的 NaOH 中，8h)	涂膜无变化

（4）当采用其他拉接件时，必须做好防腐处理，其性能应符合表 A.6、表 A.7 要求。

A. 3. 6　水

水应符合现行国家标准《混凝土拌和物用水标准》(JGJ 63—2006)的规定。

A. 4　设　　计

A. 4. 1　一般规定

(1) 多层砌体房屋、底部框架房屋及多层和高层钢筋混凝土房屋,当采用发泡浆料外保温夹心墙时,其设计应符合国家标准《砌体结构设计规范》、《混凝土结构设计规范》(GB 50010—2002)、《建筑抗震设计规范》和辽宁省地方标准《外保温夹心墙技术规程》(DB21/T 1366—2005)以及本规定的要求。

(2) 对多层砌体房屋,构造柱应设置在内叶墙中,其截面尺寸不宜大于内叶墙的厚度。

(3) 对于钢筋混凝土房屋,当内叶墙为砌体墙时,其外皮宜与框架柱或混凝土墙外皮齐平;对于有边框的钢筋混凝土墙,外叶墙与混凝土墙之间的空隙宜用发泡浆料填塞,当保温层的厚度超过表 A.8 的厚度要求时,应适当加密拉接件的间距。

(4) 发泡浆料外保温夹心墙各层厚度应符合表 A.8 的要求。

表 A. 8　内外叶墙和发泡浆料保温层的厚度要求(单位:mm)

类　型	内叶墙最小厚度	外叶墙最小厚度	保温层厚度不宜大于
砖砌体发泡浆料夹心墙	240	120	
砌块砌体发泡浆料夹心墙	190	90	120
混凝土墙与混凝土块体墙组成的发泡浆料夹心墙	(混凝土墙)计算定	砌块墙 90 混凝土砖墙 120	

(5) 发泡浆料夹心墙的防水设计应符合下列要求:

① 叶墙外侧宜采用防裂砂浆粉刷,勒脚应采用防裂水泥砂浆粉刷。

② 对伸出墙外的雨篷、阳台、室外空调机隔板、窗套及水平装饰线等部位,应采取有效的防水措施。

③ 室外散水坡顶面以上、室内地面以下的砌体内,应设防潮层。

(6) 发泡浆料保温楼、屋面的构造应符合国家标准,保温层应设分隔缝。缝间距不宜大于 6m,缝宽宜为 30mm,并采用柔性保温材料填嵌。

A. 4. 2　热工设计

(1) 发泡浆料外保温夹心墙和发泡浆料楼、屋面的传热系数应小于或等于

《居住建筑节能设计标准》(DB21/T 1476—2006)或《公共建筑节能设计标准》
(DB21/T 1477—2006)规定的限值。

(2) 发泡浆料保温层的设计使用导热系数按表 A. 9 规定选用。

表 A. 9　发泡浆料保温层的设计使用导热系数

序号	使用位置/表观密度/(kg/m³)	使用导热系数 λ_c/[W/(m·K)]
1	外围护墙体/250~300	0.055
2	屋面/300~350	0.058
3	楼面/350~400	0.060

(3) 发泡浆料外保温夹心墙和发泡浆料楼屋面的传热系数可按式(A.1)进行
计算。

$$K = \frac{1}{R_i + R_1 + R_2 + \cdots + R_n + R_e} \tag{A.1}$$

式中,K 为发泡浆料保温围护结构的传热系数;$R_1 + R_2 + \cdots + R_n$ 为发泡浆料保温
围护结构各材料层的总热阻;R_i、R_e 为内、外表面换热热阻,分别取值 0.11、0.04。

(4) 发泡浆料保温围护结构冷凝界面内侧所需的水蒸气渗透阻,应符合《民用建
筑热工设计规范》(GB 50176—1993)的防潮设计要求。墙体内保温发泡浆料的冷凝水
量,不应大于 2520g/(m²·a),屋面保温浆料的冷凝水量,不应大于 2940 g/(m²·a)。

(5) 发泡浆料保温围护结构冷凝水量,可按式(A. 2)进行计算。

$$W = 24Z\left(\frac{P_i - P_{sc}}{H_{oi}} - \frac{P_{sc} - P_e}{H_{oe}}\right) \tag{A.2}$$

式中,Z 为采暖期天数,取值 152d;P_i、P_e 分别为室内、室外水蒸气分压力;P_{sc} 为冷
凝界面温度下的饱和水蒸气分压力;H_{oi} 为内表面至冷凝界面(发泡浆料外侧面与
围护结构外叶墙的内表面或屋面防水层下的找平层内表面交接处)的水蒸气渗透
阻;H_{oe} 为外表面至冷凝界面水蒸气渗透阻。

(6) 发泡浆料保温围护结构的防潮设计应符合下列要求:

① 宜将蒸汽渗透阻较大的密实材料布置在内侧。

② 当外侧采用瓷砖面层或防水面层时,应进行冷凝受潮验算,当墙体内保温发泡
浆料的冷凝水量大于 2520g/(m²·a)、屋面保温浆料的冷凝水量大于2940g/(m²·a),
墙体应设置隔气层,卷材防水屋面尚应有与室外空气相通的排湿措施。

③ 外侧有卷材或其他密闭防水层,内侧为钢筋混凝土板的保温浆料平屋顶
结构,经冷凝受潮验算不需设隔气层。当屋面板结构采用预制板,应确保屋面板
接缝的密实性,达到所需的蒸汽渗透阻。

A.4.3　结构计算

(1) 发泡浆料外保温夹心墙多层房屋的结构设计,截面承载力计算宜考虑外

叶墙的有利作用。

（2）墙体截面受压承载力可按式（A.3）计算。

$$N \leqslant \varphi A_1 f \qquad (A.3)$$

式中，N 为轴向力设计值；A_1 为内叶墙截面面积；f 为墙体抗压强度设计值；φ 为等效高厚比 β_s 与轴向力偏心矩 e 对受压构件承载力的影响系数，其可按表 A.10～表 A.12 采用或按下式计算。

当 $\beta_s \leqslant 3$ 时

$$\varphi = \frac{1}{1 + 12\left(\dfrac{e}{h}\right)^2} \qquad (A.4)$$

当 $\beta_s > 3$ 时

$$\varphi = \frac{1}{1 + 12\left[\dfrac{e}{h} + \sqrt{\dfrac{1}{12}\left(\dfrac{1}{\varphi_0} - 1\right)}\right]^2} \qquad (A.5)$$

上述式中，e 为轴向力偏心距；h 为内叶墙截面的轴向力偏心方向的边长；φ_0 为轴心受压构件的稳定系数，$\varphi_0 = \dfrac{1}{1 + \alpha \beta_s^2}$。其中，$\alpha$ 是与砂浆强度等级有关的系数，当砂浆强度等级大于或等于 M5 时，$\alpha = 0.0015$；当砂浆强度等级等于 M2.5 时，$\alpha = 0.002$；当砂浆强度等级等于 M0 时，$\alpha = 0.009$。β_s 为构件等效高厚比，可按式（A.6）计算。

$$\beta_s = \frac{H_0}{h_s} \qquad (A.6)$$

式中，H_0 为墙体的计算高度；h_s 为墙体的等效厚度，可按式（A.7）计算。

$$h_s = \sqrt{h_1^2 + h_2^2} \qquad (A.7)$$

式中，h_1 为内叶墙厚度；h_2 为外叶墙厚度。

（3）墙体截面抗震剪承载力可按式（A.8）计算。

$$V \leqslant \frac{1}{\gamma_{RE}}\left[\eta_c f_{VE1}(A_1 - A_c) + \gamma f_{VE2} A_2 + \zeta f_t A_c + 0.08 f_y A_s\right] \qquad (A.8)$$

式中，V 为墙体剪力设计值；γ 为内外叶墙协同工作系数，可取 $\gamma = 0.5$；γ_{RE} 为承载力抗震调整系数，两端有构造柱取 $\gamma_{RE} = 0.9$；η_c 为内叶墙墙体约束修正系数，一般情况取 1.0，构造柱间距不大于 2.8m 时取 1.1；ζ 为中部构造柱参与工作系数，居中设一根时取 0.5，多于一根时取 0.4；f_t 为中部构造柱的混凝土抗拉强度设计值，应按国家标准《混凝土结构设计规范》（GB 50010—2002）采用；f_y 为构造柱纵向钢筋抗拉强度设计值；A_1 为内叶墙横截面面积；A_c 为中部构造柱的截面面积（对横墙，当 $A_c > 0.15A$ 时，取 $0.15A$；对外纵墙，当 $A_c > 0.25A$ 时，取 $0.25A$）；A_2 为外叶墙横截面面积；A_s 为构造柱中纵向钢筋总面积（配筋率不小于 0.6%，大于 1.4% 时取 1.4%）；f_{VE1} 为内叶墙抗震抗剪强度设计值，可按式（A.9）计算；

f_{VE2} 为外叶墙抗震抗剪强度设计值,可按式(A.10)计算。

表 A.10　影响系数 φ（砂浆强度等级大于等于 M5）

β_s	e/h 或 e/h_T												
	0	0.025	0.05	0.075	0.1	0.125	0.15	0.175	0.2	0.225	0.25	0.275	0.3
≤3	1	0.99	0.97	0.94	0.89	0.84	0.79	0.73	0.68	0.62	0.57	0.52	0.48
4	0.98	0.95	0.90	0.85	0.80	0.74	0.69	0.64	0.58	0.53	0.49	0.45	0.41
6	0.95	0.91	0.86	0.81	0.75	0.69	0.64	0.59	0.54	0.49	0.45	0.42	0.38
8	0.91	0.86	0.81	0.76	0.70	0.64	0.59	0.54	0.50	0.46	0.42	0.39	0.36
10	0.87	0.82	0.76	0.71	0.65	0.60	0.55	0.50	0.46	0.42	0.39	0.36	0.33
12	0.82	0.77	0.71	0.66	0.60	0.55	0.51	0.47	0.43	0.39	0.36	0.33	0.31
14	0.77	0.72	0.66	0.61	0.56	0.51	0.47	0.43	0.40	0.36	0.34	0.31	0.29
16	0.72	0.67	0.61	0.56	0.52	0.47	0.44	0.40	0.37	0.34	0.31	0.29	0.27
18	0.67	0.62	0.57	0.52	0.48	0.44	0.40	0.37	0.34	0.31	0.29	0.27	0.25
20	0.62	0.57	0.53	0.48	0.44	0.40	0.37	0.34	0.32	0.29	0.27	0.25	0.23
22	0.58	0.53	0.49	0.45	0.41	0.38	0.35	0.32	0.30	0.27	0.25	0.24	0.22
24	0.54	0.49	0.45	0.41	0.38	0.35	0.32	0.30	0.28	0.26	0.24	0.22	0.21
26	0.50	0.46	0.42	0.38	0.35	0.32	0.30	0.28	0.26	0.24	0.22	0.21	0.19
28	0.46	0.42	0.39	0.36	0.33	0.30	0.28	0.26	0.24	0.22	0.21	0.19	0.18
30	0.42	0.39	0.36	0.33	0.31	0.28	0.26	0.24	0.22	0.21	0.20	0.18	0.17

表 A.11　影响系数 φ（砂浆强度等级等于 M2.5）

β_s	e/h 或 e/h_T												
	0	0.025	0.05	0.075	0.1	0.125	0.15	0.175	0.2	0.225	0.25	0.275	0.3
≤3	1	0.99	0.97	0.94	0.89	0.84	0.79	0.73	0.68	0.62	0.57	0.52	0.48
4	0.97	0.94	0.89	0.84	0.78	0.73	0.67	0.62	0.57	0.52	0.48	0.44	0.40
6	0.93	0.89	0.84	0.78	0.73	0.67	0.62	0.57	0.52	0.48	0.44	0.40	0.37
8	0.89	0.84	0.78	0.72	0.67	0.62	0.57	0.52	0.48	0.44	0.40	0.37	0.34
10	0.83	0.78	0.72	0.67	0.61	0.56	0.52	0.47	0.43	0.40	0.37	0.34	0.31
12	0.78	0.72	0.67	0.61	0.56	0.52	0.47	0.43	0.40	0.37	0.34	0.31	0.29
14	0.72	0.66	0.61	0.56	0.51	0.47	0.43	0.40	0.36	0.34	0.31	0.29	0.27
16	0.66	0.61	0.56	0.51	0.47	0.43	0.40	0.36	0.34	0.31	0.29	0.26	0.25
18	0.61	0.56	0.51	0.47	0.43	0.40	0.36	0.33	0.31	0.29	0.26	0.24	0.23
20	0.56	0.51	0.47	0.43	0.39	0.36	0.33	0.31	0.28	0.26	0.24	0.23	0.21
22	0.51	0.47	0.43	0.39	0.36	0.33	0.31	0.28	0.26	0.24	0.23	0.21	0.20
24	0.46	0.43	0.39	0.36	0.33	0.31	0.28	0.26	0.24	0.23	0.21	0.20	0.18
26	0.42	0.39	0.36	0.33	0.31	0.28	0.26	0.24	0.22	0.21	0.20	0.18	0.17
28	0.39	0.36	0.33	0.30	0.28	0.26	0.24	0.22	0.21	0.20	0.18	0.17	0.16
30	0.36	0.33	0.30	0.28	0.26	0.24	0.22	0.21	0.20	0.18	0.17	0.16	0.15

表 A.12　影响系数 φ（砂浆强度等级等于 M0）

| β_s | \multicolumn{14}{c}{e/h 或 e/h_T} |
	0	0.025	0.05	0.075	0.1	0.125	0.15	0.175	0.2	0.225	0.25	0.275	0.3
≤3	1	0.99	0.97	0.94	0.89	0.84	0.79	0.73	0.68	0.62	0.57	0.52	0.48
4	0.87	0.82	0.77	0.71	0.66	0.60	0.55	0.51	0.46	0.43	0.39	0.36	0.33
6	0.76	0.70	0.65	0.59	0.54	0.50	0.46	0.42	0.39	0.36	0.33	0.30	0.28
8	0.63	0.58	0.54	0.49	0.45	0.41	0.38	0.35	0.32	0.30	0.28	0.25	0.24
10	0.53	0.48	0.44	0.41	0.37	0.34	0.32	0.29	0.27	0.25	0.23	0.22	0.20
12	0.44	0.40	0.37	0.34	0.31	0.29	0.27	0.25	0.23	0.21	0.20	0.19	0.17
14	0.36	0.33	0.31	0.28	0.26	0.24	0.23	0.21	0.20	0.18	0.17	0.16	0.15
16	0.30	0.28	0.26	0.24	0.22	0.21	0.19	0.18	0.17	0.16	0.15	0.14	0.13
18	0.26	0.24	0.22	0.21	0.19	0.18	0.17	0.16	0.15	0.14	0.13	0.12	0.12
20	0.22	0.20	0.19	0.18	0.17	0.16	0.15	0.14	0.13	0.12	0.12	0.11	0.11
22	0.19	0.18	0.16	0.15	0.14	0.14	0.13	0.12	0.12	0.11	0.10	0.10	0.09
24	0.16	0.15	0.14	0.13	0.13	0.12	0.11	0.11	0.10	0.10	0.09	0.09	0.08
26	0.14	0.13	0.13	0.12	0.11	0.11	0.10	0.10	0.09	0.09	0.08	0.08	0.07
28	0.12	0.12	0.11	0.11	0.10	0.10	0.09	0.09	0.08	0.08	0.08	0.07	0.07
30	0.11	0.10	0.10	0.09	0.09	0.08	0.08	0.08	0.07	0.07	0.07	0.07	0.06

$$f_{VE1} = \frac{1}{1.2}(f_{V0} + 0.4\sigma_{01}) \tag{A.9}$$

$$f_{VE2} = \frac{1}{1.2}(f_{V0} + 0.4\sigma_{02}) \tag{A.10}$$

上述式中，f_{V0} 为墙体抗剪强度设计值，可按表 A.13 采用；σ_{01} 为对应于重力荷载代表值的内叶墙墙体截面平均压应力；σ_{02} 为对应于重力荷载代表值的外叶墙墙体截面平均压应力。

表 A.13　沿砌体灰缝截面破坏时砌体的抗剪强度设计值（单位：MPa）

| 强度类别 | 破坏特征及砌体种类 | \multicolumn{4}{c}{砂浆强度等级} |
		≥M10	M7.5	M5	M2.5
抗剪	烧结普通砖、烧结多孔砖	0.17	0.14	0.11	0.08
	混凝土和轻骨料混凝土砌块	0.09	0.08	0.06	—

　　（4）以发泡浆料夹心墙做混凝土结构的围护墙时，除满足稳定和自承重以及使用功能外，尚应考虑下列荷载作用：

　　① 内叶墙应承担直接施加于夹心墙上的水平风荷载或地震作用。

　　② 吊挂荷载。

　　③ 夹心墙与周围构件的连接应适应主体结构的变形。

A.4.4　构造措施

（1）发泡浆料夹心墙多层房屋的外叶墙应以基础（基础梁）顶面、每层标高楼板处设水平挑板为横向支承；框架、框架-剪力墙房屋的发泡浆料夹心墙应以基础（基础拉梁）顶面、每层框架梁为横向支承；剪力墙房屋的发泡浆料夹心墙，其外叶墙应以基础（基础梁）顶面、每层标高处的楼板为横向支承。发泡浆料夹心墙的横向支承间距，不宜大于 6m。

（2）楼板、过梁梁耳、圈梁梁耳或框架梁梁耳外侧应做保温处理。

（3）发泡浆料夹心墙的拉接件可采用 Z 形拉接件、卷边 Z 形拉接件和环形拉接件（见图 A.1）。拉接件的直径不应小于 4mm。

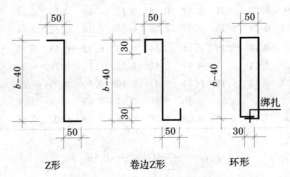

图 A.1　拉接件形式（b 为墙厚）

（4）拉接件的水平和竖向间距，对于封底砌块砌体，分别不宜大于 600mm 和 400mm。对于各类砖砌体，不宜大于 500mm。拉接件应沿竖向呈梅花形布置（见图 A.2）。

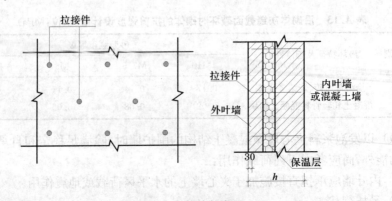

图 A.2　拉接件布置

（5）拉接件在叶墙上的搁置长度，不应小于叶墙厚度的 2/3，并不应小于

60mm;拉接件在叶墙上的部分应全部埋入砂浆层中或锚固在混凝土内,拉接件的端部应弯折 90°,弯折端的长度不应小于 50mm;拉接件距墙外皮宜为 30mm。

(6) 门窗洞口周边 300mm 范围内应附加竖向间距不大于 400mm(封底砌块砌体)或 500mm(砖砌体)的拉接件(见图 A.3)。

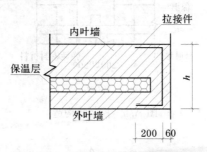

图 A.3　门窗洞口周边附加拉接件

(7) 框架柱、构造柱与外叶墙之间应设拉接件连接,沿柱高每 400mm(封底砌块砌体)或 500mm(砖砌体)设置直径为 4mm 的 U 形拉接件(见图 A.4)。当外叶墙的长度大于 40m(混凝土块体)、50m(烧结类砖)时,外叶墙上应设 20mm 宽竖向控制缝,控制缝宜设在有框架柱、构造柱的部位,缝内用弹性密封材料填塞。控制缝的构造如图 A.5 所示。

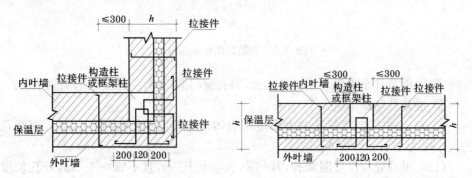

图 A.4　框架柱、构造柱与外叶墙连接构造

(8) 楼梯间墙体槽口的背面,应在混凝土边框施工前或表箱安装前,按图 A.6 设置保温层。

(9) 女儿墙、悬出的混凝土构件应做保温处理。

(10) 窗台应做混凝土板,其厚度不小于 50mm。

(11) 坡屋面应采取防止发泡浆料流淌的措施。

(12) 灌浆孔宜设置在内叶墙上,并应符合下列要求:

① 灌浆孔宜设置在圈梁或框架梁下,每层连续腔体至少设两个浇筑孔。

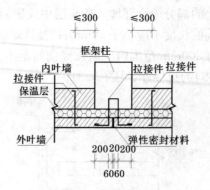

图 A.5　控制缝构造

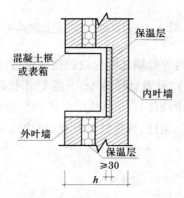

图 A.6　表箱背面保温构造

② 一面墙片至少设一个浇筑单元,当有窗门洞口时,应相应增加浇筑单元。

③ 灌浆孔间距不应大于 10 m。

④ 对于砌体墙,灌浆孔的大小可与块体尺寸相同;对于混凝土墙体,灌浆孔的大小可为 150mm×150mm。

(13) 梁耳处应设置漏浆孔,其间距不应大于 5m,且不宜小于 1m,开孔长度宜在 100~200mm 范围内。

A.5　干混料生产与发泡浆料输送

A.5.1　一般规定

(1) 所有原材料应有出厂质量合格证明书和检验单位出具的质量检验合格报告。

(2) 主要生产、计量和检验设备应符合现行国家标准,并定期检定、校正。

A. 5. 2　原材料

（1）干混料的原材料包括聚苯颗粒、珍珠岩、水泥、粉煤灰、发泡剂和水等,其性能应满足本规定中 A. 3. 2 的要求。

（2）生产干混料的原材料除应符合本要求外,尚应符合相应国标、行标等的要求。

（3）原材料和干混料的储存与堆放应符合相关规定,应确保原材料和干混料不发生受潮、失效等问题。

A. 5. 3　配合比

（1）发泡剂的用量应通过试验确定,确保泵送保温浆料的湿密度。

（2）宜通过试验确定合适的珍珠岩与聚苯颗粒的比例,一般体积比宜控制在 $4:6\sim3:7$ 范围内。

（3）最小水泥用量应不少于 $150kg/m^3$,最大粉煤灰用量应不大于 $100kg/m^3$。

A. 5. 4　计量

（1）干混料的各种原材料必须采用专用计量器具进行称量,计量装置应定期检定。使用前应对计量设备进行零点校核。

（2）干混料配料应按配合比准确计量,每批干混料各组成材料的允许偏差不应大于表 A. 14 规定。

表 A. 14　组成材料计量的允许偏差

组成材料	允许偏差
水泥、掺和料/kg	±1%
聚苯颗粒、珍珠岩的尺寸/mm	±1%
外加剂/g	±1%

A. 5. 5　拌制

（1）宜采用分组拌制法,即先拌和含量少的组分,后与其他原料拌和。

（2）宜采用强制式搅拌设备拌制。

（3）应拌制均匀、拌制时间应不少于 30s。

A. 5. 6　发泡浆料搅拌与泵送

（1）发泡浆料宜在工厂内搅拌,可在施工现场搅拌,应严格按照厂家提供的用水量控制。

（2）当发泡浆料的沉入度不能满足施工要求时，应由生产厂的现场技术人员进行调整。

（3）应根据工程特点，最大输送距离、最大输出量和发泡浆料浇筑计划选择泵车的数量及位置。泵车应设置在场地平整坚实，便于供料、浇筑和配管的位置。在泵车和运输车作业范围内不应有障碍物，不得有高压线。

（4）发泡浆料的泵送应连续进行。

A.6　施　工

A.6.1　一般规定

（1）发泡浆料保温工程施工之前，应编制施工技术方案和质量保证措施。

（2）进入施工现场的干混料及其他材料必须符合设计要求和有关规定，并应按不同品种、不同强度等级及牌号分别堆放或储存，严防水泥、粉状发泡剂受潮结块。

（3）发泡浆料试件应在浇筑地点随机见证取样，同一工程、同一配合比的发泡浆料应按有关标准规定取样。留置组数可根据实际需要适当增加。

（4）发泡浆料保温工程的施工环境应符合下列要求：

① 风力不应大于 5 级。

② 施工期间以及完工后 14d 内，基层及环境空气温度不应低于 5℃。夏季应避免阳光暴晒，基层及环境空气温度不宜超过 28℃。当施工环境温度超过 28℃时，应在屋面板上洒水降温，但不应有积水。

（5）当在施工现场搅拌时，必须采取有效措施控制物料（苯粒、珍珠岩、水泥等）飘散。

（6）泵送发泡浆料保温工程不适用于坡度大于 35°的坡屋面。

（7）发泡浆料夹心墙工程施工除应按辽宁省地方标准《外保温夹心墙技术规程》（DB21/T 1366—2005）的有关规定执行，尚应符合下列要求：

① 当采用内脚手架施工时应沿墙高按内叶墙—外叶墙—拉接件的顺序分段施工，并应分段清理落入空腔内的砌筑砂浆，还应在每层内叶墙底部每开间设一个检查孔，孔的大小与块体尺寸相同。

② 应在内叶墙上、圈梁或框架梁的梁耳上预留注浆孔，孔的数量、大小、位置应符合设计要求。

③ 在外墙的构造柱部位，在砌筑相应的外叶墙时，应在其里侧设置预制保温板（块），如图 A.7 所示。

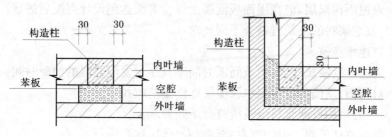

图 A.7 预制保温板构造

④ 各层的墙体顶部应设置通长的苯板带,带宽与发泡浆料保温层厚度相同,高度不宜小于 40mm,如图 A.8 所示。

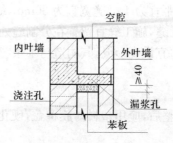

图 A.8 通长的苯板带

A.6.2 施工准备

(1) 浇筑前,应对夹心墙空腔进行检查,合格后应封堵检查孔。楼、屋面上的杂物粉尘等应清理干净。

(2) 应根据发泡浆料保温层的厚度、坡向和坡度,在四周墙面上设置标示线,并应在楼、屋面上设灰饼或冲筋。

(3) 应采取可靠措施保护门框、墙面及排水口的防护装置。

(4) 坡屋面发泡浆料保温工程浇筑宜采取下列防流淌措施:

① 发泡浆料的稠度宜为 80mm。

② 设置与坡度方向正交的、与屋面板黏结牢固的、其导热系数与屋面保温层相近的通长挡条。

A.6.3 浇筑

(1) 发泡浆料的浇筑时间宜符合下列要求:

① 对夹心墙宜在主体结构或外围护墙施工完成后,其砌筑砂浆强度达到设计强度的 70% 后进行。

② 对楼面地板辐射采暖的绝热层应在墙体粉刷、外门和外窗安装完成后进行。

③ 对屋面保温层,应在屋面板混凝土强度等级达到设计强度后进行。

(2) 发泡浆料的浇筑宜符合下列要求:

① 宜连续浇筑。

② 无法连续浇筑时,其浇筑间断时间不宜超过发泡浆料的初凝时间。

③ 对楼面、屋面的发泡浆料保温层在终凝前应找平。

(3) 夹心墙的发泡浆料浇筑应符合下列要求:

① 浇筑宜从下而上,从左(右)至右(左)依次逐孔进行。

② 当发泡浆料的上表面与浇筑孔下边线一致时应停止浇筑。

③ 浇筑上层时,应用相同的块体材料封堵下层的浇筑孔。

(4) 楼屋面的发泡浆料浇筑应符合下列要求:

① 应设分割缝,缝间距宜为 4m,缝宽宜为 30mm,缝内设置柔性保温材料。

② 宜不留或少留施工缝,施工缝宜留置在分割缝处。

③ 沿墙或女儿墙周边宜设变形缝,其构造与本条①款相同。

A.6.4　养护

(1) 发泡浆料浇筑平整后,应用塑料薄膜覆盖,硬化后可洒水养护,养护时间不宜小于 14d。

(2) 对刚浇筑完的发泡浆料保温层应采取保护措施,其抗压强度小于0.25MPa 前不得踩踏;抗压强度达到设计要求后亦不得行车或堆放重物。

A.6.5　雨、冬期施工

(1) 发泡浆料夹心墙保温工程与发泡浆料楼面保温工程雨天不宜施工,发泡浆料屋面保温工程雨天不应施工。屋面保温工程施工中途下雨时应停止施工,对刚施工完的发泡浆料应进行遮盖,并应采取防排水措施。

(2) 发泡浆料夹心墙保温工程与发泡浆料屋面保温工程冬期不得施工。

A.6.6　安全施工

发泡浆料的保温工程的施工必须遵守现行的建筑工程安全技术规定。

A.7　质量验收

A.7.1　一般规定

现浇干混发泡浆料应用于工程夹心墙、楼、屋面部位时的检验批质量验收,应符合主控项目的质量经抽样检验合格,一般项目的质量经抽样检验合格。

A.7.2　干混发泡浆料进场质量验收

1.主控项目

干混发泡浆料进场时,应按本规定附录 A 干混发泡浆料性能测试方法的规定抽取试件作相关性能质量检验,其质量必须合格。

检查数量:按进场的批次和产品的抽样检验方案确定。

检验方法:检查产品合格证、出厂检验报告和进场复验报告。

2.一般项目

干混发泡浆料的和易性应满足施工要求,不离析,不泌水,应对其流动度进行检查。

检查数量:按进场的批次和产品的抽样检验方案确定。

检验方法:观察。

A.7.3　现浇干混发泡浆料的墙、楼、屋面施工质量验收

1.主控项目

现浇干混发泡浆料的工程夹心墙、楼、屋面,应按照现行《建筑工程施工质量验收统一标准》中关于"砌体结构"、"地面"、"建筑屋面"等规定进行验收,其质量必须合格。

检查数量:按"砌体结构"、"地面"、"建筑屋面"等施工质量验收规范规定的检验批确定。

检验方法:检查干混发泡浆料的实体质量的检验报告。

2.一般项目

现浇干混发泡浆料的工程夹心墙、楼、屋面的外观质量合格。

检查数量:全数检查。

检验方法:观察。

附录 B 干混发泡浆料性能测试方法(规范性附录)

B.1 湿表观密度

B.1.1 仪器设备

① 标准量筒:容积为 0.001m³,要求内壁光洁,并具有足够的刚度,标准量筒应定期进行校核。

② 天平:精度为 0.01g。

③ 油灰刀,抹子。

④ 捣棒:直径 10mm、长 350mm 的钢棒,端部应磨圆。

B.1.2 试验步骤

将称量过的标准量筒,用油灰刀将标准浆料填满量筒,使稍有富余,用捣棒均匀插捣 25 次(插捣过程中如浆料沉落到低于筒口,则应随时添加浆料),然后用抹子抹平,将量筒外壁擦净,称量浆料与量筒的总重,精确至 0.001 kg。

B.1.3 结果计算

浆料湿密度按下式计算:

$$\rho = (m_1 - m_0)/v \qquad (B.1)$$

式中,ρ 为浆料湿密度(kg/m³);m_0 为容量筒质量(kg);m_1 为浆料加容量筒的质量(kg);v 为容量筒的体积(m³)。

试验结果取三次试验结果算术平均值,保留三位有效数字。

B.2 保 水 率

B.2.1 仪器设备

① 块体:取工程所采用的块体若干,要求取样应有代表性。

② 电子天平:精度为 1g。

③ 制备浆料工具。

B.2.2 试验步骤

试验前将所用块体编号、称重 m_1、m_2、m_3、m_4。模拟真实墙体,用多孔砖或块体围成一周,形成正方形空腔,将浆料注入空腔内,厚度和块体相同,插捣抹平后用塑料薄膜覆盖,计算出该体积浆料的含水量 m,每 30min 取下一块空心砖称砖的质量 m_{11}、m_{22}、m_{33}、m_{44},精确至 0.001kg。

B.2.3 结果计算

浆料的保水率按下式计算:

$$\mu = [m - (m_{11} - m_1) - (m_{22} - m_2) - (m_{33} - m_3) - (m_{44} - m_4)]/m \times 100\%$$

$$(B.2)$$

式中,μ 为浆料的保水率(%);m 为试样浆料的含水量(kg);m_1、m_2、m_3、m_4 分别为试验用多孔砖(砌块)的质量(kg);m_{11}、m_{22}、m_{33}、m_{44} 分别为试验用多孔砖(砌块)规定时间吸水后的质量(kg)。

试验结果取三次试验结果算术平均值,保留三位有效数字。

B.3 浆料沉入度、浆料分层度

B.3.1 仪器设备

采用《建筑砂浆基本性能试验方法》(JGJ 70—1990)规定的沉入度、分层度仪。

B.3.2 试验方法

采用改进了的稠度和分层度来衡量保温砂浆的工作性的优劣。由于保温砂浆采用苯粒和珍珠岩作为集料,其与普通砂浆相比容重小,保温砂浆流动性好。国标砂浆的稠度仪和分层度仪的锥体质量过大,不能对不同稠度的保温砂浆进行有效区别,难以达到试验目的,故采用高分子材料制成一个质量为 100g 的试验锥体。其他设备和实验过程按照采用《建筑砂浆基本性能试验方法》(JGJ 70—1990)的规定进行。

B.4 浆料的体积稳定性

将保温砂浆灌入由四块多孔砖(砌块)围成宽度为 10cm×24cm 的空腔内,地面要求不吸水,浇筑后抹平后,上表面距砖平面 2cm 左右,然后用塑料薄膜覆盖,定期观察浆料与多孔砖(砌块)的界面是否出现开裂,若出现可观察的收缩开裂,表明浆料的体积稳定性不合格。

B.5　干表观密度

B.5.1　仪器设备

① 烘箱：灵敏度±2℃。

② 天平：精度为0.01g。

③ 干燥器：直径大于300mm。

④ 游标卡尺：0~125mm，精度0.02mm。

⑤ 钢板尺：500mm，精度1mm。

⑥ 油灰刀，抹子。

⑦ 组合式无底金属试模：300mm×300mm×30mm。

⑧ 玻璃板：400mm×400mm×(3~5)mm。

B.5.2　试件制备

成型方法：将三个空腔尺寸为300mm×300mm×30mm的金属试模分别放在玻璃板上，用脱模剂涂刷试模内壁及玻璃板，用油灰刀将标准浆料逐层加满并略高出试模，为防止浆料留下孔隙，用油灰刀沿模壁插数次，然后用抹子抹平，制成三个试件。

养护方法：试件成型后用湿布覆盖再用聚乙烯薄膜覆盖，在试验室温度条件下养护7d后拆模，拆模后干养护7d，然后将试件放入(70±2)℃的烘箱中，烘干至恒重，取出放入干燥器中冷却至室温备用。

B.5.3　试验步骤

取制备好的三块试件分别磨平并称量质量，精确至1g。按顺序用钢板尺在试件两端距边缘20mm处和中间位置分别测量其长度和宽度，精确至1mm，取三个测量数据的平均值。

用游标卡尺在试件任何一边的两端距边缘20mm和中间处分别测量厚度，在相对的另一边重复以上测量，精确至0.1mm，要求试件厚度差小于2%，否则重新打磨试件，直至达到要求。最后取6个测量数据的平均值。

由以上测量数据求得每个试件的质量与体积。

B.5.4　结果计算

干表观密度按下式计算：

$$\rho = m/v \tag{B.3}$$

式中,ρ 为干密度(kg/m³);m 为试件质量(kg);v 为试件体积(m³)。

试验结果取三个试件试验结果的算术平均值,保留三位有效数字。

B.6 导 热 系 数

测试干表观密度后的试件,按《绝热材料稳态热阻及有关特性的测定防护热板法》(GB/T 10294—1988)的规定测试导热系数,可以采用《非金属固体材料导热系数的测定方法热线法》(GB/T 10297—1998)的方法测试。

B.7 抗 压 强 度

B.7.1 仪器设备

① 钢质有底试模尺寸为 100mm×100mm×100mm,应具有足够的刚度并拆装方便。试模的内表面不平整度应为每 100mm 不超过 0.05mm,组装后各相邻面的不垂直度小于 0.5°。

② 捣棒:直径 10mm、长 350mm 的钢棒,端部应磨圆。

③ 压力试验机:精度(示值的相对误差)小于±2%,量程应选择在材料的预期破坏荷载相当于仪器刻度的 20%~80%;试验机的上、下压板的尺寸应大于试件的承压面,其不平整度应为每 100mm 不超过 0.02mm。

B.7.2 试件制备

成型方法:将金属模具内壁涂刷脱模剂,向试模内注满标准浆料并略高于试模的上表面,用捣棒均匀由外向里按螺旋方向插捣 25 次,为防止浆料留下孔隙,用油灰刀沿模壁插数次,然后将高出的浆料沿试模顶面削去用抹子抹平。须按相同的方法同时成型 10 块试件,其中 5 个测抗压强度,另 5 个用来测软化系数。

养护方法:试块成型后用湿布覆盖再用聚乙烯薄膜覆盖,在试验室温度条件下养护 2d 后去掉覆盖物,对试件进行编号并拆模。然后将试件放入塑料袋中,封闭袋口,在标准试验条件下继续养护 26d。第 28 天将试件取出放入(70±2)℃的烘箱中烘至恒重,恒重后的试件从烘箱中取出放入干燥器中备用。

B.7.3 试验步骤

抗压强度:从干燥器中取出的试件应尽快进行试验,以免试件内部的温湿度发生显著的变化。取出其中的 5 块测量试件的承压面积,长宽测量精确至 1mm,

并据此计算试件的受压面积。将试件安放在压力试验机的下压板上,试件的承压面应与成型时的顶面垂直,试件中心应与试验机下压板中心对准。开动试验机,当上压板与试件接近时,调整球座,使接触面均衡受压。承压试验应连续而均匀地加载,加载速度应在 $0.5 \sim 1.5\mathrm{kN/s}$ 范围内,直至试件破坏,然后记录破坏荷载 N_0。

B.7.4　结果计算

抗压强度按下式计算:

$$f_0 = N_0/A \tag{B.4}$$

式中,f_0 为抗压强度(kPa);N_0 为破坏压力(kN);A 为试件的承压面积($\mathrm{mm^2}$)。

试验结果以 5 个试件测值的算术平均值作为该组试件的抗压强度,保留三位有效数字。当五个试件的最大值或最小值与平均值的差超过 20% 时,以中间三个试件的平均值作为该组试件的抗压强度值。

B.8　压剪黏结强度

B.8.1　仪器设备

① 压力试验机:同 B.7.1 条款中①的要求。
② 水泥砂浆块:110mm×110mm×10mm,10 块。

B.8.2　试件制备

将标准浆料涂抹于相对的两个规格为 110mm×53mm×10mm 砖片间,两水泥砂浆块相对并错开 10mm,得到的浆料面积为 100mm×53mm,厚度为 10mm。成型 5 个试件,用湿布覆盖再用聚乙烯薄膜覆盖,在试验室温度条件下养护 2d。去掉覆盖物后将试块装入塑料袋中在试验室标准条件下养护 26d,将试件取出放入(70±2)℃的烘箱中烘至恒重,然后取出放在干燥器中冷却待用。

B.8.3　试验步骤

将试件从干燥器中取出尽快进行压力测试。将试件置于试验机加载台中心,以 5mm/min 的速度均匀加载至试件破坏,记录破坏时的荷载值。

B.8.4　结果计算

压剪黏结强度按下式计算:

$$Rn = P/A \tag{B.5}$$

式中,Rn 为压剪黏结强度(kPa);P 为破坏荷载(kN);A 为黏结面积(mm^2)。

试验结果按 B.7.4 处理。

B.9　软 化 系 数

取 B.7.2 余下的 5 块试件,将其浸入到(20±5)℃的水中(用铁篦子将试件压入水面下 20mm 处),48h 后取出,在试验室条件下放置 24h,然后按照 B.7.3 和 B.7.4 所述方法测定其浸水后的抗压强度 f_1。

软化系数按下式进行计算:

$$\psi = f_1 / f_0 \qquad\qquad (B.6)$$

式中,ψ 为软化系数;f_0 为绝干状态下的抗压强度(kPa);f_1 为浸水后的抗压强度(kPa)。

B.10　难　燃　性

按《建筑材料难燃性试验方法》(GB/T 8625—1988)的规定进行。

B.11　发泡剂性能试验

B.11.1　测试仪器

泡沫的沉陷距和泌水量可用泡沫质量测定仪器测定。该仪器由容器、玻璃管和浮标组成。容器底部有孔。玻璃管与容器的孔相连接,玻璃管直径为 14mm,长度为 700mm,底部有小龙头。浮标是一块直径为 190mm 和重 25g 的圆形铝板。根据上端容器上的刻度,测定泡沫的沉陷距。根据量管(管子)上的刻度,测定由破裂泡沫所分泌出的容量即泌水量。

B.11.2　发泡倍数的测定方法

发泡倍数的测定方法是将制成泡沫注满容积为 250mL、直径为 60mm 的无底玻璃桶内,两端刮平,称其质量。发泡倍数 M 可按下式计算:

$$M = \frac{V\gamma}{G_2 - G_1} \qquad\qquad (B.7)$$

式中,M 为发泡倍数;V 为玻璃桶容积(cm^3);γ为泡沫剂水溶液密度(近于 1g/cm^3);G_1 为玻璃桶质量(g);G_2 为玻璃桶和泡沫质量(g)。

B.12　涂膜或包裹塑料试验

柔韧性按《漆膜柔韧性测定法》(GB/T 1731—1993)测试,耐水性按《漆膜耐水性测定法》(GB/T 1733—1993)测试,耐碱性按《漆膜耐化学试剂性测定法》(GB/T 1763—1979)测试。

附录 C　搅拌输送设备技术要求

C.1　浆料搅拌设备

（1）浆料搅拌设备宜选择重力式搅拌设备，且必须采取有效措施防止浆料粉体的飘飞。

（2）浆料搅拌设备的生产能力应大于 $15m^3/h$。

C.2　浆料输送设备

（1）浆料输送设备应采用螺杆输送泵。

（2）螺杆输送泵的输送压力应大于 1MPa，输送能力应大于 $15m^3/h$。

（3）螺杆输送泵启动时应确保泵头储料斗中有一定量的物料，禁止无料空转螺杆泵。

（4）新安装或停机数天的泵，不应立即启动，应先向泵体内注入适量机油或肥皂水，再用管子钳扳动几转后才可启动。

（5）冬季应排除积液，防止冻裂。

（6）使用过程中轴承座内应定期加润滑油，发现轴端有渗流时，应及时处理或更换油封。